中国现代散文经典文库

梁·遇·春

（上）

黄勇 主编

汕頭大學出版社

图书在版编目(CIP)数据

中国现代散文经典文库. 梁遇春：全2册 / 黄勇主编. —汕头：汕头大学
出版社，2014.3(2016.4重印)

ISBN 978-7-5658-1221-7

Ⅰ.①中… Ⅱ.①黄… Ⅲ.①散文集—中国—现代 Ⅳ.①I266

中国版本图书馆 CIP 数据核字(2014)第 032484 号

梁遇春　　　　　　　　　　　　　LIANGYUCHUN

总 策 划：赵　坚

主　　编：黄　勇

责任编辑：胡开祥

责任技编：黄东生

装帧设计：袁　野

出版发行：汕头大学出版社
　　　　　广东省汕头市汕头大学内　邮编：515063

电　　话：0754-82904613

印　　刷：北京富达印务有限公司

开　　本：695mm×940mm　1/16

印　　张：20

字　　数：240 千字

版　　次：2014 年 3 月第 1 版

印　　次：2016 年 4 月第 2 次印刷

定　　价：59.60 元

ISBN 978-7-5658-1221-7

发行/广州发行中心　通讯邮购地址/广州市越秀区水荫路 56 号 3 栋 9A 室　邮编/510075
电话/020-37613848　传真/020-37637050

前　言

　　现代文学史上曾经出现过很多早逝的天才，他们大都一闪即陨，却留给文坛以真切的亮色。但是像梁遇春（1906—1932）这样借着统共才 36 篇散文便堂而皇之地占定了现代散文史上显著位置的，却不多见。1906 年出生在福建福州的梁遇春很早便展现了他天才的成色。1922 年考入北京大学预科，两年后转入英文系学习。在上大学期间，梁遇春即开始大量译介外国文学作品，特别是他翻译的《小品文选》和《英国诗歌选》影响极大，曾在青年读者中风靡一时，而在他短暂的一生中竟译出了二十余种国外著作。从 1926 年起，梁遇春开始创作散文，其独具特色的散文风格很快引起了广泛的关注，并被誉为"中国的艾略特"。作品大都发表在《语丝》、《奔流》、《现代文学》和《新月》等当时重要的文学刊物上。1928 年梁遇春毕业后留校做了助教，不久借调上海暨南大学任教，一年后返回北大图书馆工作。工作之余，笔耕不辍。1930 年梁遇春的第一本散文集《春醪集》由上海北新书局印行出版，书中收录了作者 13 篇散文及序文。该书一经问世旋即确定了梁遇春在现代散文界的突出地位。可惜 1932 年，年仅 27 岁的作家不幸逝世。直到 1934 年，梁遇春的

第二部散文集《泪与笑》才在友人的帮助下出版发行，其中的 22 篇作品竟成了作者创作的终结。

正是在这仅存的三十几篇散文作品中，梁遇春向我们展示了他所特有的创作风貌并从中凸显出作家迷人的人格魅力。梁遇春是一位充满激情并具有独立思考精神的作家。他愤世嫉俗，诅咒"空气沉闷"、"触目都是贫乏同困痛"的社会，善于从平凡的事中挖掘出非同凡响的意义。比如在他的名篇《救火队》中，作者从亲眼目睹的救火事件出发，热情地歌颂了救火夫的勇敢精神和救死扶伤的崇高品格，由此作者愤怒地斥责了那些"隔江观火"的"最卑污不过的弱者"，那些"正在阴谋权位、搂着女人欢娱和在河对岸伤春悲秋"的"十足的虚伪者"。对现实的不满在他的很多篇章中时有出现，然而由于生活圈子的狭窄和认识的局限，使作者不能找到不合理现象产生的社会根源，因而也很难看到黑暗中孕育的一线光明，情绪趋于消沉、悲观。

但作者天才的一面却表现在他能在一个不大的题材领域里掘出一口深井。由此他的散文另辟蹊径，在探索人生时往往充满了哲理和思辨的色彩。梁遇春用他悠然、纯净的笔触往往能抒写出异乎寻常的奇思。他深知人生的矛盾，而他的可爱之处正在于赞美这些矛盾：天下的乐趣都是烦恼带来的，烦恼使人不得不希望，希望却是包治百病的良方；泪水是对人生的肯定，因为留念过去的日子，才会有伤逝的清泪。在梁遇春看来，美正是对矛盾、痛苦、流逝的肯定，对人生的肯定，但美的难得也正在于不是什么人都能像他一样勇于肯定人生的。

梁遇春用自己多彩的笔墨描绘社会与人生，真率自在之中又不乏睿智与深沉。本书收录的作家现存的散文，力求保持原貌，相信读者会对梁遇春的创作有一个全面的了解。

目　录

上册

下册

春醪集

序

那是三年前的一个夏天，我正在北大一院图书馆里，很无聊地翻阅《洛阳伽蓝记》，偶然看到底下这一段：

刘白堕善酿酒，饮之香美，经月不醒。青州刺史毛鸿宾赍酒之藩，路逢劫贼，饮之即醉，皆被擒获。游侠语曰："不畏张弓拔刀，但畏白堕春醪。"

我读了这几句话，想出许多感慨来。我觉得我们年青人都是偷饮了春醪，所以醉中做出许多好梦，但是正当我们梦得有趣时候，命运之神同刺史的部下一样匆匆地把我们带上衰老同坟墓之途。这的确是很可惋惜的一件事情。但是我又想世界既然是如是安排好了，我们还是陶醉在人生里，幻出些红霞般的好梦罢，何苦睁着眼睛，垂头叹气地过日子呢？所以在这急景流年的人生里，我愿意高举盛到杯缘的春醪畅饮。

惭愧得很。我没有"醉里挑灯看剑"的豪情，醉中只是说几句梦话。这本集子就是我这四年来醉梦的生涯所留下惟一的影子。我知道这十几篇东西是还没有成熟的作品，不过有些同醉的人们看着或者会为之莞尔，我最大的希望也只是如此。

再过几十年，当酒醒帘幕低垂，擦着惺忪睡眼时节，我的心境又会变成怎么样子，我想只有上帝知道罢。我现在是不想知道的。我面前还有大半杯未喝进去的春醪。

十八年五月二十三日午夜于真茹。

讲　演

"你是来找我同去听讲演吗?"

"不错,去不去?"

"吓!我不是个'智识欲'极旺的青年,这么大风——就是无风,我也不愿意去的。我想你也不一定是非听不可,尽可在我这儿谈一会。我虽然不是什么名人,然而我的嘴却是还在。刚才我正在想着讲演的意义,你来了,我无妨把我所胡思乱想的讲给你听,讲得自然不对,不过我们在这里买点东西吃,喝喝茶,比去在那人丛里钻个空位总好点吧。"

来客看见主人今天这么带劲地谈着,同往常那副冷淡待人的态度大不相同,心中就想在这里解闷也不错,不觉就把皮帽围巾都解去了。那房主人正忙着叫听差买栗子花生,泡茶。打发清楚后,他又继续着说:

"近来我很爱胡思乱想,但是越想越不明白一切事情的道理。真合着那位坐在望平街高塔中,做《平等阁笔记》的主笔所谓世界中不只'无奇不有',实在是'无有不奇'。Carlyle 这老头子在 Saitor Resartus 中'自然的超自然主义'(Natural Supernaturalism)一章里头,讲自然律本身就是一个不可解的神秘,所以这老头子就觉得对于宇宙中一切物事都糊涂了。我现在也有点觉得什么事情我都不知道。比如你是知道我怕上课的,自然不会爱听讲演。然而你经过好几次失败之后,一点也不失望,还是常来找我去听讲演,这就是一个 Haeckel 的《宇宙之谜》所没有载的一个不可思议的事。哦!现在又要上课了,我想起来真有点害怕。吓!真是一年不如一年了,从前我们最高学府是没有点名的,我们很可以自由地在家里躺在床上,或者坐在炉边念书。自从那位数学教授来当注册部主任以后,我们就非天天上班不行。一个文学士是坐硬板凳坐了三千多个钟头换来的。就是打瞌睡,坐着睡那么久,也不是件容易事了。怕三千多个钟头坐得不够,还要跑去三院大礼堂,师大风雨操场去坐,这真是天下第一奇事了。所以讲演有人去听这事,我抓着头发想了好久,总不明白。若说到'民国讲演史'那是更有趣了。自从杜威先生来华以后,讲演这件事同新思潮同时流行起来。杜先生曾到敝处过,那时我还在中学读书,也曾亲耳听过,亲眼看过。印象现在已模糊了,大概只记得他说一大阵什么自治,砖头,打球,……后来我们校长以'君子不重则不威'一句话来发挥杜先生的意思。那时翻译是我们那里一个教会学堂叫做格致小学的英文先生,我们那时一面听讲,一面看那洁白的桌布,校长的新马褂,教育厅长的脸孔,杜先生的衣服……我不知道当时杜先生知道不知道 How we think。跟着罗素来了,恍惚有人说他讲的数理哲学不大好懂。罗素去了,杜里舒又来。中国近来,文化进步得真快,讲演得真热闹,杜里舒博士在中国讲演,有十册演讲录。中间有在法政专门学校讲的细胞构造,在体育师范讲的历史哲学,在某女子中学讲的新心理学……总而言之普照十方,凡我青年,无不蒙庇。所以中国人民近来常识才有这么发达。太戈尔来京时，我也到真光去听。他的声音是很美妙。可惜我们（至少我个人）都只了解他的音乐，而对于他的意义倒有点模糊了。

"自杜先生来华后，我们国内名人的讲演也不少。我有一个同学他差不多是没有一回没去听的，所以我送他一个'听讲博士'的绰号，他的'智识欲'真同火焰山一样的热烈。他当没有讲演听的时候只好打呵欠，他这样下去，还怕不博学得同哥德，斯忒林堡一样。据他说近来很多团体因为学校太迟开课发起好几个讲演会，他自然都去听了。他听有'中国工会问题'，'一个新实在论的人生观'，'中外戏剧的比较'，'中国宪法问题'，'二十世纪初叶的教育'……我问他他们讲的什么，他说我听得太多也记不清了，我家里有一本簿子上面贴有一切在副刊记的讲演辞，你一看就明白了。他怕人家记得不对，每回要亲身去听，又恐怕自己听不清楚，又把人家记的收集来，这种精益求精的精神，是值得我们模仿的，不过我很替他们担心。讲演者费了半月工夫，迟睡早起，茶饭无心，预备好一篇演稿来讲。我们坐洋车赶去听，只恐太迟了，老是催车夫走快，车夫固然是汗流浃背，我们也心如小鹿乱撞。好，到了，又要往人群里东瞧西看，找位子，招呼朋友，忙了一阵，才鸦雀无声地听讲了。听的时候又要把我们所知道的关于工会，宪法，人生观，戏剧，教育的智识整理好来吸收这新意思。讲完了，人又波涛浪涌地挤出来。若使在这当儿，把所听的也挤出来，那就糟糕了。

"我总有一种偏见：以为这种 Public‐lecture‐mania 是一种 Yankee‐disease。他们同我们是很要好的，所以我们不知不觉就染了他们的习惯。他们是一种开会，听讲，说笑话的民族。加拿大文学家 Stepken Leacock 在他的 My Discovery of England 里曾说过美国学生把教授的讲演看得非常重要，而英国牛津大学学生就不把 lecture 当作一回事，他又称赞牛津大学学生程度之好。真的我也总怀一种怪意思，因为怕挨骂所以从来不告人，今日无妨同你一讲。请你别告诉人。我想真要得智识，求点学问，不只那东鳞西爪吉光片羽的讲演不济事，就是上堂听讲也无大意思。教授尽可把要讲的印出来，也免得我们天天冒风雪上堂。真真要读书只好在床上，炉旁，烟雾中，酒瓶边，这才能领略出味道来。所以历来真文豪都是爱逃学的。至于 Swift 的厌课程，Gibbon 在自传里骂教授，那又是绅士们所不齿的，……"

他讲到这里，人也倦了，就停一下，看桌子上栗子花生也吃完，茶也冷了。他的朋友就很快地讲："我们学理科的是非上堂不行的。"

"一行只管一行，我原是只讲学文科的。不要离题跑野马，还是谈讲演吧，我前二天看 Mac Dougall 的《群众心理》，他说我们有一种本能叫做'爱群本能'（Gregarious instinct），他说多数人不是为看戏而去戏院，是要去人多地方而去戏院。干脆一句话，人是爱向人丛里钻的。你看他的话对不对？"

他忽然跳起，抓着帽和围巾就走，一面说道："糟！我还有一位朋友，他也要去三院瞧热闹，我跑来这儿谈天，把他在家里倒等得慌了。"

十五年十一月十九日于北大西斋。

寄给一个失恋人的信（一）

秋心：

　　在我这种懒散心情之下，居然呵开冻砚，拿起那已经有一星期没有动的笔，来写这封长信；无非是因为你是要半年才有封信。现在信来了，我若使又迟延好久才复，或者一搁起来就忘记去了；将来恐怕真成个音信渺茫，生死莫知了。

　　来信你告诉我你起先对她怎样钟情想由同她互爱中得点人生的慰藉，她本来是何等的温柔，后来又如何变成铁石心人，同你现在衰颓的生活，悲观的态度。整整写了二十张十二行的信纸，我看了非常高兴。我知道你绝对不会想因为我自己没有爱人，所以看别人丢了爱人，就现出卑鄙的笑容来。若使你对我能够有这样的见解，你就不写这封悱恻动人的长信给我了。我真有可以高兴的理由。在这万分寂寞一个人坐在炉边的时候，几千里外来了一封八年前老朋友的信，痛快地暴露他心中最深一层的秘密，推心置腹般娓娓细谈他失败的情史，使我觉得世界上还有一个人这样爱我，信我，来向

7

我找些同情同热泪，真好像一片洁白耀目的光线，射进我这精神上之牢狱。最叫我满意是由你这信我知道现在的秋心还是八年前的秋心。八年的时光，流水行云般过去了。现在我们虽然还是少年，然而最好的青春已过去一大半了。所以我总是爱想到从前的事情。八年前我们一块游玩的情境，自然直率的谈话是常浮现在我梦境中间，尤其在讲堂上睁开眼睛所做的梦的中间。你现在写信来哭诉你的怨情简直同八年前你含着一泡眼泪咽着声音讲给我听你父亲怎样骂你的神气一样。但是我那时能够用手巾来擦干你的眼泪，现在呢？我只好仗我这枝秃笔来替那陪你呜咽，抚你肩膀低声的安慰。秋心，我们虽然八年没有见一面，半年一通讯，你小孩时候雪白的脸，桃红的颊同你眉目间那一股英武的气概却长存在我记忆里头，我们天天在校园踏着桃花瓣的散步，树荫底下石阶上面坐着唧唧哝哝的谈天，回想起来真是亚当没有吃果前乐园的生活。当我读关于美少年的文学，我就记起我八年前的游伴。无论是述 Narcissus 的故事，Shakespeare 百余首的十四行诗，Gray 给 Bonstetten 的信，Keats 的 Endymion，Wilde 的 Dorian Gray 都引起我无限的愁思而怀念着久不写信给我的秋心。十年前的我也不像现在这么无精打采的形相，那时我性情也温和得多，面上也充满有青春的光彩，你还记着我们那一回修学旅行吧？因为我是生长在城市，不会爬山，你是无时不在我旁边，拉着我的手走上那崎岖光滑的山路。你一面走一面又讲好多故事，来打散我恐惧的心情。我那一回出疹子，你瞒着你的家人，到我家里，瞧个机会不给我家人看见跑到我床边来，你喘气也喘不过来似讲的："好容易同你谈几句话！我来了五趟，不是给你祖母拦住，就是被你父亲拉着，说一大阵什么染后会变麻子……。"这件事我想一定是深印在你心中。忆起你那时的殷勤情谊更觉得现在我天天碰着的人的冷酷，也更使我留恋那已经不可再得的春风里的生活。提起往事，徒然加你的惆怅，还是谈别的吧。

来信中很含着"既有今日，何必当初"的意思。这差不多是失恋人的口号，也是失恋人心中最苦痛的观念。我很反对这种论调，我反对，并不是因为我想打破你的烦恼同愁怨。一个人的情调应当任它自然地发展，旁人更不当来用话去压制它的生长，使他堕到一种莫明其妙的烦闷网子里去。真真同情于朋友忧愁的人，绝不会残忍地去扑灭他朋友怀在心中的幽情。他一定是用他的情感的共鸣使他朋友得点真同情的好处，我总觉"既有今日，何必当初"这句话对"过去"未免太藐视了。我是个恋着"过去"的骸骨同化石的人，我深切感到"过去"在人生的意义，尽管你讲什么"从前种种譬如昨日死，以后种种譬如今日生"同 Let bygones bebygones；"从前"是不会死的。就算形质上看不见，它的精神却还是一样地存在。"过去"也不至于烟消火灭般过去了；它总留了深刻的足迹。理想主义者看宇宙一切过程都是向一个目的走去的，换句话就是世界上物事都是发展一个基本的意义的。他们把"过去"包在"现在"中间一齐望"将来"的路上走，所以 Emerson 讲"只要我们能够得到'现在'，把'过去'拿去给狗子罢了。"这可算是诗人的幻觉。这么漂亮的肥皂泡子不是人人都会吹的，我们老爱一部一部地观察人生，好像舍不得这样猪八戒吃人参果般用一个大抽象概念解释过去。所以我相信要深深地领略人生的味的人们，非把"过去"当做有它独立的价值不可，千万不要只看做"现在"的工具。由我们生来不带乐观性的人看来，"将来"总未免太渺茫了，"现在"不过一刹那，好像一个没有存在的东西似的，所以只有"过去"是这不断时间之流中站得住的岩石。我们只好紧紧抱着它，才免得受漂流无依的苦痛，"过去"是个美术化的东西，因为它同我们隔远看不见了，它另外有一种缥缈不实之美。好像一块风景近看瞧不出好来，到远处一望，就成个美不胜收的好景了。为的是已经物质上不存在，只在我们心境中憬憧着，所以"过去"又带了神秘的色彩。对于我们

9

含有 Melancholy 性质的人们，"过去"更是个无价之宝。Howthorne 在他《古屋之苔》书中说："我对我往事的记忆，一个也不能丢了。就是错误同烦恼，我也爱把它们记着。一切的回忆同样地都是我精神的食料。现在把它们都忘丢，就是同我没有活在世间过一样。"不过"过去"是很容易被人忽略去的。而一般失恋人的苦恼都是由忘记"过去"，太重"现在"的结果。实在讲起来失恋人所失丢的只是一小部分现在的爱情。他们从前已经过去的爱情是存在"时间"的宝库中，绝对不会失丢的。在这短促的人生，我们最大的需求同目的是爱，过去的爱同现在的爱是一样重要的。因为现在的爱丢了就把从前之爱看得一个大也不值，这就有点近视眼了。只要从前你们曾经真挚地互爱过，这个记忆已很值得好好保存起来，作这千灾百难人生的慰藉，所以我意思是，"今日"是"今日"，"当初"依然是"当初"，不要因为有了今日这结果，把"当初"一切看做都是镜花水月白费了心思的。爱人的目的是爱情，为了目前小波浪忽然舍得将几年来两人辛辛苦苦织好的爱情之网用剪子铰得粉碎，这未免是不知道怎样去多领略点人生之味的人们的态度了。秋心我劝你将这网子仔细保护着，当你感到寂寞或孤栖的时候，把这网子慢慢张开在你心眼的前面，深深地去享受它的美丽，好像吃过青果后回甘一般，那也不枉你们从前的一场要好了。

照你信的口气，好像你是天下最不幸的人，秋心你只知道情人的失恋是可悲哀，你还不晓得夫妇中间失恋的痛苦。你现在失恋的情况总还带三分 Romantic 的色彩，她虽然是不爱你了，但是能够这样忽然间由情人一变变做陌路之人，倒是件痛快的事——其痛快不下给一个运刀如飞杀人不眨眼的刽子手杀下头一样。最苦的是那一种结婚后二人爱情渐渐不知不觉间淡下去。心中总是感到从前的梦的有点不能实现，而一方面对"爱情"也有些麻木不仁起来。这种肺病的失恋是等于受凌迟刑。挨这种苦的人，精神天天痿痹下去，生活力也一层一层沉到零的地位。这种精神的死亡才是天地间惟一的惨剧。也就因为这种惨剧旁人看不出来，有时连自己都不大明白，所以比别的要惨苦得多。你现在虽然失恋但是你还有一肚子的怨望，还想用很多力写长信去告诉你的惟一老朋友，可见你精神仍是活泼泼跳动着。对于人生还觉得有趣味——不管是詈骂运命，或是赞美人生——总不算个不幸的人。秋心你想我这话有点道理吗？

秋心，你同我谈失恋，真是"流泪眼逢流泪眼"了。我也是个失恋的人，不过我是对我自己的失恋，不是对于在我外面的她的失恋。我这失恋既然是对于自己，所以不显明，旁人也不知道。因此也是更难过的苦痛。无声的呜咽比嚎啕总是更悲哀得多了。我想你现在总是白天魂不守舍地胡思乱想，晚上睁着眼睛看黑暗在那里怔怔发呆，这么下去一定会变成神经衰弱的病。我近来无聊得很，专爱想些不相干的事。我打算以后将我所想的报告给你，你无事时把我所想出的无聊思想拿来想一番，这样总比你现在毫无头绪的乱想，少费心力点罢。有空时也希望你想到那里笔到那里般常写信给我。两个伶仃孤苦的人何妨互相给点安慰呢！

驭聪，十六年阳元宵写于北大西斋。

醉中梦话（一）

生平不常喝酒，从来没有醉过。并非自夸量大，实是因为胆小，那敢多灌黄汤。梦却夜夜都做。梦里未必说话，醉中梦话云者，装糊涂，假痴聋，免得"文责自负"云尔。

一、笑

吴老头说文学家都是疯子，我想哲学家多半是傻子，不懂得人生的味道。举个例罢：鼎鼎大名的霍布士（Hobbes）说过笑全是由我们的骄傲来的。这种傻话实在只有哲学家才会讲的。或者是因为英国国民性阴鸷不会笑，所以有这样哲学家。有人说英国人勉强笑的样子同哭一样。实在我们现在中国人何尝不是这样呢？前星期日同两个同学在中央公园喝茶，坐了四五个钟头，听不到一点痛快的笑声，只看见好多皮笑肉不笑，肉笑心不笑的呆脸。戏场尚如是，别的地方更不用说了。我们的人生态度是不进不退，既不高兴地笑，也不号啕地哭，总是这么呆着，是谓之曰"中庸"。

有很多人以为捧腹大笑有损于上流人的威严，而是件粗鄙的事，所以有"咽欢装泪"摆出孤哀子神气。可是真真把人生的意义细细咀嚼过的人是晓得笑的价值的，Carlyle是个有名宣扬劳工福音的人，一个勇敢的战士，他却说一个人若使有真真地笑过一回，这人绝不是坏人。的确只有对生活觉得有丰溢的趣味，心地坦白，精神健康的人才会真真地笑，而真真地曲背弯腰把眼泪都挤出笑后，精神会觉得提高，心情忽然恢复小孩似的天真烂漫。常常发笑的人对于生活是同情的，他看出人类共同的弱点，事实与理想的不·同，他哈哈地笑了。他并不是觉得自己比别人高明（所谓骄傲）才笑，他只看得有趣，因此禁不住笑着。会笑的人思想是雪一般白的，不容易有什么狂性，夸大狂同书狂。James M. Barrie 在他有名的 Peter Pan 里述有一个天真烂漫的小姑娘问那晚上由窗户飞进来的仙童，神仙是怎样生来的，他答道当世界上头一个小孩第一次大笑时候，他的笑声化作一千片，每片在空中跳舞着，后来片片全变做神仙了，这是神仙的起源。这种仙人实是比我们由丹房熏焦了白日飞升的漂亮得多了。

什么是人呢？希腊一个哲学家说人是两个足没有毛的动物。后来一位同他开玩笑的朋友把一个鸡拔去毛，放在他面前，问他这是不是人，有人说人是理性的动物。但什么是理性呢？这太玄了，我们不懂。又有一个哲学家说人是能够煮东西的动物。我自己煮饭会焦，炒菜不烂，所以觉得这话也不大对。法国一个学者说人是会笑的动物。这话就入木三分了。Hazlitt 也说人是惟一会笑会哭的动物。所以笑者，其为人之本欤？

自从我国"文艺复兴"（这四字真典雅堂皇）以后，许多人都来提倡血泪文学，写实文学，唯美派……总之没有人提倡无害的笑。现在文坛上，常见一大丛带着桂冠的诗人，把他"灰色的灵魂"，不是献给爱人，就送与 Satan。近来又有人主张幽默，播扬嘴角微笑。微笑自然是好的。"拈花微笑"，这是何等境界。Emerson 并且说微笑比大笑还好。不过平淡无奇的乡老般的大笑都办不到，忽谈起艺术的微笑，这未免是拿了一双老年四楞象牙镶金的筷子与刘姥姥了。我要借 Maxim Gorky 的话评中国的现状了。他说："你能够对人引出一种充满生活快乐，同时提高精神的笑么？看，人已经忘却好的有益的笑了！"

在我们这个空气沉闷的国度里，触目都是贫乏同困痛，更要保持这笑声，来维持我们的精神，使不至于麻木沉到失望深渊里。当 Charlotte Bronte 失了两个亲爱的姊妹，忧愁不堪时候，她写她那含最多日光同笑声的 "Shirley"。Cowper 烦闷得快疯了时候，他整晚吃吃地笑在床上做他的杰作《痴汉骑马》歌，（John Gilpin）。Gorky 身尝忧患，屡次同游民为伍的，所以他也特别懂得笑的价值。

近来有好几个民众故事集出版，这是再好没有的事。希望大家不要摆出什么民俗学者的脸孔，一定拿放在解剖桌去分剖，何妨就跟着民众笑一下，然礼失而求之于野，亦可以浩叹矣。

二、做文章同用力气

从前自认"舍大道而不由"的胡适之先生近来也有些上了康庄大道，言语稳重了好多。在《现代评论》一百十九期写给"浩徐"的信里，胡先生说："我总想对国内有志作好文章的少年们说两句忠告的话，第一，做文章是要用力气的……"这句话大概总是天经地义罢，可是我觉得这种话未免太正而不邪些。仿佛有一个英国人（名字却记不清了）说 When the author has a happy time in writing a book，then the reader enjoys a happy time in reading it（句子也记不清了，大概是这样罢。）真的，一个作家抓着头发，皱着眉头，费九牛二虎之力作出来东西，有时到卖力气不讨好，反不如随随便便懒惰汉的文章之淡妆粗衣那么动人。所以有好多信札日记，写时不大用心，而后世看来到另有一种风韵。Pepys 用他自己的暗号写日记，自然不想印出给人看的，他每晚背着他那法国太太写几句，更谈不上什么用力气了，然而我们看他日记中间所记的同女仆调情，怎么买个新表时时刻刻拿出玩弄，早上躺在床上同他夫人谈天是如何有趣味，我们却以为这本起居注比那日记体的小说都高明。Charles Lamb 的信何等脍炙人口，Cowper 的信多么自然轻妙，Dobson 叫他做 A humorist in a nightcap（着睡帽的滑稽家），这类"信手拈来，都成妙谛"的文字都是不用力气的，所以能够清丽可人，好似不吃人间烟火。有名的 Samuel Johnson 的文章字句都极堂皇，却不是第一流的散文，而他说的话，给 Boswell 记下的，句句都是漂亮的，显明地表现出他的人格，可见有时冲口出来的比苦心构造的还高一等。Coleridge 是一个有名会说话的人，但是我每回念他那生硬的文章，老想哭起来，大概也是因为他说话不比做文章费力气罢。Walter Pater 一篇文章改了几十遍，力气是花到家了，音调也铿锵可听，却带了矫揉造作的痕迹，反不如因为没钱逼着非写文章不可的 oldsmith 的自然的美了。Goldsmith 作文是不大费力气的。Harrison 却说他的《威克斐牧师传》是 The high–water mark of English。实在说起来，文章中一个要紧的成分是自然（ease），我们中国近来白话文最缺乏的东西是风韵（charm）。胡先生以为近来青年大多是随笔乱写，我却想近来好多文章是太费力气，故意说俏皮话，拼命堆砌。Sir A. Helps 说做文章的最大毛病是可省的地方，不知道省。他说把一篇不好文章拿来，将所有的 noun，verb，abjective，都删去一大部分，一切 adverb 全不要，结果是一篇不十分坏的文章。若使我是胡先生，我一定劝年青作家少费些力气，自然点罢，因为越是费力气，常反得不到 ease 同 charm 了。

若使因为年青人力气太足，非用不可，那么用来去求 ease 同 charm 也行，同近来很时髦 essayist Lucas 等学 Lamb 一样。可是卖力气的理想目的是使人家看不出卖力气的痕迹。我们理想中的用气力做出的文章是天衣无缝，看不出是雕琢的，所以一瞧就知道是篇用力气做的文章，是坏的文章，没有去学的必要，真真值得读的文章却反是那些好像不用气力做的。对于胡先生的第二句忠告，（第二，在现时的作品里，应该拣选那些用气力做的文章做样子，不可挑那些一时游戏的作品，）我们因此也不得不取个怀疑态度了。

胡先生说"不可挑那些一时游戏的作品"，使我忆起一段文场佳话。专会瞎扯的 Leigh Hunt 有一回由 Macaulay 介绍，投稿到 The Edinburgh Reviemw，碰个大钉子，原稿退还，主笔先生请他另写点绅士样子的文章（Sonething gentleman like），不要那么随便谈天。胡适之先生到底也免不了有些高眉（High－browed）长脸孔（Long－faced）了，还好胡子早刮去了，所以文章里还留有些笑脸。

三、抄两句爵士说的话

近来平安映演笠顿爵士（Lord Lytton）的《邦沛之末日》（Lastdays of Pompei）我很想去看，但是怕夜深寒重，又感冒起来。一个人在北京是没有病的资格的。因为不敢病，连这名片也牺牲不看了。可是爵士这名字总盘旋在脑中。今天忽然记起他说的两句话，虽然说不清是在那一本书会过，但这是他说的，我却记得千真万确，可以人格担保。他说："你要想得新意思吧？请去读旧书；你要找旧的见解吧？请你看新出版的。"（Do you want to get at new ideas? read old books; do you want to find old ideas? read new ones,）我想这对于现在一般犯"时代狂"的人是一服清凉散。我特地引这两句话的意思也不过如是，并非对国故党欲有所建功的，恐怕神经过敏者随便株连，所以郑重地声明一下。

十六年清明前两日，于北京。

"还我头来"及其他

关云长兵败麦城，虽然首级给人拿去招安，可是英灵不散，吾舌尚存，还到玉泉山，向和尚诉冤，大喊什么"还我头来！"这是多么惊心动魄的事，万想不到我现在也来发出同样阴惨的呼声。

但是我并非爱做古人的鹦鹉，实在有不得已的苦衷，在所谓最高学府里头，上堂，吃饭，睡觉，匆匆地过了五年，到底学到了什么，自己实在很怀疑。然而一同同学们和别的大学中学的学生接近，常感觉到他们是全知的——人们，（差不多要写做上帝了。）他们多数对于一切大大小小长长短短的问题，都有一定的意见，说起来滔滔不绝，这是何等可羡慕的事。他们知道宗教是应当"非"的，孔丘是要打倒的，东方文化根本要不得，文学是苏俄最高明，小中大学都非专教白话文不可，文学是进化的（因为胡适先生有一篇文学进化论），行为派心理学是惟一的心理学，哲学是要立在科学上面的，新的一定是好，一切旧的总该打倒，以至恋爱问题女子解放问题……他们头头是道，十八般武艺无一不知。鲁拙的我看着不免有无限的羡慕同妒忌。更使我赞美的是他们的态度，观察点总是大同小异——简直是全同无异。有时我精神疲倦，不注意些，就分不出是谁在那儿说话。我从前老想大学生是有思想的人，各个性格不同，意见难免分歧，现在一看这种融融泄泄的空气，才明白我是杞人忧天。不过凡庸的我有时试把他们所说的话，拿来仔细想一下，总觉头绪纷纷，不是我一个人的力几秒钟的时间所能了解。有时尝尽艰难，打破我这愚拙的网，将一个问题，从头到尾，好好想一下，结果却常是找不出自己十分满意解决的方法，只好归咎到自己能力的薄弱了。有时学他们所说的，照样向旁人说一下，因此倒得到些恭维的话，说我思想进步。荣誉虽然得到，心中却觉惭愧，怕的是这样下去，满口只会说别人懂（？）自己不懂的话。随和是做人最好的态度，为了他人，失了自己，也是有牺牲精神的人做的事；不过这么一来，自己的头一部一部消灭了，那岂不是个伤心的事情吗？

由赞美到妒忌，由妒忌到诽谤是很短的路。人非圣贤，谁能无过，我有时也免不了随意乱骂了。一回我同朋友谈天，我引美国Cabell 说的话来泄心中的积愤，我朋友或者猜出我老羞成怒的动机，看我一眼，我也只好住口了。现在他不在这儿，何妨将 Cabell 话译出，泄当时未泄的气。Cabell 在他那本怪书，名字叫做《不朽》（Beyond Life）中间说：

"印刷发明后，思想传布是这么方便，人们不要麻烦费心思，就可得到很有用的意见。从那时候起很少人高兴去用脑力，伤害自己的脑。"

Cabell 在现在美国，还高谈 Romance，提倡吃酒，本来是个狂生，他的话自然是无足重轻的，只好借来发点牢骚不平罢！

以上所说的是自己有愿意把头弄掉，去换几个时髦的字眼的危险。此外在我们青年旁边想用快刀阔斧来取我们的头者又大有人在。思想界的权威者无往而不用其权威来做他的文力统一。从前晨报副刊登载青年必读书十种时候，我曾经摇过头。所以摇头者，一方面表示不满意，一方面也可使自己相信我的头还没有被斩。这十种既是青年所必读，那么不去读的就不好算做青年了。年纪青青就失掉了做青年的资格，这岂不是等于不得保首级。回想二三十年前英国也有这种开书单的风气。但是 Lord Avebury 在他《人生乐趣》（The pleasure of Life）里所开的书单的题目不过是"百本书目表"（List of loo Books）。此外 Lord Acton, Shorter 等所开者，标题皆用此。彼等以爵士之尊，说话尚且这么谦虚，不用什么"必读"等命令式字眼，真使我不得不佩服西人客气的精神了。想不到后来每下愈况，梁启超先生开个书单，就说没有念过他所开的书的人不是中国人，那种办法完全是青天白日当街杀人刽子手的行为了。胡适先生在《现代评论》曾说他治哲学史的方法是惟一无二的路，凡同他不同的都会失败。我从前曾想抱尝试的精神，怀疑的态度，去读哲学，因为胡先生说过真理不是绝对的，中间很有商量余地，所以打算舍胡先生的大道而不由，另找个羊肠小径来。现在给胡先生这么当头棒喝，只好摆开梦想，摇一下头——看还在没有。总之在旁边窥伺我们的头者，大有人在，所以我暑假间赶紧离开学府，万里奔波，国家来好好保养这六斤四的头。

所以"还我头来"是我的口号，我以后也只愿说几句自己确实明白了解的话，不去高攀，谈什么问题主义，免得跌重。说的话自然平淡凡庸或者反因为它的平淡凡庸而深深地表现出我的性格，因为平淡凡庸的话只有我这鲁拙的人，才能够说出的。无论如何总不至于失掉了头。

末了，让我抄几句 Amauld 在 Port – Royal Logic 里面的话，来做结束罢。

"我们太容易将理智只当做求科学智识的工具，实在我们应该用科学来做完成我们理智的工具；思想的正确是比我们由最有根据的科学所得来一切的智识都要紧得多。"

中国普通一般自命为名士才子之流，到了风景清幽地方，一定照例他说若使能够在此读书，才是不辜负此生。由这点就可看出他们是不能真真鉴赏山水的美处。读书是一件乐事，游山玩水也是一件乐事。若使当读书时候，一心想什么飞瀑松声绝崖远眺，我们相信他读书趣味一定不浓厚，同样地若使当看到好风景时候，不将一己投到自然怀中，热烈领会生存之美，却来排名士架子，说出不冷不热的套话，我们也知道他实在不能够吸收自然无限的美。我一想到这事，每每记起英国大诗人 Chaucer 的几行诗（这几行是我深信能懂的，其余文字太古了，实在不知道清楚）。他说：

"When that the monthe of May

Is comen, and that I here the foules synge,

And that the floures gynnen for to sprynge,

Farurl my boke and my devocon."

Legende of Good Women.

大意是当五月来的时候，我听到鸟唱，花也渐渐为春天开，我就向我的书籍同宗教告别了。要有这样的热诚才能得真正的趣味。徐旭生先生说中国人缺乏 enthusiasm，这句话真值得一百圈。实在中国人不止对重要事没有 enthusiasm，就是关于游戏也是取一种逢场作戏随便玩玩的态度，对于一切娱乐事情总没有什么无限的兴味。闭口消遣，开口消愁，全失丢人生的乐趣，因为人生乐趣多存在对于一切零碎事物普通游戏感觉无穷的趣味。要常常使生活活泼生姿，一定要对极微末的娱乐也全心一意地看重，热烈地将一己忘掉在里头。比如要谈天，那么就老老实实说心中自己的话，不把通常流俗的意见，你说过来，我答过去地敷衍。这样子谈天也有真趣，不至像刻板文章，然而多数人谈天总是一副皮面话，听得真使人难过。关于说到这点的文章，我最爱读兰姆（Lamb）的 Mrs. Battle's opinions on Whist。那是一篇游戏的福音，可惜文字太妙了，不敢动笔翻译。再抄一句直腿者流的话来说明我的鄙见罢。A‐C. Berson 在 From a College Wirdcw 里说：

"一个人对于游戏的态度愈是郑重，游戏就越会有趣。"

因为我们对于一切都是有些麻木，所以每回游玩山水，只好借几句陈语来遮饰我们心理的空虚。为维持面子的缘故，渐渐造成虚伪的习惯，所以智识阶级特别多伪君子，也因为他们对面子特别看重。他们既然对自然对人情不能够深切地欣赏，只好将快乐全放在淫欲虚荣权力钱财……这方面。这总是不知生活术的结果。

有人说，我们向文学求我们自己所缺的东西，这自然是主张浪漫派人的说法，可是也有些道理。我们若使不是麻木不仁，对于自己缺点总特别深切地感觉。所以对没有缺点的人常有过量的赞美，而对于有同一缺点的人，反不能加以原谅。Turgeniev 自己意志薄弱，是 Hamlet 一流人物，他的小说描写当时俄国智识阶级意志薄弱也特别动人。Hazlitt 自己脾气极坏，可是对心性慈悲什么事也不计较的 Goldsmith 却啧啧称美。朋友的结合，因为二人同心一意虽多，而因为性质正相反也不少。为的各有缺点各有优点，并且这个所没有的那个有，那个自己惭愧所少的，这个又有，所以互相吸引力特别重。心思精密的管仲同性情宽大的鲍叔，友谊特别重；拘谨守礼的 Addison 和放荡不羁的 Steele，厚重老成的 Southey，和吃大烟什么也不管的 Coleridge 也都是性情相背，居然成历史上有名友谊的榜样。老先生们自己道德一塌糊涂，却口口声声说道德，或者也是因为自己缺乏，所以特别觉得重要。我相信天下没有那么多伪君子，无非是无意中行为同口说的矛盾罢了。

我相信真真了解下层社会情形的作家，不会费笔墨去写他们物质生活的艰苦，却去描写他们生活的单调，精神奴化的经过，命定的思想，思想的迟钝，失望的麻木，或者反抗的精神，蔑视一切的勇气，穷里寻欢，泪中求笑的心情。不过这种细密精致的地方，不是亲身尝过的人像 Dostoievski，Gorki 不能够说出，出身纨袴的青年文学家，还是扯开仁人君子的假面，讲几句真话罢！

因为人是人，所以我们总觉人比事情要紧，在小说里描状个人性格的比专述事情的印象会深得多。这是一件非常明显的事，然而近来所看的短篇小说多是叙一两段情史，用几十个风花雪月字眼，真使人失望。希望新文豪少顾些结构，多注意点性格。Tolstoy 的《伊凡伊列支之死》，Conrod 的 LordJim 都是没有多少事实的小说，也都是有名的杰作。

十六年七月六日，于福州。

人 死 观

恍惚前二三年有许多学者热烈地讨论人生观这个问题，后来忽然又都搁笔不说，大概是因为问题已经解决了罢！到底他们的判决词是怎么样，我当时也有些概念，可惜近来心中总是给一个莫明其妙不可思议的烦闷罩着，把学者们拼命争得的真理也忘记了。这么一来，我对于学者们只可面红耳热地认做不足教的蠢货；可是对于我自己也要找些安慰的话，使这徬徨无依黑云包着的空虚的心不至于再加些追悔的负担。人生观中间的一个重要问题不是人生的目的么？可是我们生下来并不是自己情愿的，或者还是万不得已的，所以小孩一落地免不了娇啼几下。既然不是出自我们自己意志要生下来的，我们又怎么能够知道人生的目的呢？湘鄂的土豪劣绅给人拿去游街，他自己是毫无目的，并且他也未必想去明白游街的意义。小河是不得不流自然而然地流着，它自身却什么意义都没有，虽然它也曾带瓣落花到汪洋无边的海里，也曾带爱人的眼泪到他的爱人的眼前。勃浪宁把我们比做大匠轮上滚成的花瓶。我客厅里有一个假康熙彩的大花瓶，我对它发呆地问它的意义几百回，它总是呆呆地站着，说不出一句话来。但是我却知道花瓶的目的同用处。人生的意义，或者只有上帝才晓得吧！还有些半疯不疯的哲学家高唱"人生本无意义，让我们自己做些意义。"梦是随人爱怎么做就怎么做的，不过我想梦最终脱不了是一个梦罢，黄粱不会老煮不熟的。

生不是由我们自己发动的，死却常常是我们自己去找的。自然在世界上多数人是"寿终正寝"的，可是自杀的也不少，或者是因为生活的压迫，也有是怕现在的快乐不能够继续下去而想借死来消灭将来的不幸，像一对夫妇感情极好却双双服毒同尽的（在嫖客娼妓中间更多），这些人都是以口问心，以心问口商量好去找死的。所以死对他们是有意义的，而且他们是看出些死的意义的人。我们既然在人生观这个迷园里走了许久，何妨到人死观来瞧一瞧呢。可惜"君子见其生不忍见其死"，所以学者既不摇旗呐喊在前，高唱各种人死观的论调，青年们也无从追随奔走在后。"天下兴亡，匹夫有责"，因此我做这部人死观，无非出自抛砖引玉的野心，希望能够动学者的心，对人死观也在切实研究之后，下个放之四海而皆准的判断。

若使生同死是我们的父母——不，我们不这样说，我们要征服自然——若使生同死是我们的子女，那么死一定会努着嘴抱怨我们偏心，只知道"生"不管"死"，一心一意都花在生上面。真的，不止我们平常时都是想着生。Hazlitt死时候说"好吧！我有过快乐的一生"（"Well. l've had a happy life."）他并没想死是怎么一回事。Charlotte Bronte临终时候还对她的丈夫说："呵，我现在是不会死的，我会不会吗？上帝不至于分开我们，我们是这么快乐。"（"Oh! I am not going to die, am I? He will not seperateus, we have been so happy."）这真是不到黄河心不死。为什么我们这么留恋着生，不肯把死的神秘想一下呢？并且有时就是正在冥想死的伟大，何曾是确实把死的实质拿来咀嚼，无非还是向生方面着想，看一下死对于生的权威。做官做不大，发财发不多，打战打败仗，于是乎叹一口气说："千古英雄同一死！"和"自古皆有死，莫不饮恨而吞声，任他生前何等威风赫赫，死后也是一样的寂寞"。这些话并不是真的对于死有什么了解，实在是怀着嫉妒，心惦着生，说风凉话，解一解怨气。在这里生对死，是借他人之纸笔，发自己之牢骚。死是在那里给人利用做抓爆栗子的猫脚爪，生却嘻皮涎脸地站在旁边受用。让我翻一段 Sir W, Raleigh 在《世界史》（The History of the World）里的话来代表普通人对于死的观念罢。

　　"只有死才能够使人了解自己，指示给骄傲人看他也不过是个普通人，使他厌恶过去的快乐；他证明富人是个穷光蛋，除壅塞在他口里的沙砾外，什么东西对他都没有意义；当他举起他的镜在绝色美人面前，他们看见承认自己的毛病同腐朽。呵！能够动人，公平同有力的死呀，谁也不能劝服的你能够说服；谁也不敢想做的事，你做了；全世界所谄媚的人，你把他掷在世界以外，看不起他：你曾把人们的一切伟大，骄傲，残忍，雄心集在一块，用小小两个字'躺在这里'盖尽一切。"

　　Death alone can make man know himself, show the proud and insolent tha the is but object, and can make him hate his forepassed happiness; the rich man be proved a naked beggar, Which hath interest in nothing but the gravel that fills his mouth; and when he holds his glass before the eves of the most beautiful, they see and acknowledge their own deformity and rottenness. Oeloquent, just and mighty death whom none could advise, thou hast persuaded; what none hath presumed, thou hast cast out of the world and despised：thou hast drawn together all the extravagant greatness，all the pride，cruelty and ambition of man，and covered all over with two narrow words："Hicjacet."

这里所说的是平常人对于死的意见，不过用伊利沙伯时代文体来写壮丽点，但是我们若使把它细看一番，就知道里头只含了对生之无常同生之无意义的感慨，而对着死国里的消息并没有丝毫透露出来。所以倒不如叫做生之哀辞，比死之冥想还好些。一般人口头里所说关于死的思想，剥蕉抽茧看起来，中间只包了生的意志，那里是老老实实的人死观呢。

庸人不足论，让我们来看一看沉着声音，两眼渺茫地望着青天的宗教家的话。他们在生之后编了一本"续编"。天堂地狱也不过如此如此。生与死给他们看来好似河岸的风景同水中反映的影子一样，不过映在水中的经过绿水特别具一种缥渺空灵之美.. 不管他们说的来生是不是镜花水月，但是他们所说死后的情形太似生时，使我们心中有些疑惑。因为若使死真是不过一种演不断的剧中一会的闭幕，等会笛鸣幕开，仍然续演，那么死对于我们绝对不会有这么神秘似的，而幽明之隔，也不至于到现在还没有一线的消息。科学家对死这问题，含糊说了两句不负责任的话，而科学家却常常仍旧安身立命于宗教上面。而宗教家对死又是不敢正视，只用着生的现象反映在他们西洋镜，做成八宝楼台。说来说去还在执着人生观，用遁辞来敷衍人死观。

还有好多人一说到死就只想将死时候的苦痛。George Gissing 在他的《草堂随笔》（The private Papers of Henry Ryrcroft.）说生之停止不能够使他恐怖，在床上久病却使他想起会害怕。当该萨 Caesar 被暗杀前一夕，有人问那种死法最好，他说"要最仓猝迅速的!"

（That which should bemost sudden！）疾病苦痛是生的一部分，同死的实质满不相干。以上这两位小窃军阀说的话还是人生观，并不能对死有什么真了解。

为什么人死观老是不能成立呢？为什么谁一说到死就想起生，由是眼睛注着生噜噜哜哜说一阵遁辞，而不抓着死来考究一下呢？约翰生 Johnson 曾对 Boswell 说："我们一生只在想离开死的思想。"（"The whole of life is but keeping away the thought of death."）死是这么一个可怕着摸不到的东西，我们总是设法回避它，或者将生死两个意义混起，做成一种骗自己的幻觉。可是我相信死绝对不是这么简单乏味的东西。Andreyev 是窥得点死的意义的人。他写 Lazarus 来象征死的可怕，写《七个缢死的人》（The seven that were hanged）来表示死对于人心理的影响。虽然这两篇东西我们看着都会害怕，它们中间都有一段新奇耀目的美。Christina Rossetti Edgar Allan poe，Ambrose Bieree 同 Lord Dunsang 对着死的本质也有相当的了解，所以他们著作里面说到死常常有种凄凉灰白色的美。有人解释 Andreyev，说他身旁四面都被围墙围着，而在好多墙之外有一个一切墙的墙——那就是死。我相信在这一切墙的墙外面有无限的风光，那里有说不出的好境，想不来的情调。我们对生既然觉得二十四分的单调同乏味，为什么不勇敢地放下一切对生留恋的心思，深深地默想死的滋味。压下一切懦弱无用的恐怖，来对死的本体睗着细看一番。我平常看到骸骨总觉有一种不可名言的痛快，它是这么光着，毫无所怕地站在你面前。我真想抱着他来探一探它的神秘，或者我身里的骨，会同他有共鸣的现象，能够得到一种新的发现。骸骨不过是死宫的门，已经给我们这种无量的欢悦，我们为什么不漫步到宫里，看那千奇万怪的建筑呢。最少我们能够因此遁了生之无聊 ennui 的压迫，De Quincy 只将"猝死"、"暗杀"……当作艺术看，就现出了一片瑰奇伟丽的境界。何况我们把整个死来默想着呢？来，让我们这会死的凡人来客观地细玩死的滋味：我们来想死后灵魂不灭，老是这么活下去，没有了期的烦恼；再让我们来细味死后什么都完了，就归到没有了的可哀；永生同灭绝是一个极有趣味的 dilemma，我们尽可和死亲昵着，赞美这个 dilemma 做得这么完美无疵，何必提到死就两对牙齿打战呢？人生观这把戏，我们玩得可厌了，换个花头吧，大家来建设个好好的人死观。

在 Carlyle 的 The life of John Sterling 中有一封 Sterling 在病快死时候写给 Carlyle 的信，中间说：

"它（死）是很奇怪的东西，但是还没有旁观者所觉得的可悲的百分之一。"

"It is all very strange, but not one hundredthpart so sad as it seems to the standers-by."

十六年八月三日于福州 Sweet Home

查理斯·兰姆评传

"它在柔美风韵之外，还带有一种描写不出奇异的美；甜蜜的，迷人的，最引人发笑的，然而是这样地动人的情绪又会使人心酸"——Hawthorne – Marble Faun.

传说火葬之后，心还不会烧化的雪莱，曾悱恻地唱："我堕在人生荆棘上面！我流血了！"人生路上到处都长着荆棘，这是无可讳言的事实。但是我们要怎么样才能够避免常常被刺，就是万不得已皮肤给那尖硬的木针抓破了，我们要去那里找止血的灵药呢？一切恋着人生的人，对这问题都觉有细想的必要。查理斯·兰姆是解决这个问题最好的导师。George Eliot 在那使她失丢青春的长篇小说 Romola 里面说"生命没有给人一种它自己医不好的创伤"。兰姆的一生是证明这句话最好的例，而且由他的作品，我们可以学到很多精妙的生活术。

查理斯·兰姆——Coleridge 叫他做"心地温和"的查理斯——

在一七七五年二月十八日生于伦敦。他父亲是一个性情慈爱诸事随便的律师，Samuel Salt 的像仆人不是仆人，说书记又非书记式的雇员。他父亲约翰·兰姆做人忠厚慷慨，很得他主人的信任。兰姆的幼年就住在这个律师所住的寺院里，八岁进基督学校 Christ Hospital 受古典教育，到十五岁就离开学校去做事来持家了。基督学校的房子本来也是中古时代一个修道院，所以他十四年都是在寺院中过去的。他那本来易感沉闷的心情，再受这寺院中寂静恬适的空气的影响，更使他耽于思索不爱干事了。他在学校时候与浪漫派诗人和批评家 S. T. Coleridge 订交，他们的交谊继续五十年，没有一些破裂。兰姆这几年学校生活可以说是他环境最好的时期。他十五岁就在南海公司做书记，过两年转到东印度公司会计课办事，在那里过记账生活三十三年，才得养老金回家过闲暇时光。不止他中年这么劳苦，他年青时候还遇着了极不幸的事。当他二十一岁时候，他同一位名叫 Ann Simmons 姑娘发生爱情，后来失恋了，他得了疯病，在疯人院过了六个礼拜。他出院没有多久，比他长十岁的姊姊玛利兰姆一天忽然发狂起来，拿桌上餐刀要刺一女仆，当她母亲来劝止时候，她母亲被误杀了。玛利自然立刻关在疯人院了。后来玛利虽然经法庭判做无罪，但是对于玛利将来生活问题，兰姆却有许多踌躇。玛利在她母亲死后没有多久时候渐渐地好了，若使把她接回家中住，老父是不答应的，把一个精神健全，不过一年有几天神经会错乱的人关在疯人院里。兰姆觉得是太残酷了。并且玛利是个极聪明知理的女子，同他非常友爱，所以只有在外面另赁房子一个办法。不过兰姆以前入仅敷出，虽然有位哥哥，可是这个大哥自私自利只注意自己的脚痛，别的什么也不管，而且坚持将玛利永久关在疯人院里，兰姆在这万分困难环境之下，定个决心，将玛利由疯人院领出，保证他自己一生都看护她。他恐怕结婚会使他对于玛利招扶不周到，他自定终身不娶。一个二十一岁青年已背上这么重负担，有这么凄惨的事情占在记忆中间，也可谓极人生的悲哀了。不久他父亲死了。以后他天天忙着公司办事，回家陪伴姊姊，有时还要做些文章，得点钱，来勉强维持家用。玛利有时疯病复发，当有些预征时候，他携着她的手，含一泡眼泪送入疯人院去，他一人回到家里痴痴地愁闷。在这许多困苦中间，兰姆全靠着他的美妙乐天的心灵同几个知心朋友 Wordsworth, Coleridge, Hazlitt, Manning, Rickman, Earton Bur— ney, Carey, 等的安慰来支持着。他虽然厌恶工作，可是当他得年金后，因为工作已成种习惯，所以他又有无聊空虚的愁苦了。又加以他好友 Coleridge 的死，他晚年生活更形黯淡。在一八三四年五月二十日他就死了。他姊姊老是在半知觉状态之下，还活十三年。这是和他的计划相反的，因为他希望他能够比他姊姊后死，免得她一个人在世上过凄凉的生活。他所有的著作都是忙里偷闲做的。

人生的内容是这样子纷纭错杂、毫无头绪，除了大天才像莎士比亚这般人外多半都只看人生的一方面。有的理想主义者不看人生，只在那里做他的好梦，天天过云雾里生活，Emerson 是个好例。也有明知人生里充满了缺陷同丑恶，却掉过头来专向太阳照到地方注目，满口歌颂自然人生的美，努力去忘记一切他所不愿意有的事情，十九世纪末叶英国有名散文家 John Brown 医生属于这一类。还有一种人整个心给人世各种龌龊事扰乱了，对于一切虚伪，残酷，麻木，无耻攻击同厌恶得太厉害了，仿佛世上只有毒蛇猛兽，所有歌鸟吟虫全忘记了。斯夫特主教同近代小说家 Butler 都是这一类人。他们用显微镜来观察人生的斑点，弄得只看见缺陷，所以斯夫特只好疯了。以上三种人，第一种痴人说梦，根本上就不知道人生是怎么一回事，第二种人躲避人生，没有胆量正正地胰着人生，既是缺乏勇气，而且这样同人生捉迷藏，也抓不到人生真正乐趣。若使不愿意看人生缺陷同丑恶，而人生缺陷同丑恶偏排在眼前，那又要怎么好呢？第三种人诅咒人生，当他漫骂时候，把一切快乐都一笔勾销了。只有真真地跑到生活里面，把一切事都用宽大通达的眼光来细细咀嚼一番，好的自然赞美，缺陷里头也要去找出美点出来；或者用法子来解释，使这缺陷不令人讨厌，这种态度才能够使我们在人生途上受最少的苦痛，也是止血的妙方。要得这种态度，最重要的是广大无边的同情心。那是能够对于人们所有举动都明白其所以然；因为同是人类，只要我们能够虚心，各种人们动作，我们全能找出可原谅的地方。因为我们自己也有做各种错事的可能：所以更有原谅他人的必要。真正的同情是会体贴别人的苦衷，设身处地去想一下，不是仅仅容忍就算了。用这样眼光去观察世态，自然只有欣欢的同情，真挚的怜悯，博大的宽容，而只觉得一切的可爱，自己生活也增加了无限的趣味了。兰姆是有这精神的一个人。有一回一个朋友问他恨不恨某人，他答道："我怎么能恨他呢？我不是认得他？我从来不能恨我认识过的人。"他年青的时候曾在一篇叫做《伦敦人》上面说："很常当我在家觉得烦腻或者愁倦，我跑到伦敦的热闹大街上，任情观察，等到我的双颊给眼泪淌湿，因为对着伦敦无时不有像哑剧各幕的动人拥挤的景况的同情。"在一篇杂感上他又说："在大家全厌弃的坏人的性格上发现出好点来，这是件非常高兴的事，只要找出一些同普通人相同的地方就够了。从我知道他爱吃南野的羊肉起，我对 Wilks 也没有十分坏的意见。"兰姆不求坏人别有什么过人地方，然后才去原谅，只要有带些人性，他的心立刻软下去。他到处体贴人情，没有时候忘记自己也是个会做错事说错话的人，所以他无论看什么，心中总是春气盎然，什么地方都生同情，都觉有趣味，所以无往而不自得。这种执着人生，看清人生然后抱着人生接吻的精神，和中国文人逢场作戏，游戏人间的态度，外表有些仿佛，实在骨子里有天壤之隔。中国文人没有挫折时，已经装出好多身世凄凉的架子，只要稍稍磨折，就哼哼地怨天尤人，将人生打得粉碎，仅仅剩个空虚的骄傲同无聊的睥睨。那里有兰姆这样看遍人生的全圆，千灾百难底下，始终保持着颠扑不破的和人生和谐的精神，同那世故所不能损害毫毛的包括一切的同情心。这种大勇主义是值得赞美，值得一学的。

兰姆既然有这么广大的同情心，所以普通生活零星事件都供给他极好的冥想对像，他没有通常文学家习气，一定要在王公大人，惊心动魄事情里面，或者良辰美景，旖旎风光时节，要不然也由自己的天外奇思，空中楼阁里找出文学材料，他相信天天在他面前经过的事情，只要费心去吟味一下，总可想出很有意思的东西来。所以他文章的题目是五花八门的，通常事故，由伦敦叫花子，洗烟囱小孩，烧猪，肥女人，饕餮者，穷亲戚，新年一直到莎士比亚的悲剧，De Foe 的二流作品，Sidney 的十四行诗，Hogarth 的讥笑世俗的画，自天才是不是疯子问题说到彩票该废不废问题。无论什么题目，他只要把他的笔点缀一下，我们好像看见新东西一样。不管是多么乏味事情，他总会说得津津有味，使你听得入迷。A. C. Benson 说得最好："查理斯·兰姆将生活中最平常材料浪漫地描写着，指示出无论是多么简单普通经验也充满了情感同滑稽，平常生活的美丽同庄严是他的题目。"在他书信里也可看出他对普通生活经验的玩味同爱好。他说："一个小心观察生活的人用不着自己去铸什么东西，'自然'已经将一切东西替我们浪漫化了。"（给 Bernard Barton 的信）在他答 Wordsworth 请他到乡下去逛的信上，他说："我一生在伦敦过活，等到现在我对伦敦结得许多深厚的地方感情，同你山中人爱好呆板板的自然一样，Stred 同 Fleet 二条大街灯光明亮的店铺；数不尽的商业，商人，顾客，马车，货车，戏院；Covent 公园里面包含的嘈杂同罪恶，窑子，更夫，醉汉闹事，车声；只要你晚上醒来，整夜伦敦是热闹的；在 Fleet 街的绝不会无聊；群众，一直到泥耙尘埃，射在屋顶道路的太阳，印刷铺，旧书摊，商量价的顾客，咖啡店，饭馆透出菜汤的气，哑剧——伦敦自己就是个大哑剧院，大假装舞蹈会——一切这些东西全影响我的心，给我趣味，然而不能使我觉得看够了。这些好看奇怪的东西使我晚上徘徊在拥挤的街上，我常常在五光十色的大街中看这么多生活，高兴得流泪。"他还说："我告诉你伦敦所有的大街傍道全是纯金铺的，最少我懂得一种点金术，能够点伦敦的泥成金——一种爱在人群中过活的心。"兰姆真有点泥成金的艺术，无论生活怎样压着他，心情多么烦恼，他总能够随便找些东西来，用他精细微妙灵敏多感的心灵去抽出有趣味的点来，他嗤嗤地笑了。十八世纪的散文家多半说人的笑脸可爱，兰姆却觉天下可爱东西非常多，他爱看洗烟囱小孩洁白的齿，伦敦街头墙角鹑衣百结，光怪陆离的叫花子，以至伦敦街声他以为比什么音乐都好听。总而言之由他眼里看来什么东西全包含无限的意义，根本上还是因为他能有普遍的同情。他这点同诗人 Wordsworth 很相像，他们同相信真真的浪漫情调不一定在夺目惊心的事情，而俗人俗事里布满了数不尽可歌可叹的悲欢情感。他不把几个抽象观念来抹杀人生，或者将人生的神奇化作腐朽，他从容不迫地好像毫不关心说这个，谈那个，可是自然而然写出一件东西在最可爱情形底下的状况。就是 Walter Pater 在《查理斯·兰姆评传》所说 the gayest, happiest attitude of things。因此兰姆只觉到处有趣味，可赏玩，并且绝不至于变做灰色的厌世者，始终能够天真地在这碧野青天的世界歌颂上帝给我享受不尽同我们自己做出鉴赏不完的种种物事。他是这么爱人群的，Leigh Hunt 在自传里说"他宁愿同一班他所不爱的人在一块，不肯自己孤独地在一边"，当他姊姊又到疯人院，家中换个新女仆，他写信给 Bernard Barton，提到旧女仆，他感叹着说："责骂同吵闹中间包含有熟识的成分，一种共同的利益——定要认得的人才行——所以责骂同吵闹是属于怨，怨这个东西同亲爱是一家出来的。"一个人爱普通生活到连吵架也信做是人类温情的另一表现，普通生活在他面前简直变成做天国生活了。

Hazlitt 在《时代精神》（The spirit of the Age）评兰姆一段里说："兰姆不高兴一切新面孔，新书，新房子，新风俗，……他的情感回注在'过去'，但是过去也要带着人的或地方的色彩，才会深深的感动他……他是怎么样能干地将衰老的花花公子用笔来渲染得香喷喷地；怎么样高兴地记下已经冷了四十年的情史。"兰姆实在恋着过去的骸骨，这种性情有两个原因，一来因为他爱一切人类的温情。事情虽然已经过去，而中间存着的情绪还可供我们回忆。并且他太爱了人生，虽然事已烟消火灭了，他舍不得就这么算了，免不了时时记起，拿来摩弄一番。他性情又耽好冥想，怕碰事实，所以新的东西有种使他害怕的能力。他喜欢坐在炉边和他姊姊谈幼年事情，顶怕到新地方，住新房，由这样对照，他更爱躲在过去的翼底下。在《伊里亚随笔》第一篇《南海公司》里他说："活的账同活的会计使我麻烦，我不会算账，但是你们这些死了大本的数簿——是这么重，现在三个衰颓退化的书记要抬离开那神圣地方都不行——连着那么多古老奇怪的花纹同装饰的神秘的红行——那种三排的总数目，带着无用的圈圈——我们宗教信仰浓厚的祖宗无论什么流水账，数单开头非有不可的祷告话——那种值钱的牛皮书面，使我们相信这是天国书库的书的皮面——这许多全是有味可敬的好看东西。"由这段可以看出他避新向旧的情绪。他不止喜欢追念过去，而且因为一件事情他经历过那不管这事情有益有害，既然同他发生关系了，好似是他的朋友，若使他能够再活一生，他还愿一切事情完全按旧的秩序递演下去。他在《除夕》那一篇中说："我现在几乎不愿意我一生所逢的任一不幸事会没有发生过，我不欲改换这些事情也同我不欲更改一本结构精密小说的布局一样，我想当我心被亚历斯的美丽的发同更美丽的眼迷醉时候，我将我最黄金的七年光阴憔悴地空费过去这回事比干脆没有碰过这么热情的恋爱是好得多。我宁愿我失丢那老都伯骗去的遗产，不愿意现在有二千镑钱而心中没有这位老奸巨滑的影子。"他爱旧书，旧房子，老朋友，旧瓷器，尤其好说过去的戏子，从前的剧场情形，同他小孩子时候逛的地方。他曾有一首有名的诗说一班旧日的熟人。

一班旧日的熟人

我曾有一些游侣，我曾有一班好伴，
在我孩提的时候，在我就学的时光；
一班旧日的熟人，现在完全失散。

我曾经狂笑，我曾经欢宴，
与一班心腹的朋友在深夜坐饮；
一班旧日的熟人，现在完全失散。

我曾爱着一个绝代的美人：
她的门为我而关，她，我一定不能再见——
一班旧日的熟人，现在完全失散。

我有一个朋友，一个最好的朋友，
我曾鲁莽地背弃他像个忘恩之人；
背弃了他，想到一班旧日的熟人。

我徘徊在幼年欢乐之场像个幽灵，
我不得不走遍大地的荒原，
为了去找一班旧日的熟人。

我的心腹的朋友，你比我的兄弟更强，

你为什么不生在我的家中？

假使我们可以谈到旧日的熟人——

他们有的怎样弃我，有的怎样死亡，

有的被人夺去；所有的朋友都已分离；

一班旧日的熟人，现在完全失散。

　　他说他像个幽灵徘徊在幼年欢乐之场。实在由这种高兴把旧事重提的人看来，现在只是一刹那，将来是渺茫的，只有过去是安安稳稳地存在记忆，绝不会失丢的宝藏。这也是他在这不断时流中所以坚决地抓着过去的原因。

　　兰姆一生逢着好多不顺意的事，可是他能用飘逸的想头，轻快的字句把很沉重的苦痛拨开了。什么事情他都取一种特别观察点，所以可给普通人许多愁闷怨恨的事情，他随随便便地不当做一回事地过去了。他有一回编一本剧叫做《H 先生》，第一晚开演时候，就受观众的攻击，他第二天写信给 Sarah Stoddart 说："H 先生昨晚开演，失败了，玛利心里很难过。我知道你听见这个消息一定会替我们难过。可是不要紧。我们不被决心这事情弄得心灰意懒。我想开始戒烟，那么我们快要富足起来了。一个吞云吐雾的人，自然只会写乌烟瘴气的喜剧。"他天天从早到晚在公司办事，但是在《牛津游记》上他说我虽然是个书记，这不过是我一时兴致，一个文人早上须要休息，最好休息的法子是机械式地记棉花，生丝，印花布的价钱，这样工作之后去念书会特别有劲，并且你心中忽然有什么意思，尽可以拿桌上纸条或者封面记下，做将来思索材料。他的哥哥是个自私的人，收入很好，却天天去买古画，过舒服生活，全不管兰姆的穷苦。兰姆对这事不止没有一毫怨尤，并且看他哥哥天天兴高采烈样子，他心中也欢喜起来了。在《我的亲戚》一篇文中他说："这事情使我快活，当我早上到公司时候，在一个风和日美五月的早上，碰着他（指兰姆哥哥）由对面走来，满脸春风，喜气盈洋。这种高兴样子是指示他心中预期买样看中了的古画。当这种时候他常常拉着我，教训一番。说我这种天天有事非干不可的人比他快活——要我相信他觉得无聊难过——希望他自己没有这么多闲暇——又向西走到市场去，口里唱着调子一心里自信我会信他的话——我却是无歌无调地继续向公司走。"这种一点私见不存，只以客观态度温和眼光来批评事情，注意可以发噱之点，用来做微笑的资料，真是处世最好的精神。在《查克孙上尉》一篇里，他将这种对付不好环境的好法子具体地描写出。查克孙一贫如洗，却无时不排阔架子，这样子就将贫穷的苦恼全忘丢了。兰姆说："他（查克孙上尉）是个变戏法者，他布一层雾在你面前——你没有时间去找出他的毛病。他要向你说'请给我那个银糖钳'，实在排在你面前只有一个小匙，而且仅仅是镀银的。在你还没有看清楚他的错误之前，他又来扰乱你的思想，把一个茶锅叫做茶瓮，或者将凳子说做沙发。富人请你看他的家具，穷人用法子使你不注意他的寒尘东西；他既不是这样，也不是那样，单单自己认他身边一切东西全是好的，使你莫明其妙到底在茅屋里看的是什么。什么也没有，他仿佛什么都有样子。他心中有好多财产。"当他母亲死后一个礼拜，他写信给 Coleridge 说："我练成了一种习惯不把外界事情看重——对这盲目的现在不满意，我努力去得一种宽大的胸怀；这种胸怀支持我的精神。"他姊姊疯好了，他写信给 Coleridge 说："我决定在这塞满了烦恼的剧，尽量得那可得到的瞬间的快乐。"他又说"我的箴言是'只要一些，就须满足；心中却希望能得到更多'"。我们从这几段话可以看出兰姆快乐人世的精神。他既不是以鄙视一切快乐自雄的 stoic；也不是沾沾自喜歌颂那卑鄙庸懦的满足的人，他带一副止血的灵药，在荆棘上跳跃奔驰，享受这人生道上一切风光，他不鄙视人生，所以人生也始终爱抚他。所以处这使别人能够碎心的情况之下，他居然天天现着笑脸，说他的双关话，同朋友开开玩笑过去了。英国现在大批评家 Agustine Birrell 说："兰姆自己知道他的神经衰弱，同他免不了要受的可怕的一生挫折，他严重地拿零碎东西做他的躲难所，有意装傻，免得过于兴奋变成个疯子了。"他从二十一岁，以后经过千涛百浪，神经老是健全，这就是他这种高明超达的生活术的成功。

兰姆虽然使一双特别的眼睛看世界上各种事情，他的道德观念却非常重。他用非常诚恳态度采取道德观念，什么事情一定要寻根到底赤裸裸地来审察，绝不容有丝毫伪君子成分在他心中。也是因为他对道德态度是忠实，所以他又常主张我们有时应当取一种无道德态度，把道德观念撇开一边不管，自由地来品评艺术同生活。伪君子们对道德没有真真情感，只有一副架子，记着几句口头禅，无处不说他的套语，一时不肯放松将道德存起来，这是等于做贼心虚，更用心保持他好人的外表，偷汉寡妇偏会说贞节一样。只有自己问心无愧的人才敢有时放了道德的严肃面孔，同大家痛快地毫无拘管地说笑。在他那《莎士比亚同时戏剧家评选》里他说："霸占近代舞台的乏味无聊抹杀一切的道德观念把戏中可赞美的热烈情感排斥去尽了，一种清教徒式的感情迟钝，一种傻子低能的老实渐渐盘绕我们胸中，将旧日戏剧作家给我们的强烈的情感同真真有肉有血生气勃勃的道德赶走了，……我们现在什么都是虚伪的顺从。"所以他爱看十八世纪几个喜剧家 Congreve，Farquhar Wycherley 等描写社会的喜剧。他曾说："真理是非常宝贵的，所以我们不要乱用真理。"因为他宝贵道德，他才这么不乱任用道德观念，把它当作不值一句钱的东西乱花。兰姆不怎么尊重传统道德观念，他的观念近乎尼采，他相信有力气做去就是善，柔弱无能对付了事处处用盾牌的是恶，这话似乎有些言之过甚，不过实在是如此。我们读兰姆不觉得念查拉撒斯图拉如此说地针针见血，那是因为兰姆用他的诙谐同古怪的文体盖住了好多惊人的意见。在他《两种人类》那篇上，他赞美一个靠借钱为生，心地洁白的朋友。这位朋友豪爽英迈，天天东拉西借，压根儿就没有你我之分，有钱就用，用完再借，由兰姆看起来他这种痛快情怀比个规规矩矩的人高明得多。他那篇最得所谓英国第一批评家 Hazlitt 击节叹赏的文章《战太太对于纸牌的意见》用使人捧腹大笑的笔墨说他这种做得痛快就是对的理论。他觉得叫花子非常高尚，平常人都困在各种虚荣高低之内，惟有叫花子超出一切比较之外，不受什么时髦礼节习惯的支配，赤条条无牵挂，所以他把叫花子尊称做"宇宙间惟一的自由人"。英国习惯每餐都要先感谢上帝，兰姆想我们要感谢上帝地方多得很，有 Milton 可念也是个要感谢的事情，何必专限在饭前，再加上那时候馋涎三尺，那里有心去谢恩，所食东西又是煮得讲究，不是仅仅作维持生命用，谢上帝给我们奢侈纵我们口欲，确在是不大对的。所以他又用滑稽来主张废止。他在《傻子日》里说："我从来没有一个交谊长久或者靠得住的朋友，而不带几分傻气的，……心中一点傻气都没有的人，心里必有一大堆比傻还坏的东西。"这两句话可以包括他的伦理观念。兰姆最怕拉长面孔，说道德的，我们却噜哧地说他的道德观念，实在对不起他，还是赶快谈别的罢。

　　法国十六世纪散文大家，近世小品文鼻祖 Montaigne 在他小品文集（Essays）序上说："我想在这本书里描写这个简单普通的真我，不用大言，说假话，弄巧计，因为我所写的是我自己。我的毛病要纤毫毕露地说出来，习惯允许我能够坦白说到那里，我就写这自然的我到那地步。"兰姆是 Montaigne 的嫡系作家。他文章里十分之八九是说他自己，他老实地亲信地告诉我们他怎么样不能了解音乐，他的常识是何等的缺乏，他多么怕死，怕鬼，甚至于他怎样怕自己会做贼偷公司的钱，他也毫不遮饰地说出。他曾说他的文章用不着序，因为序是作者同读者对谈，而他的文章在这个意义底下全是序。他谈自己七零八杂事情所以能够这么娓娓动听，那是靠着他能够在说闲话时节，将他全性格透露出来，使我们看见真真的兰姆。谁不愿意听别人心中流露出的真话，何况讲的人又是个和蔼可亲温文忠厚的兰姆。他外面又假放好多笔名同杜撰的事，这不过一层薄雾，为的兰姆到底是害羞的人，文章常用七古八怪的别号，这么一反照，更显出他那真挚诚恳的态度了。兰姆最赞美懒惰，他曾说人类本来状况是游手好闲的，亚当堕落后才有所谓工作。他又说："实在在一个人所能做的最好的事情是什么也不干，次一等才是——好工作。"他那一篇《衰老的人》是个赞美懒惰的福音。比起 Stevenson 的《懒惰汉的辩词》更妙得多，我们读起来一个爱闲暇怕工作的兰姆活现眼前。

兰姆著作不大多，最重要是那投稿给《伦敦杂志》，借伊里亚 Elia 名字发表的絮语文五十余篇，后来集做两卷，就是现在通行的《伊里亚小品文》 （The Essays of Elia）同《伊里亚小品文续编》（The Last Essays of Elia）。伊里亚是南海公司一个意大利书记，兰姆借他名字来发表，他的文体是模仿十七世纪 Fuller，Browne 同别的伊里利伯时代作家，所以非常古雅蕴藉。此外他编一本莎士比亚同时代戏剧作家选集，还加上批评，这本书关于十九世纪对伊利沙伯时代文学兴趣之复燃，大有关系。他的批评，吉光片羽，字字珠玑，虽然只有几十页，是一本重要文献。他选这本书的目的，是将伊利沙伯时代人的道德观念呈现在读者面前，所以他的选本一直到现在还是风行的。他还有批评莎士比亚悲剧同 Hogarth 的画的文章。此外他同玛利将莎士比亚剧编作散文古事，尽力保存原来精神。他对伊利沙伯朝文学既然有深刻的研究，所以这本《莎氏乐府本事》，还能充满了剧中所有的情调色彩，这是它能够流行的原因。兰姆做不少的诗同一两编戏剧，那都是不重要的。他的书信却是英国书信文学中的杰作，其价值不下于 Cowper Southey，Cray Fitzerald 的书牍，他那种缠绵深情同灵敏心怀在那几百封信里表现得非常清楚。他好几篇好文章《两种人类》，《新同旧的教师》，《衰老的人》等差不多全由他信脱胎出来。他写信给 Southey 说："我从来没有根据系统判断事情，总是执着个体来理论。"这两句话可以做他一切著作的注脚。

兰姆传以 Ainger 做得最好，Ainger 说：他是个利己主义者——是一个没有一点虚荣同自满的利己主义者——一个剥去了嫉妒同恶脾气的利己主义者。这真是兰姆一生最好的考语。

近代专研究兰姆，学兰姆的文笔的 Lucus 说"兰姆重新建设生活，当他改建时节，把生活弄得尊严内容丰富起来了。"

十七年一月，北大西斋。

文学与人生

在普通当作教本用的文学概论批评原理这类书里，开章明义常说文学是一面反映人生最好的镜子，由文学我们可以更明白地认识人生。编文学概论这种人的最大目的在于平妥无疵，所以他的话老是不生不死似是而非的，念他书的人也半信半疑，考试一过早把这些套话丢到九霄云外了；因此这般作者居然能够无损于人，有益于己地写他那不冷不热的文章。可是这两句话却特别有效力，凡是看过一本半册文学概论的人都大声地嚷着由文学里我们可以特别明白地认识人生。言下之意自然是人在世界上所最应当注意的事情无过于认清人生，文学既是认识人生惟一的路子，那么文学在各种学术里面自然坐了第一把交椅，学文学的人自然……。这并不是念文学的人虚荣心特别重，那个学历史的人不说人类思想行动不管古今中外全属历史范围；那个研究哲学的学生不睥睨地说在人生根本问题未解决以前，宇宙神秘还是个大谜时节，一切思想行动都找不到根据；法科学生说人是政治动物；想做医生的说，生命是人最重要东西；最不爱丢文的体育家也忽然引起拉丁说健全的思想存在健全的身体里。中国是农业国家这句老话是学农业的人的招牌，然而工业学校出身者又在旁微笑着说"现在是工业世界"。学地质的说没有地球，安有我们。数学家说远些把 Protagoras 抬出说数是宇宙的本质，讲近些引起罗素数理哲学。就是温良恭俭让的国学先生们也说要读书必先识字，要识字就非跑到什么《说文》戴东原书里去过活不可。与世无涉，志于青云的天文学者啧啧赞美宇宙的伟大，可怜地球的微小，人世上各种物事自然是不肯去看的。孔德排起学术进化表来，把他所创设的社会学放在最高地位。拉提琴的人说音乐是人类精神的最高表现。总而言之，统而言之，这块精神世界的地盘你争我夺，谁也睁着眼睛说"请看今日之域中，究是谁家之天下。"然而对这种事也用不着悲观。风流文雅的王子不是在几千年前说过"文人相轻，自古已然"。可惜这种文力统一的梦始终不能实现，恐怕是永久不能实现。所以还是打开天窗说亮话罢。若使有学文学的伙计们说这是长他人意气，灭自己威风，则只有负荆谢罪，一个办法；或者拉一个死鬼来挨骂。在 Conrad 自己认为最显露地表现出他性格的书：《人生与文学》（Notes on Life and Letters）里，他说："文学的创造不过是人类动作的一部分，若使文学家不完全承认别的更显明的动作的地位，他的著作是没有价值的。这个条件，文学家，——特别在年青时节——很常忘记，而倾向于将文学创造算做比人类一切别的创作的东西都高明。一大堆诗文有时固然可以发出神圣的光芒，但是在人类各种努力的总和中占不得什么特别重要的位置。"Conrad 虽然是个对于文学有狂热的人，因为他是水手出身，没有进过文学讲堂，所以说话还保存些老舟子的直爽口吻。

文学到底同人生关系怎么样？文学能够不能够，丝毫毕露地映出人生来呢？大概有人会说浪漫派捕风捉影，在空中建起八宝楼台，痴人说梦，自然不能同实际人生发生关系。写实派脚踏实地，靠客观的观察，来描写，自然是能够把生活画在纸上。但是天下实在没有比这个再错的话。文学无非叙述人的精神经验（述得确实不确实又是一个问题），色欲利心固然是人性一部分，而向渺茫处飞翔的意志也是构成我们生活的一个重要成份。梦虽然不是事实，然而总是我们做的梦，所以也是人生的重要部分。天下不少远望着星空，虽然走着的是泥泞道路的人，我们不能因为他满身尘土，就否认他是爱慕闪闪星光的人。我们只能说梦是与别东西不同，而不能否认它的存在，写梦的人自然可以算是写人生的人。Hugo 说过"你说诗人是在云里的，可是雷电也是在云里的。"世上没有人否认雷电的存在，多半人却把诗人的话，当做镜花水月。当什么声音都没有的深夜里，清冷的月色照着旷野同山头，独在山脚下徘徊的人们免不了会可怜月亮的凄凉寂寞，望着眠在山上的孤光，自然而然想月亮对于山谷是有特别情感的。这实是人们普通的情绪，在我们生活中占有重要位置的。Keats 用他易感的心灵，把这情绪具体化利用希腊神话里月亮同牧羊人爱情故事，歌咏成他第一首长诗 Endymion。好多追踪理想的人一生都在梦里过去，他们的生活是梦的，所以只有渺茫灿烂的文字才能表现出他们的生活。Wordsworth 说他少时常感觉到自己同宇宙是分不开的整个，所以他有时要把墙摸一下，来使他自己相信有外界物质的存在；普通人所认为虚无乡，在另一班看来到是惟一的实在。无论多么实事求是抓着现在的人晚上也会做梦的。我们一生中一半光阴是做梦，而且还有白天也做梦的。浪漫派所写的人生最少也是人生的大部分，人们却偏说是无中生有，这也是无可奈何的事。但是我们虽然承认浪漫文学不是镜里自己生出来的影子，是反映外面东西，我们对它照得精确不，却大大怀疑。可是所谓写实派又何曾是一点不差的描摹人生，作者的个人情调杂在里面绝不会比浪漫作家少。法国大批评家 Amiel 说："所谓更客观的作品不过是一个客观性比别人多些的心灵的表现，就是说他在事物面前能够比别人更忘记自己；但是他的作品始终是一个心灵的表现。"曼殊斐儿的丈夫 Middleton Murruy 在他的《文体问题》（The Problem of Style）里说，"法国的写实主义者无论怎样拼命去压下他自己的性格，还是不得不表现出他的性格。只要你真是个艺术家，你绝不能做一个没有性格的文学艺术家。"真的，不止浪漫派作家每人都有一个特别世界排在你眼前，写实主义者也是用他的艺术不知不觉间将人生的一部分拿来放大着写。让我们拣三个艺术差不多，所写的人物也差不多的近代三个写实派健将 Maupassant，Chekhov，Bennett 来比较。Chekhov 有俄国的 Maupassant 这个外号，Bennett 在他《一个文学家的自传》（The Truth alut an Auther）里说他曾把 Maupassant 当作上帝一样崇拜，他的杰作是读了 Maupassant 的《一生》（Uine Vie）引起的。他们三个既然于文艺上有这么深的关系，若使写实文学真能超客观地映出人生，那么这三位文豪的著作应当有同样的色调，可是细心地看他们的作品，就发现他们有三个完全不同的世界。Maupassant 冷笑地站在一边袖手旁观，毫无同情，所以他的世界是冰冷的；Chekhov 的世界虽然也是灰色，但是他却是有同情的，而他的作品也比较地温暖些，有时怜悯的眼泪也由这隔江观火的世态旁观者眼中流下。Bennett 描写制陶的五镇人物更是怀着满腔热血，不管是怎么客观地形容，乌托邦的思想不时还露出马脚来。由此也可见写实派绝不能脱开主观的，所以三面的镜子，现出三个不同的世界。或者有人说他们各表现出人生的一面，然而当念他们书时节我们真真觉得整个人生是这么一回事；他们自己也相信人生本相这样子的。说了一大阵，最少总可证明文学这面镜子是凸凹靠不住的，而不能把人生丝毫不苟地反照在上面。许多厌倦人生的人们，居然可以在文学里找出一块避难所来安慰，也是因为文学里的人生同他们所害怕的人生不同的缘故。

假设文学能够诚实地映出人生，我们还是不容易由文学里知道人生。纸上谈兵无非是秀才造反。Tennyson 有一首诗 The Lady of Shalott 很可以解释这一点。诗里说一个住在孤岛之贵女，她天天织布，布机杼前面安一个镜，照出河岸上一切游人旅客；她天天由镜子看到岛外的世界，孤单地将所看见的小女，武士，牧人，僧侣，织进她的布里，她不敢回头直接去看，因为她听到一个预言说她一停着去赏玩河岸的风光，她一定会受罚。在月亮当头时她由镜里看见一对新婚伴侣沿着河岸散步，她悲伤地说"我对这些影子真觉得厌倦了。"在晴朗的清晨一个盔甲光辉夺目的武士骑着骄马走过河旁，她不能自主地转过对着镜子走，去望一望。镜子立刻碎了，她走到岛旁，看见一个孤舟，在黄昏的时节她坐在舟上，任河水把她飘荡去，口里唱着哀歌慢慢地死了。Tennyson 自己说他这诗是像征理想碰着现实的灭亡。她由镜里看人生，虽然是影像分明，总有些雾里看花，一定要离开镜子，走到窗旁，才尝出人生真正的味道。文学最完美时候不过象这面镜子，可是人生到底是要我们自己到窗子向外一望才能明白的。有好多人我们不愿见他们跟他们谈天，可是书里无论怎样穷凶极恶，奸巧利诈的小人，我们却看得津津有味，差不多舍不得同他们分离，仿佛老朋友一样。读 Ohello 的人对 Iago 的死，虽然心里是高兴的，一定有些惆怅，因为不能再看他弄诡计了。读 Dickens 的书，我记不清 Oliver Twist, David Copperfield, Nicholas Nickleby 的性格，而慈幼院的女管事；Uriah Heep 同 Nicholas Nickleby 的叔父是坏得有趣的人物，我们读时，又恨他们，又爱看他们。但是若使真真在世界上碰见他们，我们真要避之惟恐不及。在莎士比亚以前流行英国的神话剧中，最受观众欢迎的是魔鬼，然而谁真见了魔鬼不会飞奔躲去。

文学同人生中间永久有一层不可穿破的隔膜。大作家往往因为对于人生太有兴趣，不大去念文学书，或者也就是因为他不怎么给文学迷住，或者不甚受文学影响，所以眼睛还是雪亮的，能够看清人生的庐山真面目。莎士比亚只懂一些拉丁文，希腊文程度更糟，然而他确是看透人生的大文豪。Ben Jonson 博学广览，做戏曲时常常掉书袋，很以他自己的学问自雄，而他对人生的了解是绝比不上莎士比亚。Walter Scott 天天打猎，招呼朋友，Washington Irvings 奇怪他那里找到时间写他那又多又长的小说，自然更谈不上读书，可是谁敢说 Scott 没有猜透人生的哑谜。Thackeray 怀疑小说家不读旁人做的小说，因茶点店伙计是爱吃饭而不喜欢茶点的。Stevenson 在《给青年少女》（Virginibus Puerisque）里说"书是人生的没有血肉的代替者"。医学中一大个难关是在不能知道人身体实在情形。我们只能解剖死人，死人身里的情形同活人自然大不相同。所以人身里真真状况是不能由解剖来知道的。人生是活人，文学不过可以算死人的肢体，Stevenson 这句无意说的话刚刚合式可以应用到我们这个比喻。所以真真跑到人生里面的人，就是自己作品也无非因为一时情感顺笔写去，来表现出他当时的心境，写完也就算了，后来不再加什么雕琢功夫。甚至于有些是想发财，才去干文学的，莎士比亚就是个好例。他在伦敦编剧发财了，回到故乡作富家翁，把什么戏剧早已丢在字纸篮中了。所以现在教授学者们对于他剧本的文字要争得头破血流，也全因为他没有把自己作品看得是个宝贝，好好保存着。他对人生太有趣味，对文学自然觉得是隔靴搔痒。就是 Steele，Goldsmith 也都是因为天天给这光怪陆离的人生迷住，高兴地喝酒，赌钱，穿漂亮衣服，看一看他们身旁五花八门的生活，他们简直没有心去推敲字句，注意布局。文法的错误也有，前后矛盾地方更多。他们是人生舞台上的健将，而不是文学的家奴。热情的奔腾，辛酸的眼泪充满了他们的字里行间。但是文学的技巧，修辞的把戏他们是不去用的。虽然有时因为情感的关系文字个变非常动人。Browning 对于人生也是有具体的了解，同强度的趣味，他的诗却是一做完就不改的，只求能够把他那古怪的意思达到一些，别的就不大管了。

弄得他的诗念起来令人头昏脑痛。有一回人家找他解释他自己的诗，这老头子自己也不懂了。总而言之，他们知道人生内容的复杂，文学表现人生能力微少。所以整个人浸于人生之中，对文学的热心赶不上他们对人生那种欣欢的同情。只有那班不大同现实接触，住在乡下，过完全象牙塔生活的人，或者他们的心给一个另外的世界锁住，才会做文学的忠实信徒，把文学做一生的惟一目的，始终在这朦胧境里过活，他们的灵魂早已脱离这个世界到他们自己织成的幻境去了。Hawthorne 与早年的 Tennyson 全带了这种色彩。一定要对现实不大注意，被艺术迷惑了的人才会把文学看得这么重要，由这点也可以看出文学同人生是怎样地隔膜了。

以上只说文学不是人生的镜子，我们不容易由文学里看清人生。王尔德却说人生是文学的镜子，我们日常生活思想所受艺术的支配比艺术受人生的支配还大。但是王尔德的话以少引为妙，恐怕人家会拿个唯美主义者的招牌送来，而我现在衣钮上却还没有带一朵凋谢的玫瑰花。并且他这种意思在《扯谎的退步》里说得漂亮明白，用不着再来学舌。还是说些文学对着人生的影响罢。

法朗士说"书籍是西方的鸦片"。这话真不错，文学的麻醉能力的确不少，鸦片的影响是使人懒洋洋地，天天在幻想中糊涂地销磨去，什么事情也不想干。文学也是一样地叫人把心搁在虚无缥缈间，看着理想的境界，有的沉醉在里面，有的心中怀个希望想去实现，然而想像的事总是不可捉摸的，自然无从实现，打算把梦变做事实也无非是在梦后继续做些希望的梦罢！因此对于现实各种的需求减少了，一切做事能力也软弱下去了。憧憬地度过时光无时不在企求什么东西似的，无时不是任一去不复的光阴偷偷地过去。为的是他已经在书里尝过人所不应当尝的强度咸酸苦甜各种味道，他对于现实只觉乏味无聊，不值一顾。读 Romeo and Juliet 后反不想做爱情的事，非常悲哀时节念些挽歌到可以将你酸情安慰。读 Bacon 的论文集时候，他那种教人怎样能够于政治上得到权力的话使人厌倦世俗的富贵。不管是为人生的文学也好，为艺术的文学也好，写实派，神秘派，象征派，唯美派……文学里的世界是比外面的世界有味得多。只要踏进一步，就免不了喜欢住在这趣味无穷的国土里，渐渐地忘记了书外还有一个宇宙。本来真干事的人不讲话，口说莲花的多半除嘴外没有别的能力。天下最常讲爱情者无过于文学家，但是古往今来为爱情而牺牲生命的文学家，几乎找不出来。Turgeniev深深懂得念文学的青年光会说爱情，而不能够心中真真地燃起火来，就是点着，也不过是暂时的，所以在他的小说里他再三替他的主人翁说没有给爱情弄得整夜睡不着。要做一件事，就不宜把它拿来瞎想，不然想来想去，越想越有味，做事的雄心力气都化了。老年人所以万念俱灰全在看事太透，青年人所会英气勃勃，靠着他的盲目本能。Carlyle觉得静默之妙，做了一篇读起来音调雄壮的文章来赞美，这个矛盾地方不知道这位气吞一世的文豪想到没有。理想同现实是两个隔绝的世界，谁也不能够同时候在这两个地方住。荷马诗里说有一个岛，中有仙女（Siren）她唱出歌来，水手听到迷醉了，不能不向这岛驶去，忘记回家了。又说有一个地方出产一种莲花，人闻到这香味，吃些花粉，就不想回到故乡去，愿意老在那里滞着。这仙女同莲花可以说都是文学象征。

还没有涉世过仅仅由文学里看些人生的人一同社会接触免不了有些悲观。好人坏人全没有书里写的那么有趣，到处是硬板板地单调无聊。然而当尝尽人海波涛后，或者又回到文学，去找人生最后的安慰。就是在心灰意懒时期文学也可以给他一种鼓舞，提醒他天下不只是这么一个糟糕的世界，使他不会对人性生了彻底的藐视。法朗士说若使世界上一切实情，我们都知道清楚，谁也不愿意活着了。文学可以说是一层薄雾，盖着人生，叫人看起不会太失望了。不管作家书里所谓人生是不是真的，他们那种对人生的态度是值得赞美模仿的。我们读文学是看他们的伟大精神，或者他们的看错人生处正是他们的好处，那么我们也何妨跟他走错呢，Marcus Aurelius 的宇宙万事先定论多数人不能相信，但是他的坚忍质朴逆来顺受而自得其乐的态度使他的冥想录做许多人精神的指导同安慰。我们这样所得到的大作家伦理的见解比仅为满足好奇心计那种理智方面的明白人生真相却胜万万倍了。

十七年二月于北大西斋。

寄给一个失恋人的信（二）

秋心：

　　在我心境万分沉闷时候，接到你由艳阳的南方来的信，虽然只是潦草几行，所说的又是凄凉酸楚的话，然而我眉开眼笑起来了。我不是因为有个烦恼伴侣，所以高兴。真真尝过愁绪的人，是不愿意他的朋友也挨这刺心的苦痛。那个躺在床上呻吟的病人，会愿意他的家人来同病相怜呢？何况每人有自各的情绪，天下绝找不出同样烦闷的人们。可是你的信，使我回忆到我们的过去生活；从前那种天真活泼充满生机的日子却从时光宝库里发出灿烂的阳光，我这彷徨怅惘的胸怀也反照得生气勃勃了。

　　你信里很有流水年华，春花秋谢的感想。这是人们普遍都感到的。我还记得去年读 Ar nold Bennett 的 The Old Wives' Tale 最后几页的情形。那是在个静悄悄的冬夜，电灯早已暗了，烛光闪着照那已熄的火炉。书中是说一个老妇人在她丈夫死去那夜的悲哀。"最感动她心的是他曾经年青过，渐渐的老了，现在是死了。他一生就是这么一回事。青春同壮年总是这么结局。什么事情都是这么结局。"Bennett 到底是写实派第一流人物，简简单单几句话把老寡妇的心事写得使我们不能不相信。我当时看完了那末章，觉有个说不出的失望，痴痴的坐着默想，除了渺茫、惨淡、单调、无味，……几个零碎感想外，又没有什么别的意思。以后有时把这些话来咀嚼一下，又生出赞美这青春同逝水一般流去了的想头。假使世上真有驻颜的术，不老的丹，Oscar Wilde 的 Dorian Gray 的梦真能实现，每人都有无穷的青春，那时我们的苦痛比现在恐怕会多得好些，另外有"青春的悲哀"了。本来青春的美就在它那种蜻蜓点水燕子拍绿波的同我们一接近就跑去这一点。看着青春的易逝，才觉得青春的可贵，因此也更想能够在这一去不返的瞬间里得到无穷的快乐。所以在青春时节我们特别有生气，一颗心仿佛是清早的园花，张大了瓣吸收朝露。青春的美大部分就存在着这种努力享乐惟恐不及生命力的跳跃。若使每人前面全现一条不尽的花草缤纷的青春的路，大家都知道青春是常住的，没有误了青春的可怕，谁天天也懒洋洋起来了。青春给我们一抓到，它的美就失丢了，同肥皂泡子相像，只好让它在空中飞翔，将青天红楼全缩映在圆球外面，可是我们的手一碰，立刻变为乌有了。

就说是对这呆板不变的青春，我们仍然能够有些赞赏，不断单调的享乐也会把人弄烦腻了，天下没整天吃糖口胃不觉难受的人。而且把青春变成家常事故，它的浪漫飘渺的美丽也全不见了。本来人活着精神物质方面非动不可，所以在对将来抱着无限希望同捶心跌脚追悔往事，或者回忆从前黄金时代这两个心境里，生命力是不停地奔驰，生活也觉得丰富，而使精神停住来享受现在是不啻叫血管不流一般地自杀政策，将生命的花弄枯萎了不同外河相通的小池终免不了变成秽水，不同别人生同情的心总是枯涸无聊。没有得到爱的少年对爱情是赞美的，做黄金好梦的恋人是充满了欣欢，失恋人同结婚不得意的人在极端失望里爆发出一线对爱情依依不舍的爱恋，和凤凰烧死后又振翼复活再度幼年的时光一样。只有结婚后觉得满意的人是最苦痛的，他们达到日日企望的地方，却只觉空虚渐渐的涨大，说不出所以然来，也想不来一个比他们现状再好的境界，对人生自然生淡了，一切的力气免不了麻痹下去。人生最怕的是得意，使人精神废弛，一切灰心的事情无过于不散的筵席。你还记得前年暑假我们一块划船谈 Wordsworth 诗的快乐罢？那时候你不是极赞美他那首 Yarrow Unvisited 说我们应当不要走到尽头，高声地唱：

Twill soothe us in our sorrow

That earth has something yet to show,

The bonny holms of Yarrow!

青春之所以可爱也就在它给少年以希望，赠老年以惆怅。（安慰人的能力同希望差不多，比心满意足，登高山洒几滴亚历山大的泪的空虚是好万万倍了。）好多人埋怨青春骗了我们，先允许我们一个乐园，后来毫不践言只送些眼泪同长叹。然而这正是青春的好处，它这样子供给我们活气，不至于陷于颇偿了的无为。希望的妙处全包含在它始终是希望这样事里面，若使每个希望都化做铁硬的事实，那样什么趣味一笔勾消了的世界还有谁愿意住吗？所以年青人可以唱恋爱的歌，失恋人同死了爱人的人也做得出很好失望（希望的又一变相，骨子里差不多的东西）同悼亡的诗，只有那在所谓甜蜜家庭两人互相妥协着的人们心灵是化作灰烬。Keats 在情诗中歌颂死同日本人无缘无故地相约情死全是看清楚此中奥妙后的表现。他们只怕青春的长留着，所以用死来划断这青春黄金的线。这般情感锐敏的人若生在青春常住的世界，他们的受难真不是言语所能说。这些话不是我有意要慰解你才说的，这的确我自己这么相信。春花秋谢，谁看着免不了嗟叹。然而假设花老是这么娇红欲滴的开着，春天永久不离大地，这种雕刻似的死板板的美景更会令人悲伤。因为变更是宇宙的原则，也可算做赏美中一般重要成分。并且春天既然是老滞在人间，我们也跟着失丢了每年一度欢迎春来热烈的快乐。由美神经灵敏人看来，残春也别有它的好处，甚至比艳春更美，为的是里面带种衰颓的色调，互相同春景对照着，十分地显出那将死春光的欣欣生意。夕阳所以"无限好"，全靠着"近黄昏"。让瞥眼过去的青春长留个不灭的影子在心中，好像 Pompeii 废墟，劫后余烬，有人却觉得比完整建筑还好。若使青春的失丢，真是件惨事，倚着拐杖的老头也不会那么笑嘻嘻地说他们的往事了。

　　　　　　　　　　　　　　　　　　十七年三月二日。

文艺杂话

"美就是真，真就是美。"这是开茨那首有名《咏一个希腊古瓮》诗最后的一句。凡是谈起开茨，免不了会提到这名句，这句话也真是能够简洁地表现出开茨的精神。但是一位有名的批评家在牛津大学诗学讲堂上却说开茨这首五十行诗，前四十几行玲珑精巧，没有一个字不妙，可惜最后加上那人人都知道的二行名句。

"Beauty is truth, truth is beauty," —that is all Ye know
on earth, and all ye need toknow。

并不是这两句本身不好，不过和前面连接不起，所以虽然是一对好句，却变做全诗之累了。他这话说得真有些道理。只要细心把这首百读不厌的诗吟咏几遍之后，谁也会觉得这诗由开头一直下来，都是充满了簇新的想象，微妙的思想，没有一句陈腐的套语，和惯用的描写，但是读到最后两句时，逃不了感到一种说不出的失望，觉得这么灿烂希奇的描写同幻想，就只能得这么一个结论吗？念的回数愈多，愈相信这两句的不合式。开茨是个批评观念非常发达的人，用字锻句，丝毫不苟，那几篇 Obe 更是他呕心血做的，为什么这下会这么大意呢？我只好想出下面这个解释来。开茨确是英国唯美主义的先锋，他对美有无限的尊重，这或者是他崇拜希腊精神的结果。所以这句"美就是真，真就是美。"确是他心爱的主张。为的要发表他的主义，他情愿把一首美玉无瑕的诗，牺牲了——实在他当时只注意到自己这种新意见，也没有心再去关照全诗的结构了。开茨是个咒骂理智的人，在《蛇女》（Lamia）那首长诗里他说：

"That but a moment's thought is passion'
spassing bell"

然而他这回到甘心让诗的精神来跪在哲学前面，做个唯理智之命是从的奴隶。由这里也可以看到自己的主张太把持着心灵时候，所做的文学总有委曲求全的色彩。所以我对于古往今来那班带有使命的文学，常抱些无谓的杞忧。

凡是爱念 Wordsworth 的人一定记得他那五六首关于露茜（Lucy）的诗。那种以极简单明了的话表出一种刻骨镂心的情，说时候又极有艺术裁制（Restraint）的能力，仅仅轻描淡写，已经将死了爱人的悲哀的焦点露出，谁念着也会动心。可是这老头子虽然有这么好描写深情的天才，在他那本页数既多，字印得又小的全集里，我们却找不出十首歌颂爱情的诗。有一回 Aubrey de Vere 问他为什么他不多做些情诗，他回答："若使我多做些情诗，我写时候，心中一定会有强度的热情，这是我主张所不许可的。"我们知道 Word sworth 主张诗中间所含的情调要经过一回冷静心境的溶解，所以他反对心中只充满些强烈的情绪时所做的情诗。固然因为他照着这种说法写诗，他那好多赞美自然的佳句，意味才会那么隽永，值得细细咀嚼，那种回甘的妙处真是无穷。但是因此我们也失丢了许多一往情深词句挚朴的好情诗。Wordsworth 这种学究的态度真是自害不浅，使我们深深地觉到创造绝对自由的需要。

说到这里，我们自然而然联想到托尔斯泰。托翁写实本领非常高明，他描状的人物情境都能有使人不得不相信的妙处。但是他始终想把文学当传布思想的工具，有时硬将上帝板板的主张放在绝妙的写实作品中间，使读者在万分高兴时节，顿然感到失望。所以 Saintsbury 说他没有一篇完全无瑕的作品。我记得从前读托翁一篇小说，中间述一个豪爽英迈的强盗在森林中杀人劫货，后来被一个教士感化了，变成个平平常常的好人了。当这教士头一次碰着这强盗时节：

> "咱是个强盗，"强盗拉住了缰说，"我大道上骑马，到处杀人；我杀得人越多，我唱的歌越是高兴。"

谁念了这段，不会神往于驰骋风沙中，飞舞着刀，唱着调儿的绿林好汉，而看出这种人生活里的美处托翁有那种天才，把强盗的心境说得这么动人，可惜他又带进来个教士，将这篇像十七八世纪西班牙英法述流氓小说的好作品，变做十九，二十世纪传单化的文学了。但是不管托翁怎样蹂躏自己的天才，他的小说还是不朽的东西，仍然有能力吸引住成千成万的读者，这也可以见文学的能力到底是埋在心的最深处，决非主张等等所能毁灭，充其量不过是减些光辉，使读者在无限赞美中，有一种说不出的惆怅罢。

十七年四月十日北大西斋。

醉中梦话（二）

一、"才子佳人信有之"

才子佳人，是一句不时髦的老话。说来也可怜得很，自从"五四"以后，这四个字就渐渐倒霉起来，到现在是连受人攻击的资格也失掉了。侥幸才子佳人这两位宝贝却并没有灭亡，不过摇身一变，化作一对新时代的新人物：文学家和安琪儿。才子是那口里说"钟情自在我辈"，能用彩笔做出相思曲和定情诗的文人。文学家是那在心弦上深深地印着她的情影，口里哼着我被爱神的箭伤了，笔下写出长长短短高高低低的情诗的才子。至于佳人即是安琪儿，这事连小学生都知道了，用不着我来赘言。总而言之，统而言之，昔日的才子和当今的文学家都是既能做出哀感顽艳的情诗，自己又是一个一往情深的多情种子。

我却觉得人们没有这么万能，"自然"好像总爱用分工的原则，有些人她给了一个嘴，口说莲花。可是别无所能，什么事情也不会干，当然不会做个情感真挚的爱人，这就是昔日之才子，当今的文学家。真真干事的人不说话，只有那不能做事的孱弱先生才会袖着手大发牢骚。真真的爱人在快乐时节和情人拈花微笑，两人静默着；

失恋时候，或者自杀，或者胡涂地每天混过去，或者到处瞎闹，或者……但是绝没有闲情逸致，摇着头做出情诗来。人们总以为英国的拜伦，雪莱，济慈是中国式的才子，又多情，又多才。我却觉得拜伦是一个只会摆那多情的臭架子的纨袴公子。雪莱只是在理想界中憧憬着，根本就和现实世界没有接触，多次的结婚离婚无非是要表现出他敢于反抗社会庸俗的意见。济慈只想尝遍人生各种的意味，他爱爱情，因为爱情可以给我们很大的刺激，内里包含有咸酸苦辣诸味，他何曾真爱他的爱人呢？最会做巧妙情诗的 Robert Herrick 有一次做首坦白的自叙诗，题目是 Upon Himself。中间有几段，让我抄下来罢！

I could never love in deed;

Never see mine own heart bleed;

Never crucify my life;

Or for widow, maid, or wife.

…………………………………………

I could never break my sleep,

Fold my arms, sob, sigh, or weep.

Never beg, or humbly woo

With oaths and lies, (as others do)

…………………………………………

But have hitherto lived free

As the air that circles me

And kept credit with my heart,

Neither broke in the whole, or part.

Herrick 这么坦白地说他绝不会有什么恋爱，也不会挨求恋和失恋的痛苦，这到是他心中的话。但是那个爱念 Herrick 的年青人不会觉得他是赞颂爱情的绝妙诗人？等到看着这首冷酷的自剖，免不了会有万分的惊愕。然而，这正是 Herrick 一贯的地方。若使 Herrick 不是这么无情的人，他绝不能够做出那好几百首艳丽的短短情歌。爱伦·波（Edgar Allan Poe）说："真挚的情感有种质朴的气味（ho－me－liness），那是不能拿来做诗材用的。"风花雪月的诗人实在不能够闭着嘴去当一个充满了真挚情感的爱人。欧美小说里情场中的英雄，很少是文学家；情人多半是不能做诗的，屠格涅夫最爱写大学生和文学家的恋史，可是他小说中的主人翁多半是意志薄弱的情人，常带着"得不足喜，失不足忧"的态度。这都是洋鬼子比我们观察得更周到的地方。不过这样地把文学家的兼职取消，未免有点"焚琴煮鹤"，区区也很觉得怅然。

文学家不但不知道什么是爱情，而且也不懂得死的意义。所以最爱谈自杀的是文学家，而天下敢去自杀的文学家却是凤毛麟角。最近上海自杀了不少人，多半都有绝命书留下来，可是没有一篇写得很文学的，很动听的；可见黄浦江里面水鬼中并没有文豪在内。这件事对于文坛固然是很好的消息，但是也可见文学家只是种不生不死半生半死的才子了。不过古今中外的舆论是操在文学家的手里，小小的舞台上自己拼命喝自己的采，弄得大家头晕脑眩，胡里胡涂地跟着喝采，才子们便自觉得是超人了。

二、滑稽（Humour）和愁闷

整天笑嘻嘻的人是不会讲什么笑话的，就是偶然讲句吧，也是那不会引人捧腹，值不得传述的陈旧笑谈。这的确是上帝的公平地方，一个人既然满脸春风，两窝酒靥老挂在颊边，为社会增不少融融泄泄的气象，又要他妙口生莲，吐出轻妙的诙谐，这未免太苦人所难了，所以上帝体贴他们。把诙谐这工作放在那班愁闷人肩上，让笑嘻嘻的先生光是笑嘻嘻而已。那班愁闷的人们不论日夜，总是口里喃喃，心里郁郁，给世界一种倒霉的空气，自然也该说几句叫人听着会捧腹的话，或者轻轻地吐出几句妙语，使人们嘴角微微的笑起来，以便将功折罪，抵消他们脸上的神情所给人的阴惨的印象。因此古往今来世上大诙谐家都是万分愁闷的人。

英国从前有个很出名的丑角，他的名字我不幸忘记了，就把他叫做密斯忒 X 罢，密斯忒 X 平常总是无缘无故地皱眉蹙额，他自己也是莫名其妙，不过每日老是心中一团不高兴。他弄得自己没有法子办，跑到内科医生那里问有什么医法没有。那内科医生诊察了半天，最后对他说："我劝你常去看那丑角密斯忒 X 的戏，看了几回之后，我包管你会好。"密斯忒 X 听了这话，啼也不好，笑也不好，只得低着头走出诊察室。

听说做"寻金记"和"马戏"主角的贾波林也是很忧郁的。这是必然的，否则，他绝不能够演出那趣味深长的滑稽剧。英国十九世纪浪漫派诗人 Colerigdge 曾说："我是以眼泪来换人们的笑容。"他是个谈锋极好的人，每天晚上滔滔不绝地讨论玄学诗体以及其他一切的问题，他说话又深刻又清楚，无论谁都会忘了疲倦，整夜坐在旁边听他娓娓地清谈。他虽然能够给人们这么多快乐，他自己的心境却常是枯燥烦恼到了极点。写"心爱的猫儿溺死在金鱼缸里"和"痴汉骑马歌"的 Gray 和 Cowper 也都是愁闷之神的牺牲者。Cowper 后来愁闷得疯死了，Gray 也是几乎没有一封信不是说愁说恨的。晋朝人讲究谈吐，喜欢诙谐，可是晋朝人最爱讲达观，达观不过是愁闷不堪，无可奈何时的解嘲说法。杀犯当临刑时节，常常唱出滑稽的歌曲，人们失望到不能再失望了，就咬着牙齿无端地狂笑，觉得天下什么事情都是好笑的。这些事都可以证明滑稽和愁闷的确有很大的关系。

诙谐是由于看出事情的矛盾。萧伯纳说过，"天下充满了矛盾的事情，只是我们没有去思索，所以看不见了。"普通人，尤其那笑嘻嘻的人们与物无忤地天天过去，无忧无虑无欢无喜。他们没有把天下事情放在口里咀嚼一番，所以也不知道到底是什么味道，草草一生就算了。只有那班愁闷的人们，无往而不不自得，好像上帝和全人类联盟起来，和他捣乱似的。他背着手噙着眼泪走遍四方，只觉到处都是灰色的。他免不了拼命地思索，神游物外地观察，来遣闷消愁。哈哈！他看出世上一切物事的矛盾，他抿着嘴唇微笑，写出那趣味隽永的滑稽文章，用古怪笔墨把地上的矛盾穷形尽相地描写出来。我们读了他们的文章，看出埋伏在宇宙里的大矛盾，一面也感到洞明了事实真相的痛快，一面也只得无可奈何地笑起来了。没有那深深的烦闷，他们绝不能瞧到这许多很显明的矛盾事情，也绝不会得到诙谐的情绪和沁人心脾的滑稽辞句。滑稽和愁闷居然有因果的关系，这个大矛盾也值得愁闷人们的思索。

因为诙谐是从对于事情取种怀疑态度，然后看出矛盾来，所以怀疑主义者多半是用诙谐的风格来行文，因为他承认矛盾是宇宙的根本原理。Voltaire，Montaigne 和当代的法朗士，罗素的书里都有无限滑稽的情绪。

法国的戏剧家 Baumarchais 说："我不得不老是狂笑着，怕的是笑声一停，我就会哭起来了。"这或者也是愁闷人所以滑稽的原因。

三、"九天阊阖开宫殿，万国衣冠拜冕旒"的文学史

记得五年前，当我大发哲学迷时候，天天和 C 君谈那玄而又玄自己也弄不清楚的哲学问题。那时 C 君正看罗素著的《哲学概论》，罗素是反对学生读哲学史的，以为应该直接念洛克，休谟，康德等原作，不该隔靴搔痒来念博而不专的哲学史。C 君看得高兴，就写

一封十张八行的长信同我讨论这事情，他仿佛也是赞成罗素的主张。后来 C 君转到法科去，我在英文系的讲堂坐了四年，那本红笔画得不成书的 Thilly 哲学史也送给一位朋友了，提起来真不胜有沧桑之感。从前麻麻胡胡读的洛克，笛卡儿，斯宾诺莎，康德的书，现在全忘记了，可是我现在对哲学史还是厌恶，以为是无用的东西。由我看来，文学史是和哲学史同样没有用的。文学史的惟一用处只在赞扬本国文字的优美，和本国文人的言行的纯洁……总之，满书都是甜蜜蜜的。所以我用王右丞的颂圣诗两句，来形容普通文学史的态度。

普通文学史的第一章总是说本国的文字是多么好，比世界上任一国的文字都好，克鲁泡特金那样子具有世界眼光的人，编起俄国文学史（Russian Literature Its Ideals & Real itics）来，还是免不了这个俗套。这是狭窄的爱国主义者的拿手好戏，中国到现在还没有一本象样的文学史，也可以说是一件幸事。

第一口蜜喝完了，接着就是历代文人的行状。隐恶扬善，把几百个生龙活虎的文学家描写成一堆模糊不清毫无个性的圣贤。把所有做教本用的美国文学史都念完，恐怕也不知道大文豪霍桑曾替美国一个声名狼藉的总统捧场过，做一本传记，对他多方颂扬，使他能够被选。歌德，惠德曼，王尔德的同性爱是文学史素来所不提的。莎士比亚的偷鹿文学史家总想法替他掩饰辩护。文学史里只赞扬拜伦助希腊独立的慷慨情怀，没有说到他待 Leigh Hunt 的刻薄。这些劣点虽然不是这几位文学家的全人格的表现，用不着放大地来注意，但是要认识他们的真面目，这些零星罪过也非看到不可，并且我觉得这比他们小孩时候的聪明和在小学堂里得奖这些无聊事总来得重要好多。然而仁慈爱国的普通文学史家的眼睛只看到光明那面，弄得念文学史的人一开头对于各文学家的性格就有错误的认识。谁念过普通英国文学史会想到 Words worth 是个脾气极坏，态度极粗鲁的人呢？可是据他的朋友们说，他很常和人吵架，谈到政治，总是捶桌子。而且不高兴人们谈"自然"，好像这是他的家产样子。然而，文学史中只说他爱在明媚的湖边散步。

中国近来介绍外国文学的文章多半是采用文学史这类的笔法。用一大堆颂扬的字眼，恭维一阵，真可以说是新"应制"体。弄得看的人只觉得飘飘然，随便同情地跟着啧啧称善。这种一味奉承的批评文字对于读者会养成一种只知盲目地赞美大作家的作品习惯，丝毫不敢加以好坏的区别。屈服于权威的座前已是我们的国粹，新文学家用不着再抬出许多沾尘不染的洋圣人来做我们盲目崇拜的偶像。

我以为最好的办法是在每本文学史里叙述各作家的性格那段底下留着一页或者半页的空白，让读者将自己由作品中所猜出的作者性格和由不属于正统的批评家处所听到的话拿来填这空白。这样子历代的文豪或者可以恢复些人气，免得像从前绣像小说头几页的图画，个个都是一副同样的脸孔。

四、这篇是顺笔写去，信口开河，所以没有题目

英国近代批评家 Bailev 教授在他那本《密尔敦评传》里主张英国人应当四十岁才开始读圣经。他说，英国现代的教育制度是叫小孩子天天念圣经，念得不耐烦了，对圣经自然起一种恶感，后来也不去看一看里面到底有什么真理隐藏着没有。要等人们经过了世变，对人生起了许多疑问，在这到处都是无情的世界里想找同情和热泪的时候，那时才第一次打开圣经来读，一定会觉得一字一珠，舍不得放下。这是这位老教授的话。圣经我是没有从头到底读过的，而且自己年纪和四十岁也相隔得太远，所以无法来证实这句话。不过

我觉得 Bailey 这话是很有道理的，无论什么东西，若使我们太熟悉了，太常见了，它们对我们的印像反不深刻起来。我们简直会把它们忘记，更不会跑去拿来仔细研究一番。谁能够说出他母亲面貌的特点在那里，那个生长在西湖的人会天天热烈地欣赏六桥三竺的风光。婚姻制度的流弊也在这里。Richard King 说："为爱情而牺牲生命并不是件难事，最难的是能够永久在早餐时节对妻子保持种亲爱的笑容。"记得 Hazlitt 对于英国十八世纪歌咏自然的诗人 Cowper 的批评是："他是由那剪得整整齐齐的篱笆里，去欣赏自然……他戴双很时髦的手套，和'自然'握手。"可是正因为 Cowper 是个城里生长的人，一生对于"自然"没有亲昵地接触过，所以当他偶然看到自然的美，免不了感到惊奇，感觉也特别灵敏。他和"自然"老是保持着一种初恋的热情，并没有和"自然"结过婚，跟着把"自然"看得冷淡起来。在乡下生长，却居然能做歌咏自然的诗人，恐怕只有 Burns，其他赞美田舍风光的作家总是由乌烟瘴气的城里移住乡间的人们。Dosoivsky 的一枝笔把龌龊卑鄙的人们的心理描摹得穷形尽相，但是我听说他却有洁癖，做小说时候，桌布上不容许有一个小污点。神秘派诗人总是用极显明的文字，简单的句法来表明他们神秘的思想。因为他们相信宇宙是整个的，只有一个共同的神秘，埋伏在万物万事里面。William Blake 所谓由一粒沙可以洞观全宇宙也是这个意思。他们以为宇宙是很简单的，可是越简单，那神秘也更见其奥妙。越是能够用浅显文字指示出那神秘，那神秘也越远离人们理智能力的范围，因为我们已经用尽了理智，才能够那么明白地说出那神秘；而这个最后的神秘既然不是缘于我们的胡涂，自然也不是理智所能解决了。诗文的风格（style）奇奇怪怪的人们多半是思想上非常平稳。Chesterton 顶喜欢用似非而是打筋斗的句子，但是他的思想却是四平八稳的天主教思想。勃浪宁的相貌像位商人，衣服也是平妥得很，他的诗是古怪得使我念着就会淌眼泪。

Tennyson 长发披肩，衣服松松地带有成千成万的皱纹，但是他那 In Memoriam 却是清醒流利，一点也不胡涂费解。约翰生说 Goldsmith 做事无处不是个傻子，拿起笔就变成聪明不过的文人了。……这么老写下去，离题愈离愈远，而且根本就是没有题目，真是如何是好，还是就这么收住罢！

写完了上面这一大段，自己拿来念一遍，觉得似乎有些意思。然而我素来和我自己写的文章是"相视而笑，莫逆于心"的。这也是无可奈何之事也。

五、两段抄袭，三句牢骚

Steele 说："学来的做坏最叫人恶心。"

Second – hand vice, sure, of all si most nauseous

From 'The Characters of a Rake and a Conquet'

Dostoivsky 的《罪与罚》里有底下这一段话：

拉朱密兴拼命地喊："你们以为我是攻击他们说瞎话吗？一点也不对！我爱他们说瞎话。这是人类独有的权利。从错误你们可以走到真理那里去！因为我会说错话，做错事，所以我才是一个人！你要得到真理，一定要错了十四回，或者是要错了一百十四回才成。而且做错了事真是有趣味；但是我们应当能够自己做出错事来！说瞎话，可是要说你自己的瞎话，那么我要把你爱得抱着接吻。随着自己的意思做错了比跟着旁人做对了，还要好得多。自己弄错了，你还是一个人；随人做对了，你连一只鸟也不如。我们终究可以抓到真理，它是逃不掉的，生命却是会拘挛麻木的。"

因此，我觉得打麻将比打扑克高明，逛窑子的人比到跳舞场的人高明，姑嫂吵架是天地间最有意义百听不倦的吵架——自然比当代浪漫主义文学家和自然主义文学家的笔墨官司好得万万倍了。

"醉中梦话"是我二年前在《语丝》上几篇杂感的总题目。匆匆地过了二年，我喝酒依旧，做梦依旧，这仿佛应当有些感慨才是。然而我的心境却枯燥得连微喟一声都找不出。从前那篇"醉中梦话"还有几句无聊口号，现在抄在下面：

"生平不大喝酒，从来没有醉过，并非自夸量大，实在因为胆小，那敢多灌黄汤。梦是夜夜都做，梦中未必说话，'醉中梦话'云者，装胡涂假痴聋，免得'文责自负'。"

十八年十二月十日于真茹。

谈 "流浪汉"

当人生观论战已经闹个满城风雨，大家都谈厌烦了不想再去提起时候，我一天忽然写一篇短文，叫做"人死观"。这件事实在有些反动嫌疑，而且该捱思想落后的罪名，后来仔细一想，的确很追悔。前几年北平有许多人讨论 Gentleman 这字应该要怎么样子翻译才好，现在是几乎谁也不说这件事了，我却又来喋喋，谈那和"君子"Gentleman 正相反的"流浪汉"Vagabond，将来恐怕免不了自悔。但是想写文章时候，那能够顾到那么多呢？

Gentleman 这字虽然难翻，可是还不及 Vagabond 这字那样古怪，简直找不出适当的中国字眼来。普通的英汉字典都把它翻做"走江湖者""流氓""无赖之徒""游手好闲者"……，但是我觉得都失丢这个字的原意。Vagabond 既不象走江湖的卖艺为生，也不是流氓那种一味敲诈，"无赖之徒""游手好闲者"都带有贬骂的意思，Vagabond 却是种可爱的人儿。在此无可奈何时候，我只好暂用"流浪汉"三字来翻，自然也不是十分合式的。我以为 Gentleman, Vagabond 这些字所以这么刁钻古怪，是因为它们被人们活用得太久了，原来的意义早已消失，于是每个人用这个字时候都添些自己的意思，这字的涵义越大，更加好活用了。因此在中国寻不出一个能够引起那么多的联想的字来。本来 Gentleman, Vagabond 这二个字和财产都有关系的，一个是拥有财产，丰衣足食的公子，一个是毫无恒产，四处飘零的穷光蛋。因为有钱，自然能够受良好的教育，行动举止也温文尔雅，谈吐也就蕴藉不俗，更不至于跟人铢锱必较，言语冲撞了。Gentleman 这字的意义就由世家子弟一变变做斯文君子，所以现在我们不管一个人出身的贵贱，财产的有无，只要他的态度是温和，做人很正直，我们都把他当做 Gentleman。一班穷酸的人们被人冤枉时节，也可以答辩道："我虽然穷，却是个 Gentleman。" Vaga-bond 这个字意义的演化也经过了同样的历程。本来只指那班什么财产也没有，天天随便混过去的人们。他们既没有一定的职业，有时或者也干些流氓的勾当。但是他们整天随遇而安，倒也无忧无虑，他们过惯了放松的生活，所以就是手边有些钱，也是胡里胡涂地用光，对人们当然是很慷慨的。他们没有身家之虑，做事也就痛痛快快，并不象富人那种畏首畏尾，瞻前顾后。酒是大杯地喝下去，话是随便地顺口开河，有时也胡诌些有趣味的谎语。他们万事不关怀，天天笑呵呵，规矩的人们背后说他们没有责任心。他们与世无忤，既不会桌上排着一斗黄豆，一斗黑豆，打算盘似的整天数自己的好心思和坏心思，也不会皱着眉头，弄出连环巧计来陷害人们。他们的行为是胡涂的，他们的心肠是好的。他们是大个顽皮小孩，可是也带了小孩的天真。他们脑里存了不少奇奇怪怪的幻想，满脸春风，老是笑迷迷的，一些机心也没有。……我们现在把凡是带有这种心情的人们都叫做 Vagabond，就是他们是王侯将相的子孙，生平没有离开家乡过也不碍事。他们和中国古代的侠客有些相像，可是他们又不像侠客那样朴刀横腰，给夸大狂迷住，一脸凶气，走遍天下专为打不平。他们对于伦理观念，没有那么死板地痴痴执着。我不得已只好翻做"流浪汉"，流浪是指流浪的心情，所以我所赞美的流浪汉或者同守深闺的小姐一样，终身未出乡里一步。

　　英国十九世纪末叶诗人和小品文作家斯密士（Alexander Smith）对于流浪汉是无限地颂扬。他有一段描写流浪汉的文章，说得很妙。他说："流浪汉对于许多事情的确有他的特别意见。比如他从小是同密尼表妹一起养大，心里很爱她，而她小孩时候对于他的感情也是跟着年龄热烈起来，他俩结合后大概也可以好好地过活，他一定把她娶来，并没有考虑到他们收入将来能够不能够允许他请人们来家里吃饭或者时髦地招待朋友。这自然是太鲁莽了。可是对于流浪汉你是没法子说服他。他自己有他一套再古怪不过的逻辑（他自己却以为是很自然的推论），他以为他是为自己娶亲的，并不是为招待他的朋友的缘故；他把得到一个女人的真心同纯洁的胸怀比袋里多一两镑钱看得重得多。规矩的人们不爱流浪汉。那班膝下有还未出嫁姑娘的母亲特别怕他——并不是因他为子不孝，或者将来不能够做个善良的丈夫，或者对朋友不忠，但是他的手不像别人的手，总不会把钱牢牢地握着。他对于外表丝毫也不讲究。他结交朋友，不因为他们有华屋美酒，却是爱他们的性情，他们的好心肠，他们讲笑话听笑话的本领，以及许多别人看不出的好处。因此他的朋友是不拘一类的，在富人的宴会里却反不常见到他的踪迹。我相信他这种流浪态度使他得到许多好处。他对于人生的希奇古怪的地方都有接触过。他对于人性晓得便透彻，好像一个人走到乡下，有时舍开大路，去凭吊荒墟古冢，有时在小村逆旅休息，路上碰到人们也攀谈起来，这种人对于乡下自然比那在坐四轮马车里骄傲地跑过大道的知道得多。我们因为这无理的骄傲，失丢了不少见识。一点流浪汉的习气都没有的人是没有什么价值的。"斯密士说到流浪汉的成家立业的法子，可见现在所谓的流浪汉并不限于那无家可归，脚跟如蓬转的人们。斯密士所说的只是一面，让我再由另一个观察点——流浪汉和 Gentleman 的比较——来论流浪汉，这样子一些一些凑起来或者能够将流浪汉的性格描摹得很完全，而且流浪汉的性格复杂万分（汉既以流浪名，自不是安分守己，方正简单的人们），绝不能一气说清。

英国文学里分析 Gentleman 的性格最明晰深入的文章，公推是那位叛教分子纽门（G. H. Newman）的《大学教育的范围同性质》。纽门说："说一个人他从来没有给别人以苦痛，这句话几乎可以做'君子'的定义……'君子'总是从事于除去许多障碍，使同他接近的人们能够自然地随意行动；'君子'对于他人行动是取赞同合作态度，自己却不愿开首主动……真正的'君子'极力避免使同他在一块的人们心里感到不快或者颤震，以及一切意见的冲突或者感情的碰撞，一切拘束，猜疑，沉闷，怨恨；他最关心的是使每个人都很随便安逸像在自己家里一样。"这样小心翼翼的君子我们当然很愿意和他们结交，但是若使天下人都是这么我让你，你体贴我，扭扭泥泥地，谁也都是捧着同情等着去附和别人的举动，可是谁也不好意思打头阵；你将就我，我将就你，大家天天只有个互相将就的目的，此外是毫无成见的，这种的世界和平固然很和平，可惜是死国的和平。迫得我们不得不去欢迎那豪爽英迈，勇往直前的流浪汉。他对于自己一时兴到想干的事趣味太浓厚了，只知道口里吹着调子，放手做去，既不去打算这事对人是有益是无益，会成功还是容易失败，自然也没有虑及别人的心灵会不会被他搅乱，而且"君子"们袖手旁观，本是无可无不可的，大概总会穿着白手套轻轻地鼓掌。流浪汉干的事情不一定对社会有益，造福于人群，可是他那股天不怕，地不怕，不计得失，不论是非的英气总可以使这麻木的世界呈现些须生气，给"君子"们以赞助的材料，免得"君子"们整天掩着手打呵欠（流浪汉才会痛快地打呵欠，"君子"们总是像林黛玉那样子抿着嘴儿）找不出话讲，我承认偷情的少女，再嫁的寡妇都是造福于社会的，因为没有她们，那班贞洁的小姐，守节的孀妇就失丢了谈天的材料，也无从来赞美自己了。并且流浪汉整天瞎闹过去，不仅目中无人，简直把自己都忘却了。真正的流浪汉所以不会引起人们的厌恶，因为他已经做到无人无我的境地，那一刹那间的冲动是他惟一的指导，他自己爱笑，也喜欢看别人的笑容，别的他什么也不管了。"君子"们处处为他人着想，弄得不好，反使别人怪难受，倒不如流浪汉的有饭大家吃，有酒大家喝，有话大家说，先无彼此之分，人家自然会觉得很舒服，就是有冲撞地方，也可以原谅，而且由这种天真的冲撞更可以见流浪汉的毫无机心。真是像中国旧文人所爱说文章天成，妙手偶得之，流浪汉任性顺情，万事随缘，丝毫没有想到他人，人们却反觉得他是最好的伴侣，在他面前最能够失去世俗的拘束，自由地行动。许多人爱留连在乌烟瘴气的酒肆小茶店里，不愿意去高攀坐在王公大人们客厅的沙发上，一班公子哥儿喜欢跟马夫下流人整天打伙，不肯到他那客气温和的亲戚家里走走，都是这种道理。纽门又说："君子知道得很清楚，人类理智的强处同弱处，范围同限制。若使他是个不信宗教的人，他是太精明太雅量了，绝不会去嘲笑或者反宗教；他太智慧了，不会武断地或者热狂地反教。他对于虔敬同信仰有相当的尊敬；有些制度他虽然不肯赞同，可是他还以为这些制度是可敬的良好的或者有用的；他礼遇牧师，自己仅仅是不谈宗教的神秘，没有去攻击否认。他是信教自由的赞助者，这并不只是因为他的哲学教他对于各种宗教一视同仁，一半也是由于他的性情温和近于女性，凡是有文化的人们都是这样。"这种人修养功夫的确很到家，可谓火候已到，丝毫没有火气，但是同时也失去活气，因为他所磨炼去的火是 Prometheus 由上天偷来做人们灵魂用的火。十八世纪第一画家 Reynolds 是位脾气顶好的人，他的密友约翰生（就是那位麻脸的胖子）一天对他说：

"Reynolds 你对于谁也不恨，我却爱那善于恨人的人。"约翰生伟大的脑袋蕴蓄有许多对于人生微妙的观察，他通常冲口而出的牢骚都是入木三分的慧话。恨人恨得好（A good hater）真是一种艺术，而且是人人不可不讲究的。我相信不会热烈地恨人的人也是不知道怎地热烈地爱人。流浪汉是知道如何恨人，如何爱人。他对于宗教不是拼命地相信，就是尽力地嘲笑。Donne，Herrick，Celleni 都是流浪汉气味十足的人们，他们对于宗教都有狂热；Voltaire，Nietzsche 这班流浪汉就用尽俏皮的辞句，热嘲冷讽，掉尽枪花，来讥骂宗教。在人生这幕悲剧的喜剧或者喜剧的悲剧里，我们实在应该旗帜分明地对于一切不是打倒，就是拥护，否则到处妥协，灰色地独自踯躅于战场之上，未免太单调了，太寂寞了。我们既然知道人类理智的能力是有限的，那么又何必自作聪明，僭居上帝的地位，盲目地对于一切主张都持个大人听小孩说梦话态度，保存种白痴的无情脸孔，暗地里自夸自己的眼力不差，晓得可怜同原谅人们低弱的理智。真真对于人类理智力的薄弱有同情的人是自己也加入跟着人们胡闹，大家一起乱来，对人们自然会有无限同情。和人们结伙走上错路，大家当然能够不信而喻地互相了解。当浊酒三杯过后，大家拍桌高歌，莫名其妙地相视而笑，莫逆于心，那时人们才有真正的同情，对于人们的弱点有愿意的谅解，并不像"君子"们的同情后面常带有我佛如来怜悯众生的冷笑。我最怕那人生的旁观者，所以我对于厚厚的约翰生传会不倦地温读，听人提到 Addison 的旁观报就会皱眉，虽然我也承认他的文章是珠圆玉润，修短适中，但是我怕他那像死尸一般的冰冷。纽门自己说"君子"的性情温和近于女性（The gentleness and effeminacy of feeling），流浪汉虽然没有这类在台上走 S 式步伐的旖旎风光，他却具有男性的健全。他敢赤身露体地和生命肉搏，打个你死我活。不管流浪汉的结果如何，他的生活是有力的，充满趣味的，他没有白过一生，他尝尽人生的各种味道，然后再高兴地去死的国土里遨游。这样在人生中的趣味无穷翻身打滚的态度，已经值得我们羡慕，绝不是女性的"君子"所能晓得的。

耶稣说过："凡想要保全生命的，必丧掉生命。凡丧掉生命的，必救活生命。"流浪汉无时不是只顾目前的痛快，早把生命的安全置之度外，可是他却无时不尽量地享受生之乐。守己安分的人们天天守着生命，战战兢兢，只怕失丢了生命，反把生命真正的快乐完全忽略，到了盖棺论定，自己才知道白宝贵了一生的生命，却毫无受到生命的好处，可惜太迟了，连追悔的时候都没有。他们对于生命好似守财奴的念念不忘于金钱，不过守财奴还有夜夜关起门来，低着头数血汗换来的钱财的快乐，爱惜生命的人们对于自己的生命，只有刻刻不忘的担心，连这种沾沾自喜的心情也没有，守财奴为了金钱缘故还肯牺牲了生命，比那什么想头也消失了，光会顾惜自己皮肤的人们到底是高一等，所以上帝也给他那份应得的快乐。用句罗素的老话，流浪汉对于自己生命不取占有冲动，是被创造冲动的势力鼓舞着。实在说起来，宇宙间万事万物流动不息，那里真有常住的东西。只有灭亡才是永存不变的，凡是存在的天天总脱不了变更，这真是"法轮常转"。Walter Pater 在他的《文艺复兴研究》的结论曾将这个意思说得非常美妙，可惜写得太好了，不敢翻译。尤其生命是瞬刻之间，变幻万千的，不跳动的心是属于死人的。所以除非顺着生命的趋势，高兴地什么也不去管望前奔，人们绝不能够享受人生。近代小品文家 Jaekson 在他那篇论"流浪汉"文里说："流浪汉如入生命的波涛汹涌的狂潮里生活。"他不把生命紧紧地拿着，（普通人将生命握得太紧，反把生命弄僵化死了）却做生命海中的弄潮儿，伸开他的柔软身体，跟着波儿上下，他感觉到处处触着生命，他身内的热血也起共鸣。最能够表现流浪汉这种的精神是美国放口高歌，不拘韵脚的惠提曼（Walt Whitman）。他那本诗集《草之叶》Leaves of Grass 里句句诗都露出流浪汉的本色，真可说是流浪汉的圣经。流浪汉生活所以那么有味一半也由于他们的生活是很危险的。踢足球，当兵，爬悬崖峭壁……所以会那么饶有趣味，危险性也是一个主因。在这个单调寡趣，平淡无奇的人生里凡有血性的人们常常觉到不耐烦，听到旷野的呼声，原人时代啸游山林，到处狩猎的自由化做我们的本能，潜伏在黑礼服的里面，因此我们时时想出外涉险，得个更充满的不羁生活。万顷波涛的大海谁也知道覆灭过无千无数的大船，可是年年都有许多盎格罗萨格逊的小孩恋着海上危险的生涯，宁愿抛弃家庭的安逸，违背父母的劝谕，跑去过碧海苍天中辛苦的水手生涯。海所以会有那么大的魔力就是因为它是世上最危险的地方，而身心健全的好汉那个不爱冒险，爱慕海洋的生活，不仅是一"海上夫人"而已也。所以海洋能够有小说家们象 Marryat，Cooper，Loti，Conrad，等等去描写它，而他们的名著又能够博多数人的同情。蔼理斯曾把人生比做跳舞，若使世界真可说是个跳舞场，那么流浪汉是醉眼朦胧，狂欢地跳二人旋转舞的人们。规矩的先生们却坐在小桌边无精打采地喝无聊的咖啡，空对着似水的流年惆怅。

流浪汉在无限量地享受当前生活之外，他还有丰富的幻想做他的伴侣。Dickens 的《块肉余生述》里面的 Micawber 在极穷困的环境中不断他说"我们快交好运了"，这确是流浪汉的本色。他总是乐观的，走的老是蔷薇的路。他相信前途一定会光明，他的将来果然会应了他的预测，因为他一生中是没有一天不是欣欣向荣的；就是悲哀时节，他还是肯定人生，痛痛快快地哭一阵后，他的泪珠已滋养大了希望的根苗。他信得过自己，所以他在事情还没有做出之前，就先口说莲花，说完了，另一个新的冲动又来了，他也忘却自己讲的话，那事情就始终没有干好。这种言行不能一致，孔夫子早已反对在前，可是这类英气勃勃的矛盾是多么可爱！蔼理斯在他名著《生命的跳舞》里说："我们天天变更，世界也是天天变更，这是顺着自然的路，所以我们表面的矛盾有时就全体来看却是个深一层的一致。"（他的话大概是这样，一时记不清楚。）流浪汉跟着自然一团豪兴。想到那里就说到那里，他的生活是多么有力。行为不一定是天下一切主意的惟一归宿，有些微妙的主张只待说出已是值得赞美了，做出来或者反见累赘。神话同童话里的世界那个不爱，虽然谁也知道这是不能实现的。流浪汉的快语在惨淡的人生上布一层彩色的虹。这就很值得我们谢谢了，并且有许多事情起先自己以为不能胜任，若使说出话来，因此不得不努力去干，到会出乎意料地成功；倘然开头先怕将来不好，连半句话也不敢露，一碰到障碍，就随它去，那么我们的作事能力不是一天天退化了。一定要言先乎事，做我们努力的刺激，生活才有兴味，才有发展。就是有时失败，富有同情的人们定会原谅，尖酸刻薄人们的同情是得不到的，并且是不值一文的。我们的行为全借幻想来提高，所以 Masefield 说"缺乏幻想能力的人民是会灭亡的"。幻想同矛盾是良好生活的经纬。流浪汉心里想出七古八怪的主意，干出离奇矛盾的事情。什么传统正道也束缚他不住，他真可说是自由的骄子，在他的眼睛里，世界变做天国，因为他过的是天国里的生活。

若使我们翻开文学史来细看，许多大文学家全带有流浪汉气味。Shakespeare 偷过人家的鹿，Ben Jonson，Merlowe 等都是 Mermaid Tavern 这家酒店的老主顾，Goldsimith 吴市吹箫，靠着他的口笛遍游大陆，Steele 整天忙着躲债，Charles Lamd，Leigh Hunt 颠头颠脑，吃大烟的 Coleridge，De Ouincey 更不用讲了，拜伦，雪莱，济茨那是谁也晓得的。就是 Wordsworth 那么道学先生神气，他在法国时候，也有过一个私生女，他有一首有名的十四行诗就是说这个女孩。目光如炬专说精神生活的塔果尔小孩时候最爱的是逃学。Browning 带着人家的闺秀偷跑，Mrs. Browning 违着父亲淫奔，前数年不是有位好事先生考究出 Dickens 年青时许多不轨的举动，其他如 Swinburne，

Stevenson 以及《黄书》杂志那班唯美派作家那是更不用说了。为什么偏是流浪汉才会写出许多不朽的书，让后来"君子"式的大学生整天整夜按部就班地念呢？头一下因为流浪汉敢做敢说，不晓得掩饰求媚，委曲求全，所以他的话真挚动人。有时加上些瞒天大谎，那谎却是那样子大胆子地杜撰的，一般拘谨人和假君子所绝对不敢说的，谎言因此有谎言的真实在，这真实是扯谎者的气魄所逼成的。而且文学是个性的结晶，个性越显明，越能够坦白地表现出来，那作品就更有价值。流浪汉是具有出类拔萃的个性的人物，他们的思想同行事全有他们的特别性格的色彩，他们豪爽直截的性情使他们能够把这种怪异的性格跃跃地呈现于纸上。斯密士说得不错"天才是个流浪汉"，希腊哲学家讲过知道自己最难，所以在世界文学里写得好的自传很少，可是世界中所流传几本不朽的自传全是流浪汉写的。Cellini 杀人不眨眼，并且敢明明白白地记下，他那回忆录（Memoirs）过了几千年还没有失去光辉。Augustine 少年时放荡异常，他的忏悔录却同托尔斯泰（他在莫斯科纵欲的事迹也是不可告人的）的忏悔录，卢骚的忏悔录同垂不朽。富兰克林也是有名的流浪汉，不管他怎样假装做正人君子，他那浪子的骨头总常常露出，只要一念 Cobbett 攻击他的文章就知道他是个多么古怪一个人。De Quincey 的《英国一个吃鸦片人的忏悔录》，这个名字已经可以告诉我们那内容了。做《罗马衰亡史》的 Gibbon，他年青时候爱同教授捣乱，他那本薄薄的自传也是个愉快的读物。Jeffries 一心全在自然的美上面，除开游荡山林外，什么也不注意，他那《心史》是本冰雪聪明，微妙无比的自白。记得从前美国一位有钱老太太希望她的儿子成个文学家，写信去请教一位文豪，这位文豪回信说："每年给他几千镑，让他自己鬼混去罢。"这实在是培养创造精神的无上办法。我希望想写些有生气的文章的大学生不死滞在文科讲堂里，走出来当一当流浪汉罢。最近半年北大的停课对于中国将来文坛大有裨益，因为整天没有事只好逛市场跑前门的文科学生免不了染些流浪汉气息。这种千载一时的机会，希望我那些未毕业的同学们好好地利用，免贻后悔。

前几年才死去的一位英国小说家 Conrad 在他的散文集《人生与文学》内，谈到一位有流浪汉气的作家 Luffmann，说起有许多小女读他的书以后，写信去向他问好，不禁醋海生波，顾影自怜地（虽然他是老舟子出身）叹道："我平生也写过几本故事（我不愿意无聊地假假自谦），既属纪实，又很有趣。可是没有女人用温柔的话写信给我。为什么呢？只是因为我没有他那种流浪汉气。家庭中可爱的专制魔王对于这班无法无天的人物偏动起怜惜的心肠。"流浪汉确是个可爱的人儿，他具有完全男性，情怀潇洒，磊落大方，哪个怀春的女儿见他不会倾心。俗语说"痴心女子负心汉"。就是因为负心汉全是处处花草颠连的浪子，什么事情都不放在心头，他那痛快淋漓的气概自然会叫那老被人拘在深闺里的女孩儿一见心倾，后来无论他怎地负心总是痴心地等待着。中古的贵女爱骑士，中国从前的美人爱英雄总是如花少女对于风尘中飘荡人的一往情深的表现。红拂的夜奔李靖，乌江军帐里的虞姬，随着范蠡飘荡五湖的西施……这些例子也不知道有多少。清朝上海窑子爱姘马夫，现在电影明星姘汽车夫，姨太太跟马弁偷情也是同样的道理。总之流浪汉天生一种叫人看着不得不爱的情调，他那种古怪莫测的行径刚中女人爱慕热情的易感心灵。岂只女人的心见着流浪汉会熔，我们不是有许多瞎闹胡乱用钱行事乖张的朋友，常常向我们借钱捣乱，可是我们始终恋着他们率直的态度，对他们总是怜爱帮忙。天下最大的流浪汉是基督教里的魔鬼。可是那个人心里不喜欢魔鬼。在莎士比亚以前英国神话剧盛行时候，丑角式的魔鬼一上场，大家都忙着拍手欢迎，魔鬼的一举一动看客必定跟着捧腹大笑。Robert Lynd 在他的小品文集《橘树》里《论魔鬼》那篇中说"《失乐园》诗所说的撒但在我们想像中简直等于儿童故事里面伟大英猛的海盗。"凡是儿童都爱海盗，许多人念了密尔敦史诗觉得诡谲的撒但比板板的上帝来得有趣得多。魔鬼的堪爱地方太多了，不是随便说得完，留得将来为文细论。

清末有几位王公贝勒常在夏天下午换上叫花子的打扮，偷跑到什刹海路旁口唱莲花向路人求乞，黄昏时候才解下百衲衣回王府去。我在北京住了几年，心中很羡慕旗人知道享乐人生，这事也是一个证明。大热天气里躺在柳阴底下，顺口唱些歌儿，自在地饱看来往的男男女女；放下朝服，着半件轻轻的破衫，尝一尝暂时流浪汉生活的滋味，这是多么知道享受人生。戏子的生活也是很有流浪汉的色彩，粉墨登场，去博人们的笑和泪，自己仿佛也变做戏中人物，清末宗室有几位很常上台串演，这也是他们会寻乐地方。白浪滔天半生奔走天下，最后入艺者之家，做一个门弟子，他自己不胜感慨，我却以为这真是浪人应得的涅槃。不管中外，戏子女优必定是人们所喜欢的人物全靠着他们是社会中最显明的流浪汉。Dickens 的小说所以会那么出名，每回出版新书时候，要先通知警察到书店门口守卫，免得购书的人争先恐后打起架来，也是因为他书内大角色全是流浪汉，Pickwick 俱乐部那四位会员和他们周游中所遇的人们，《双城记》中的 Carton 等等全是第一等的流浪汉。《儒林外史》的杜少卿，《水浒》的鲁智深，《红楼梦》的柳二郎，《老残游记》的补残老是深深地刻在读者的心上，变成模范的流浪汉。

流浪汉自己一生快活，并且凭空地布下快乐的空气，叫人们看到他们也会高兴起来，说不出地喜欢他们，难怪有人说"自然创造我们时候，我们个个都是流浪汉，是这俗世把我们弄成个讲究体面的规矩人。"在这点我要学着卢骚，高呼"返于自然"。无论如何，在这麻木不仁的中国，流浪汉精神是一服极好的兴奋剂，最需要的强心针。就是把什么国家，什么民族一笔勾销，我们也希望能够过个有趣味的一生，不象现在这样天天同不好不坏，不进不退的先生们敷衍。写到这里，忽然记起东坡一首《西江月》，觉得很能道出流浪汉的三昧，就抄出做个结论罢！

照野弥弥浅浪，

横空隐隐层霄，

障泥未解玉骢骄，

我欲醉眠芳草。

可惜一溪风月，

莫教踏碎琼瑶，

解鞍毁枕绿杨桥，

杜宇一声春晓。

"顷在黄州，春夜行蕲水中，过酒家，饮酒醉。乘月至一溪桥上，解鞍曲肱，醉卧少休。及觉已晓，乱山攒拥，流水锵锵，疑非尘世也。书此语桥柱上。"

十八年除夕之前二日于福州。

"春朝"一刻值千金

（懒惰汉的懒惰想头之一）

十年来，求师访友，足迹走遍天涯，回想起来给我最大益处的却是"迟起"，因为我现在脑子里所有些聪明的想头，灵活的意思多半是早上懒洋洋地赖在床上想出来的。我真应该写几句话赞美它一番，同时还可以告诉有志的人们一点迟起艺术的门径。谈起艺术，我虽然是门外汉，不过对于迟起这门艺术倒可说是一位行家，因为我既具有明察秋毫的批评能力，又带了甘苦备尝的实践精神。我天天总是在可能范围之内，尽量地滞在床上——那是我们的神庙——看着射在被上的日光，暗笑四围人们无谓的匆忙，回味前夜的痴梦——那是比做梦还有意思的事，——细想迟起的好处，唯我独尊地躺着，东倒西倾的小房立刻变做一座快乐的皇宫。

诗人画家为着要追求自己的幻梦，实现自己的痴愿，宁可牺牲一切物质的快乐，受尽亲朋的诟骂，他们从艺术里能够得到无穷的安慰，那是他们真实的世界，外面的世界对于他们反变成一个空虚。迟起艺术家也具有同等的精神。区区虽然不是一个迟起大师，但是对于本行艺术的确有无限的热忱——艺术家的狂热。所以让我拿自己做个例子罢。当我是个小孩时候，我的生活由家庭替我安排，毫无艺术的自觉，早上六点就起来了。后来到北方念书去，北方的天气是培养迟起最好的沃土，许多同学又都是程度很高的迟起艺术专家，于是绝好的环境同朋辈的切磋使我领略到迟起的深味，我的忠于艺术的热度也一天一天地增高。暑假年假回家时期，总在全家人吃完了早饭之后，我才敢动起床的念头。老父常常对我说清晨新鲜空气的好处，母亲有时提到重温稀饭的麻烦，慈爱的祖母也屡次向我姑母说"早起三日当一工"（我的姑母老是起得很早的），我虽然万分不愿意失丢大人们的欢心，但是为着忠于艺术的缘故，居然甘心得罪老人家。后来老人家知道我是无可救药的，反动了怜惜的心肠，他们早上九点钟时候走过我的房门前还是用着足尖；人们温情地放纵我们的弱点是最容易刺动我们麻木的良心，但是我总舍不得违弃了心爱的艺术，所以还是懊悔地照样地高卧。在大学里，有几位道貌岸然的教授对于迟到学生总是白眼相待，我不幸得很，老做他们白眼的鹄的，也曾好几次下个决心早起，免得一进教室的门，就受两句冷讽，可是一年一年地过去，我足足受了四年的白眼待遇，里头的苦处是别人想不出来的。有一年寒假住在亲戚家里，他们晚饭的时间是很早的，所以一醒来，腹里就咕隆地响着，我却按下饥肠，故意想出许多有趣事情，使自己忘却了肚饿，有时饿出汗来，还是坚持着非到十时是不起来的，对于艺术我是多么忠实，情愿牺牲。枵腹做诗的爱仑·波真可说是我的同志。后来入世谋生，自然会忽略了艺术的追求；不过我还是尽量地保留一向的热诚，虽然已经是够堕落了。想起我个人因为迟起所受的许多说不出的苦痛，我深深相信迟起是一门艺术，因为只有艺术才会这样带累人，也只有艺术家才肯这样不变初衷地往前牺牲一切。

但是从迟起我也得到不少的安慰，总够补偿我种种的苦痛。迟起给我最大的好处是我没有一天不是很快乐地开头的。我天天起来总是心满意足的，觉得我们住的世界无日不是春天，无处不是乐园。当我神怡气舒地躺着时候，我常常记起勃浪宁的诗："上帝在上，万物各得其所。"（鱼游水里，鸟栖树枝，我卧床上。）人生是短促的，可是若使我们有过光荣的青春，我们的一生就不能算是虚度，我们的残年很可以傍着火炉，晒着太阳在回忆里过日子。同样地一天的光阴是很短促的，可是若使我们有过光荣的早上，（一半时间花在床上的早晨！）我们这一天就不能说是白丢了，我们其余时间可以用在追忆清早的幸福，我们青年时期若使是欣欢的结晶，我们的余生一定不会很凄凉的，青春的快乐是有影子留下的，那影子好似带了魔力，惨淡的老年给它一照，也呈出和蔼慈祥的光辉。我们一天里也是一样的，人们不是常说：一件事情好好地开头，就是已经成功一半了；那么赏心悦意的早晨是一天快乐的先导。迟起不单是使我天天快活地开头，还叫我们每夜高兴地结束这个日子；我们夜夜去睡时候，心里就预料到明早迟起的快乐——预料中的快乐是比当时的享受，味还长得多——这样子我们一天的始终都是给生机活泼的快乐空气围住，这个可爱的升平景象却是迟起一手做成的。

迟起不仅是能够给我们这甜蜜的空气，它还能够打破我们结结实实的苦闷。人生最大的愁忧是生活的单调。悲剧是很热闹的，怪有趣的，只有那不生不死的机械式生活才是最无聊赖的。迟起真是惟一的救济方法。你若使感到生活的沉闷，那么请你多睡半点钟（最好是一点钟），你起来一定觉得许多要干的事情没有时间做了，那么是非忙不可——"忙"是进到快乐宫的金钥，尤其那自己找来的忙碌。忙是人们体力发泄最好的法子，亚里士多德不是说过人的快乐是生于能力变成效率的畅适。我常常在办公时间五分钟以前起床，那时候洗脸拭牙进早餐，都要用最快的速度完成，全变做最浪漫的举动，当牙膏四溅，脸水横飞，一手拿着头梳，对着镜子，一面吃面包时节，谁会说人生是没有趣味呢？而且当时只怕过了时间，心中充满了冒险的情绪。这些暗地晓得不碍事的冒险兴奋是顶可爱的东西，尤其是对于我们这班不敢真真履险的懦夫。我喜欢北方的狂风，因为当我们冲着黄沙望前进的时候，我们仿佛是斩将先登，冲锋陷阵的健儿，跟自然的大力肉搏，这是多么可歌可泣的壮举，同时除开耳孔鼻孔塞点沙土外，丝毫危险也没有，不管那时是怎地象煞有介事样子。冒险的嗜好那个人没有，不过我们胆小，不愿白丢了生命，仁爱的上帝，因此给我们卷地蔽天的刮风，做我们安稳冒险的材料。住在江南的可怜虫，找不到这一天赐的机会，只得英雄做时势，迟些起来，自己创造机会。就是放假期间，十时半起床，早餐后抽完了烟，已经十一时过了，一想到今天打算做的事情一件也没有动手，赶紧忙着起来——天下里还有比无事忙更有趣味的事吗？若使你因为迟起挨到人家的闲话，那最少也可以打破你日常一波不兴无声无臭的生活。我想凡是尝过生活的深味的人一定会说痛苦比单调灰色生活强得多，因为痛苦是活的，灰色的生活却是死的象征。迟起本身好似是很懒惰的，但是它能够给我们最大的活气，使我们的生活跳动生姿；世上最懒惰不过的人们是那般黎明即起，老早把事做好，坐着呆呆地打呵欠的人们。迟起所有的这许多安慰，除开艺术，我们那里还找得出来呢？许多人现在还不明白迟起的好处，这也可以证明迟起是一种艺术，因为只有艺术人们才会这样地不去睬它。

现在春天到了，"春宵苦短日高起"，五六点钟醒来，就可以看见太阳，我们可以醉也似地躺着，一直躺了好几个钟头，静听流莺的巧啭，细看花影的慢移，这真是迟起的绝好时光。能让我们天天多躺一会儿罢，别辜负了这一刻千金的"春朝"。

《懒惰汉的懒惰想头》是当代英国小品文家 Jerome（K Jerome）的文集名字（Idle Thoughts of an Idle Fellow），集里所说的都是拉闲扯散，瞎三道四的废话，可是自带有幽默的深味，好似对于人生有比一般人更微妙的认识同玩味——这或者只是因为我自己也是懒惰汉，官官相卫，惺惺惜惺惺，那么也好，就随它去罢。"春宵一刻值千金"这句老话，是谁也知道的，我觉得换一个字，就可以做我的题目。连小小二句题目，都要东抄西袭凑合成的，不肯费心机自己去做一个，这也可以见我的懒惰了。

在副题目底下加了"之一"两字，自然是指明我还要继续写些这类无聊的小品文字，但是什么时候会写第二篇，那是连上帝都不敢预言的，我是那么懒惰。有时晚上想好了意思，第二天起得太早，心中一懊悔，什么好意思都忘却了。

"失掉了悲哀"的悲哀

　　那是三年前的春天，我正在上海一个公园里散步，忽然听到有个很熟的声音向我招呼。我看见一位神采飘逸的青年站在我的面前，微笑着叫我的名字问道："你记得青吗？"我真不认得他就是我从前大学预科时候的好友，因为我绝不会想到过了十年青还是这么年青样子，时间对于他会这样地不留痕迹。在这十年里我同他一面也没有会过，起先通过几封信，后来各人有各人的生活，彼此的环境又不能十分互相明了，来往的信里渐渐多谈时局天气，少说别话了，我那几句无谓的牢骚，接连写了几遍，自己觉得太无谓，不好意思再重复，却又找不出别的新鲜话来，因此信一天一天地稀少，以至于完全断绝音问已经有七年了。青的眼睛还是那么不停地动着，他颊上依旧泛着红霞，他脸上毫无风霜的颜色，还脱不了从前那种没有成熟的小孩神气。有一点却是新添的，他那渺茫的微笑是从前所没有的，而且是故意装出放在面上的，我对着这个微笑感到一些不快。

"青，我说，'真奇怪！'我们别离时候，你才十八岁，由十八到二十八，那是人们老得最快的时期，因为那是他由黄金的幻梦觉醒起来，碰到倔强的现实的时期。你却是丝毫没有受环境的影响，还是这样充满着青春的光荣，同十年前的你真是一点差别也找不出。我想这十年里你过的日子一定是很快乐的。对不对？"他对着我还是保持着那渺茫的微笑，过了一会，漠然地问道："你这几年怎么样呢？"我叹口气道，"别说了。许多的志愿，无数的心期全在这几年里销磨尽了。要着要维持生活，延长生命，整天忙着，因此却反失掉了生命的意义，多少想干的事情始终不能实行，有时自己想到这种无聊赖的生活，这样暗送去绝好的时光，心里的确万分难过。这几年里接二连三遇到不幸的事情，我是已经挣扎得累了。我近来的生活真是满布着悲剧的情绪。"青忽然兴奋地插着说："一个人能够有悲剧的情绪，感到各种的悲哀，他就不能够算做一个可怜人了。"他正要往下说，眼皮稍稍一抬，迟疑样子，就停住不讲，又鼓着嘴唇现出笑容了。青从前是最直爽痛快不过的人，尤其和我，是什么话都谈的，我们常常谈到天亮，有时稍稍一睡，第二天课也不上，又唧唧哝哝谈起来。谈的是什么，现在也记不清了，那个人能够记得他睡在母亲怀中时节所做的甜梦。所以我当时很不高兴他这吞吞吐吐的神情，我说："青，十年里你到底学会些世故，所以对着我也是柳暗花明地只说半截话。小孩子的确有些长进。"青平常是最性急的人，现在对于我这句激他的话，却毫不在怀地一句不答，仿佛渺茫地一笑之后完事了。过了好久，他慢腾腾地说道："讲些给你听听玩，也不要紧，不讲固然也是可以的。我们分手后，我不是转到南方一个大学去吗？大学毕业后，我同人们一样，做些事情，吃吃饭，我过去的生活是很普通的，用不着细说。实在讲起来，那个人生活不是很普通的呢？人们总是有时狂笑，有时流些清泪，有时得意，有时失望，此外无非工作，娱乐，有家眷的回家看看小孩，独自的空时找朋友谈天。此外今天喜欢这个，明日或者还喜欢他，或者高兴别人，今年有一两人爱我们，明年他们也许仍然爱我们，也许爱了别人，或者他们死了，那就是不能再爱谁，再受谁的爱了。一代一代递演下去，当时自己都觉得是宇宙的中心，后来他忘却了宇宙，宇宙也忘却他了。人们生活脱不了这些东西，在这些东西以外也没有别的什么。这些东西的纷纭错杂就演出喜剧同悲剧，给人们快乐同悲哀。但是不幸得很（或者是侥幸得很），我是个对于喜剧同悲剧全失掉了感觉性的人。这并不是因为我麻木不仁了，不，我懂得人们一切的快乐同悲哀，但是我自己却失掉了快乐，也失掉了悲哀，因为我是个失掉了价值观念的人，人们一定要对于人生有个肯定以后，才能够有悲欢哀乐。不觉得活着有什么好处的人，死对于他当然不是件哀伤的事；若使他对于死也没有什么爱慕，那么死也不是什么赏心的乐事，一个人活在世上总须有些目的，然后生活才会有趣味，或者是甜味，或者是苦味；他的目的是终身的志愿也好，是目前的享福也好，所谓高尚的或者所谓卑下的，总之他无论如何，他非是有些希冀，他的生活是不能够有什么色彩的。人们的目的是靠人们的价值观念而定的。倘若他看不出什么是好，什么是坏，他什么肯定也不能够说了，他当然不能够有任何目的，任何希冀了。"

他说到这里，向我凄然冷笑一声，我忽然觉得他那笑是有些像我想象中恶鬼的狞笑。他又接着说："你记得吗？当我们在大学预科时候，有一天晚上你在一本文学批评书上面碰到一句 Spenser 的诗——

He could not rest, but did his stout heart eat. 你不晓得怎么解释，跑来问我什么叫做 to eat one's heart，我当时模糊地答道，就是吃自己的心。现在我可能告诉你什么叫做'吃自己的心'了。把自己心里各种爱好和厌恶的情感，一个一个用理智去怀疑，将无数的价值观念，一条一条打破，这就等于把自己的心一口一口地咬烂嚼化，等到最后对于这个当刽子手的理智也起怀疑，那就是他整个心吃完了的时候，剩下来的只是一个玲珑的空洞。他的心既然吃进去，变做大便同小便，他怎地能够感到人世的喜怒同哀乐呢？这就是 to eat one's heart。把自己心吃进去和心死是不同的。心死了，心还在胸内，不过不动就是了，然而人们还会觉得有重压在身内，所以一切穷凶极恶的人对于生活还是有苦乐的反应。只有那班吃自己心的人是失掉了悲哀的。我听说悲哀是最可爱的东西，只有对于生活有极强烈的胃口的人才会坠涕泣血，滴滴的眼泪都是人生的甘露。若使生活不是可留恋的，值得我们一顾的，我们也用不着这么哀悼生活的失败了。所以在悲哀时候，我们暗暗地是赞美生活、惋惜生活，就是肯定生活的价值。有人说人生是梦，莎士比亚说世界是个舞台，人生像一幕戏。但是梦同戏都是人生中的一部分；他们只在人生中去寻一种东西来象征人生，可见他们对于人生是多么感到趣味，无法跳出圈外，在人生以外，找一个东西来做比喻，所以他们都是肯定人生的人。我却是不知道应该去肯定或者去否定，也不知道世界里有什么'应该'没有。我怀疑一切价值的存在，我又不敢说价值观念绝对是错的。总之我失掉了一切行动的指南针，我当然忘记了什么叫做希望，我不会有遂意的事，也不会有失意的事，我早已没有主意了。所以我总是这么年青，我的心已经同我躯壳脱离关系，不至于来捣乱了。我失掉我的心，可是没有地方去找，因为是自己吃进去的。我记得在四年前我才把我的心吃得干净，开始吃的时候很可口，去掉一个价值观念，觉得人轻一点，后来心一部一部蚕食去，胸里常觉空虚的难受，但是胃口又一天一天增强，吃得越快，弄得全吃掉了，最后一口是顶有味的。莎士比亚不是说过：Last taste is the sweetest。现在却没有心吃了。哈！哈！哈！哈！"

他简直放下那渺茫微笑的面具，老实地狰狞笑着。他的脸色青白，他的目光发亮。我脸上现出惊慌的颜色，他看见了立刻镇静下去，低声地说："王尔德在他那《牢狱歌》里说过：'从来没有流泪的人现在流泪了。'我却是从来爱流泪的人现在不流泪了。你还是好好保存你的悲哀，常常洒些愉快的泪，我实在不愿意你也象我这样失掉了悲哀；狼吞虎咽地把自己的心吃得精光。哈！哈！我们今天会到很好，我能够明白地回答你十年前的一个英文疑句。我们吃饭去罢！"

我们同到一个馆子，我似醉如痴地吃了一顿饭，青是不大说话，只讲几句很无聊的套语。我们走出馆子时候，他给我他旅馆的地址。我整夜没有睡好，第二天清早就去找他，可是旅馆里帐房说并没有这么一个人。我以为他或者用的不是真姓名，我偷偷地到各间房间门口看一看，也找不出他的影子，我坐在旅馆门口等了整天，注视来往的客人，也没有见到青。我怅惘地漫步回家，从此以后就没有再遇到青了。他还是那么年青吗？我常有这么一个疑问。我有时想，他或者是不会死的，老是活着，狞笑地活着，渺茫微笑地活着。

泪与笑

泪与笑

匆匆过了二十多年，我自然也是常常哭，常常笑，别人的啼笑也看过无数回了。可是我生平不怕看见泪，自己的热泪也好，别人的呜咽也好；对于几种笑我却会惊心动魄，吓得连呼吸都不敢大声，这些怪异的笑声，有时还是我亲口发出的。当一位极亲密的朋友忽然说出一句冷酷无情冰一般的冷话来，而且他自己还不知道他说的会使人心寒，这时候我们只好哈哈哈莫名其妙地笑了，因为若使不笑，叫我们怎么样好呢？我们这个强笑或者是出于看到他真正的性格（他这句冷语所显露的）和我们先前所认为的他的性格的矛盾，或者是我们要勉强这么一笑来表示我们是不会给他的话所震动，我们自己另有一个超乎一切的生活，他的话是不能损坏我们于毫发的，或者……但是那时节我们只觉到不好不这么大笑一声，所以才笑，实在也没有闲暇去仔细分析自己了。当我们心里有说不出的苦痛缠着，正要向人细诉，那时我们平时尊敬的人却用个极无聊的理由（甚至于最卑鄙的）来解释我们这穿过心灵的悲哀，看到这深深一层的隔膜，我们除开无聊赖地破涕为笑，还有什么别的办法吗？有时候我们倒霉起来，整天从早到晚做的事没有一件不是失败的，到晚上疲累非常，懊恼万分，悔也不是，哭也不是，也只好咽下眼泪，空心地笑着。我们一生忙碌，把不可再得的光阴消磨在马蹄轮铁，以及无谓敷衍之间，整天打算，可是自己不晓得为什么费心机，为了要活着用尽苦心来延长这生命，却又不觉得活着到底有何好处，自己并没有享受生活过，总之黑漆一团活着，夜阑人静，回头一想，那能够不吃吃地笑，笑时感到无限的生的悲哀。就说我们淡于生死了，对于现世界的厌烦同人事的憎恶还会像毒蛇般蜿蜒走到面前，缠着身上，我们真可说倦于一切，可惜我们也没有爱恋上死神，觉得也不值得花那么大劲去求死，在此不生不死心境里，只见伤感重重来袭，偶然挣些力气，来叹几口气，叹完气免不了失笑，那笑是多么酸苦的。这几种笑声发自我们的口里，自己听到，心中生个不可言喻的恐怖，或者又引起另一个鬼似的狞笑。若使是由他人口里传出，只要我们探讨出它们的源泉，我们也会惺惺惜惺惺而心酸，同时害怕得全身打战。此外失望人的傻笑，下头人挨了骂对于主子的陪笑，趾高气扬的热官对于贫贱故交的冷笑，老处女在他人结婚席上所呈的干笑，生离永别时节的苦笑——这些笑全是"自然"跟我们为难，把我们弄得没有办法，我们承认失败了的表现，是我们心灵的堡垒下面刺目的降幡。莎士比亚的妙句"对着悲哀微笑"（smiling at grief）说尽此中的苦况。拜伦在他的杰作 Don Juan 里有二句：

Of all tales' 'tis the saddest—— and more sad,
Because it makes us smile.

这两句是我愁闷无聊时所喜欢反复吟诵的，因为真能传出"笑"的悲剧的情调。

泪却是肯定人生的表示。因为生活是可留恋的，过去是春天的日子，所以才有伤逝的清泪。若使生活本身就不值得我们的一顾，我们那里会有惋惜的情怀呢？当一个中年妇人死了丈夫时候，她号啕地大哭，她想到她儿子这么早失丢了父亲，没有人指导，免不了伤心流泪，可是她隐隐地对于这个儿子有无穷的慈爱同希望。她的儿子又死了，她或者会一声不做地料理丧事，或者发疯狂笑起来，因为她已厌倦于人生，她微弱的心已经麻木死了。我每回看到人们的流泪，不管是失恋的刺痛，或者丧亲的悲哀，我总觉人世真是值得一活的。眼泪真是人生的甘露。当我是小孩时候，常常觉得心里有说不出的难过，故意去臆造些伤心事情，想到有味时候，有时会不觉流下泪来，那时就感到说不出的快乐。现在却再寻不到这种无根的泪痕了。那个有心人不爱看悲剧，亚里士多德所说的净化的确不错。我们精神所纠结郁积的悲痛随着台上的凄惨情节发出来，哭泣之后我们有形容不出的快感，好似精神上吸到新鲜空气一样，我们的心灵忽然间呈非常健康的状态。Gogol 的著作人们都说是笑里有泪，实在正是因为后面有看不见的泪，所以他小说会那么诙谐百出，对于生活处处有回甘的快乐。中国的诗词说高兴赏心的事总不大感人，谈愁语恨却是易工，也由于那些怨词悲调的泪的结晶，有时会逗我们洒些同情的泪，所以亡国的李后主，感伤的李义山始终是我们爱读的作家。天下最爱哭的人莫过于怀春的少女同情海中翻身的青年，可是他们的生活是最有力，色彩最浓，最不虚过的生活。人到老了，生活力渐渐消磨尽了，泪泉也干了，剩下的只是无可无不可那种将就木的心境和好像慈祥实在是生的疲劳所产生的微笑——我所怕的微笑。十八世纪初期浪漫派诗人格雷在他的 On a Distant

Prospect of Eton College 里说：

> 流下也就忘记了的泪珠，
> 那是照耀心胸的阳光。
> The tear forgot soon as shed,
> The sunshine of the breast.

　　这些热泪只有青年才会有，它是同青春的幻梦同时消灭的，泪尽了，个个人心里都像苏东坡所说的"存亡惯见浑无泪"那样的冷淡了，坟墓的影已染着我们的残年。

天真与经验

天真和经验好像是水火不相容的东西。我们常以为只有什么经验也没有的小孩子才会天真，他那位饱历沧桑的爸爸是得到经验，而失掉天真了。可是，天真和经验实在并没有这样子不共戴天，它们俩倒很常是聚首一堂。英国最伟大的神秘诗人勃来克著有两部诗集：《天真的歌》（Songs of Innocence）同经验的歌（Songs of Experience）。在天真的歌里，他无忧无虑地信口唱出晶莹甜蜜的诗句，他简直是天真的化身，好像不晓得世上是有龌龊的事情的。然而在经验的歌里，他把人情的深处用简单的辞句表现出来，真是找不出一个比他更有世故的人了，他将伦敦城里扫烟囱小孩子的穷苦，娼妓的厄运说得辛酸凄迷，可说是看尽人世间的烦恼。可是他始终仍然是那么天真，他还是常常亲眼看见天使当他的工作没有做得满意时候，他就同他的妻子双双跪下，向上帝祈祷。他快死的前几天，那时他结婚已经有四十五年了，一天他看着他的妻子，忽然拿起铅笔叫道："别动！在我眼里你一向是一个天使；我要把你画下。"他就立刻画出她的相貌。这是多么天真的举动。尖酸刻毒的斯惠夫特写信给他那两位知心的女人时候，的确是十足的孩子气，谁去念 The Journal to Stella 这部书信集，也不会想到写这信的人就是 Cullivers Travels 的作者。斯蒂芬生在他的小品文集《贻青年少女中》（Virginibus Puerisque），说了许多世故老人的话，尤其是对于婚姻，讲有好些叫年青的爱人们听着会灰心的冷话。但是他却没有失丢了他的童心，他能够用小孩子的心情去叙述海盗的故事，他又能借小孩子的口气，著出一部《小孩的诗园》（A Child's Garden of Verses），里面充满着天真的空气，是一本儿童文学的杰作。可见确然吃了知识的果，还是可以在乐园里逍遥到老。我们大家并不是个个人都像亚当先生那么不幸。

也许有人会说，这班诗人们的天真是装出来的，最少总有点做作的痕迹，不能像小孩子的天真那么浑脱自然，毫无机心。但是，我觉得小孩子的天真是靠不住的，好像个很脆的东西，经不起现实的接触。并且当他们才发现出人情的险诈同世路的崎岖时候，他们会非常震惊，因此神经过敏地以为世上除开计较得失利害外是没有别的东西的，柔嫩的心或者就这么麻木下去，变成个所谓值得父兄赞美的少年老成人了。他们从前的天真是出于无知，值不得什么赞美的，更值不得我们欣羡。棹子是个一无所知的东西，它既不晓得骗人，更不会去骗人，为什么我们不去颂扬棹子的天真呢？小孩子的天真跟棹子的天真并没有多大的分别。至于那班已坠世网的人们的天真就不大同了。他们阅历尽人世间的纷扰，经过了许多得失哀乐，因为看穿了鸡虫得失的无谓，又知道在太阳底下是难逢笑口的，所以肯将一切利害的观念丢开，来任口说去，任性做去，任情去欣赏自然界的快乐。他们以为这样子痛快地活着才是值得的。他们把机心看做是无谓的虚耗，自然而然会走到忘机的境界了。他们的天真可说是被经验锻炼过了，仿佛像在八卦炉里蹲过，做成了火眼金睛的孙悟空。人世的波涛再也不能将他们的天真卷去，他们真是"世路如今已惯，此心到处悠然"，这种悠然的心境既然成为习惯，习惯又成天然，所以他们的天真也是浑脱一气，没有刀笔的痕迹的。这个建在理智上面的天真绝非无知的天真所可比拟的，从无知的天真走到这个超然物外的天真，这就全靠着个人的生活艺术了。

忽然记起我自己去年的生活了，那时我同 G 常作长夜之谈。有一晚电灯灭后，蜡烛上时，我们搓着睡眼，重新燃起一斗烟来，就谈着年青人所最爱谈的题目——理想的女人。我们不约而同地说道最可爱的女子是像卖解，女优，歌女等这班风尘人物里面的痴心人。她们流落半生，看透了一切世态，学会了万般敷衍的办法，跟人们好似是绝不会有情的，可是若使她们真真爱上了一个情人，她们的爱情比一般的女子是强万万倍的。她们不像没有跟男子接触过的女子那样盲目，口是心非的甜言蜜语骗不了她们，暗地皱眉的热烈接吻瞒不过她们的慧眼，她们一定要得到了个一往情深的爱人，才肯来永不移情地心心相托。她们对于爱人所以会这么苛求，全因为她们自己是恳挚万分。至于那班没有经验的女子，她们常常只听到几句无聊的卿卿我我，就以为是了不得了，她们的爱情轻易地结下，将来也就轻易地勾销，这那里可以算做生生死死的深情。不出闺门的女子只有无知，很难有颠扑不破的天真，同由世故的熔炉里铸炼出来的热情。数十年来我们把女子关在深闺里，不给她们一个得到经验的机会，既然没有经验来锻炼，她们当然不容易有个强毅的性格，我们又来怪她们的杨花水性，说了许多混话，这真是太冤枉了。我们把无知误解做天真，不晓得从经验里突围而出的天真才是可贵的，因此上造了这九洲大错，这又要怪谁呢？

没有尝过穷苦的人们是不懂得安逸的好处的，没有感到人生的寂寞的人们是不能了解爱的价值的，同样地未曾有过经验的孺子是不知道天真之可贵的。小孩子一味天真，糊糊涂涂地过日，对于天真并未曾加以认识；所以不能做出天真的诗歌来，笨大的爸爸们尝遍了各种滋味，然后再洗涤俗虑，用锻炼过后的赤子之心来写诗歌，却做出最可喜的儿童文学，在这点上就可以看出人世的经验对于我们是最有益的东西了。老年人所以会和蔼可亲也是因为他们受过了经验的洗礼。必定要对于人世上万物万事全看淡了，然后对于一二件东西的留恋才会倍见真挚动人。宋诗里常有这种意境。欧阳永叔的"棋罢不知人换世，酒阑无奈客思家"同苏长公的"存亡惯见浑无泪，乡井难忘尚有心"全能够表现出这种依依的心情。虽然把人世存亡全置之度外，漠然不动于衷。但是对于客子的思家同自己的乡愁仍然是有些牵情。这种惆怅的情怀是多么清新可喜，我们读起来觉得比处处留情的才子们的滥情是高明得多，这全因为他们的情绪受过了一次蒸馏。从经验里出来的天真会那么带着诗情也是为着同样的缘故。

蔼里斯在他的杰作"性的心理的研究"第六卷里说道："就说我们承认看着裸体会激动了热情，这个激动还是好的，因为它引起我们的一种良好习惯，自制。为着恐怕有些东西对于我们会有引诱的能力，就赶紧跑到沙漠去住，这也可说是一种可怜的道德了。我们应当知道在文化当中故意去创造出一个沙漠来包围自己，这种举动是比别的要更坏得多了。我们无法去丢热情，即使我们有这个决心；何尔巴哈说得好，理智是教人这样拣择正当的热情，教育是教人们怎样把正当的热情种植培养在人心里面。观看裸体有一个精神上的价值，那可以教我们学会去欣赏我们没有占有着的东西，这个教训是一切良好的社会生活的重要预备训练，小孩子应当学到看见花，而不想去采它；男人应当学到看见着一个女人的美，而不想占有她。"我们所说的天真常是躲在沙漠里，远隔人世的引诱这类的天真。经验陶冶后的天真是见花不采，看到美丽的女人，不动枕席之念的天真。

　　人世是这么百怪千奇，人命是这样他生未卜，这个千载一时的看世界机会实在不容错过，绝不可误解了天真意味，把好好的人儿囚禁起来，使他草草地过了一生，并没有尝到做人的意味，而且也不懂得天真的真意了。这种活埋的办法绝非上帝造人的本意，上帝是总有一天会跟这班刽子手算帐的。我们还是别当刽子手好罢，何苦手上染着女人小孩子的血呢！

途 中

今天是个潇洒的秋天，飘着零雨，我坐在电车里，看到沿途店里的伙计们差不多都是懒洋洋地在那里谈天，看报，喝茶——喝茶的尤其多，因为今天实在有点冷起来了。还有些只是倚着柜头，望望天色。总之纷纷扰扰的十里洋场顿然现出闲暇悠然的气概，高楼大厦的商店好像都化做三间两舍的隐庐，里面那班平常替老板挣钱，向主顾陪笑的伙计们也居然感到了生活余裕的乐处，正在拉闲扯散地过日，仿佛全是古之隐君子了。路上的行人也只是稀稀的几个，连坐在电车里面上银行去办事的洋鬼子们也燃着烟斗，无聊赖地看报上的广告，平时的燥气全消，这大概是那件雨衣的效力罢！到了北站，换上去西乡的公共汽车，雨中的秋之田野是别有一种风味的。外面的髹髹细雨是看不见的，看得见的只是车窗上不断地来临的小雨点，同河面上错杂得可喜的纤纤雨脚。此外还有粉般的小雨点从破了的玻璃窗进来，栖止在我的脸上。我虽然有些寒战，但是受了雨水的洗礼，精神变成格外地清醒。

已撄世网，醉生梦死久矣的我真不容易有这么清醒，这么气爽。再看外面的景色，既没有像春天那娇艳得使人们感到它的不能久留，也不像冬天那样树枯草死，好似世界是快毁灭了，却只是静默默地，一层轻轻的雨雾若隐若现地盖着，把大地美化了许多，我不禁微吟着乡前辈姜白石的诗句，真是"人生难得秋前雨"。忽然想到今天早上她皱着眉头说道："这样凄风苦雨的天气，你也得跑那么远的路程，这真可厌呀！"我暗暗地微笑。她那里晓得我正在凭窗赏玩沿途的风光呢？她或者以为我现在必定是哭丧着脸，像个到刑场的死囚，万不会想到我正流连着这叶尚未凋，草已添黄的秋景。同情是难得的，就是错误的同情也是无妨，所以我就让她老是这样可怜着我的仆仆风尘罢；并且有时我有什么逆意的事情，脸上露出不豫的颜色，可以借路中的辛苦来遮掩，免得她一再追究，最后说出真话，使她凭添了无数的愁绪。

其实我是个最喜欢在十丈红尘里奔走道路的人。我现在每天在路上的时间差不多总在两点钟以上，这是已经有好几月了，我却一点也不生厌，天天走上电车，老是好像开始蜜月旅行一样。电车上和道路上的人们彼此多半是不相识的，所以大家都不大拿出假面孔来，比不得讲堂里，宴会上，衙门里的人们那样彼此拚命地一味敷衍。公园，影戏院，游戏场，馆子里面的来客个个都是眉花眼笑的，最少也装出那么样子，墓地，法庭，医院，药店的主顾全是眉头皱了几十纹的，这两下都未免太单调了，使我们感到人世的平庸无味，车子里面和路上的人们却具有万般色相，你坐在车里，只要你睁大眼睛不停地观察了卅分钟，你差不多可以在所见的人们脸上看出人世一切的苦乐感觉同人心的种种情调。你坐在位子上默默地鉴赏，同车的客人们老实地让你从他们的形色举止上去推测他们的生平同当下的心境，外面的行人一一现你眼前，你尽可恣意瞧着，他们并不会晓得，而且他们是这么不断地接连走过，你很可以拿他们来彼此比较．这种普通人的行列的确是比什么赛会都有趣得多，路上源源不绝的行人可说是上帝设计的赛会，当然胜过了我们佳节时红红绿绿的玩意儿了。并且在路途中我们的心境足最宜于静观的，最能吸收外界的刺激的。我们通常总是有事干，正经事也好，歪事也好，我们的注意免不了特别集中在一点上，只有路途中，尤其走熟了的长路，在未到目的地以前，我们的方寸是悠然的，不专注于一物，却是无所不留神的，在匆匆忙忙的一生里，我们此时才得好好地看一看人生的真况。所以无论从那一方面说起，途中是认识人生最方便的地方。车中，船上同人行道可说是人生博览会的三张入场券，可惜许多人把它们当做废纸，空走了一生的路。我们有一句古话："读万卷书，行万里路"，所谓行万里路自然是指走遍名山大川，通都大邑，但是我觉换一个解释也是可以。一条的路你来往走了几万遍，凑成了万里这个数目，只要你真用了你的眼睛，你就可以算是懂得人生的人了。俗语说道："秀才不出门，能知天下事"，我们不幸未得入泮，只好多走些路，来见见世面罢！对于人生有了清澈的观照，世上的荣辱祸福不足以扰乱内心的恬静，我们的心灵因此可以获到永久的自由，可见个个的路都是到自由的路，并不限于罗素先生所钦定的：所怕的就是面壁参禅，目不窥路的人们，他们自甘沦落，不肯上路，的确是无法可办。读书是间接地去了解人生，走路是直接地去了解人生，一落言诠，便非真谛，所以我觉得万卷书可以搁开不念，万里路非放步走去不可。

　　了解自然，便是非走路不可。但是我觉得有意的旅行倒不如通常的走路那样能与自然更见亲密。旅行的人们心中只惦着他的目的地，精神是紧张的。实在不宜于裕然地接受自然的美景。并且天下的风光是活的，并不拘拘于一谷一溪，一洞一岩，旅行的人们所看的却多半是这些名闻四海的死景，人人莫名其妙地照例赞美的胜地。旅行的人们也只得依样葫芦一番，做了万古不移的传统的奴隶。这又何苦呢？并且只有自己发现出的美景对着我们才会有贴心的亲切感觉，才会感动了整个心灵，而这些好景却大抵是得之偶然的，绝不能强求。所以有时因公外出，在火车中所瞥见的田舍风光会深印在我们的心坎里，而花了盘川，告了病假去赏玩的名胜倒只是如烟如雾地浮动在记忆的海里。今年的春天同秋天，我都去了一趟杭州，每天不是坐在划子里听着舟子的调度，就是跑山，恭敬地聆着车夫的命令，一本薄薄的指南隐隐地含有无上的威权，等到把所谓胜景一一领略过了，重上火车，我的心好似去了重担。当我再继续过着我通常的机械生活，天天自由地东瞧西看，再也不怕受了舟子，车夫，游侣的责备，再也没有什么应该非看不可的东西，我真快乐得几乎发狂。西冷的景色自然是渐渐消失得无影无迹，可惜消失得太慢，起先还做了我几个噩梦的背境。当我梦到无私的车夫，带我走着崎岖难行的宝石山或者光滑不能住足的往龙井的石路，不管我怎样求免，总是要迫我去看烟霞洞的烟霞同龙井的龙角。谢谢上帝，西湖已经不再浮现在我的梦中了。而我生平所最赏心的许多美景是从到西乡的公共汽车的玻璃窗得来的。我坐在车里，任它一上一下，一左一右地跳荡，看着老看不完的十八世纪长篇小说，有时闭着书随便望一望外面天气，忽然觉得青翠迎人，遍地散着香花，晴天现出不可描摹的蓝色。我顿然感到春天已到大地，这时我真是神魂飞在九霄云外了。再去细看一下，好景早已过去，剩下的是闸北污秽的街道，明天再走到原地，一切虽然仍旧，总觉得有所不足，与昨天是不同的，于是乎那天的景色永留在我的心里。甜蜜的东西看得太久了也会厌烦，真真的好景都该这样一瞬即逝，永不重来。婚姻制度的最大毛病也就是在于日夕聚首：将一切好处都因为太熟而化成坏处了。此外在热狂的夏天，风雪载途的冬季我也常常出乎意料地获到不可名言的妙境，滋润着我的心田。会心不远，真是陆放翁所谓的"何处楼台无月明"。自己培养有一个易感的心境，那么走路的确是了解自然的捷径。

"行"不单是可以使我们清澈地了解人生同自然，它自身又是带有诗意的，最浪漫不过的。雨雪霏霏，杨柳依依，这些境界只有行人才有福享受的。许多奇情逸事也都是靠着几个人的漫游而产生的。《西游记》，《镜花缘》，《老残游记》，Gervantes 的《吉诃德先生》（Don Quixote），Swift 的《海外轩渠录》（Gulliver's Travels），Bunyar 的《天路历程》（Pilgrim's Progress），Cowper 的痴汉骑马歌（John Gilpin），Dickens 的 Pickwick Papers Byron 的 Childe Harold's Pilgrimage，Fielding 的 Joseph Andrews，Gogols 的 Dead Souls 等不可一世的杰作没有一个不是以"行"为骨子的，所说的全是途中的一切，我觉得文学的浪漫题材在爱情以外，就要数到"行"了。陆放翁是个豪爽不羁的诗人，而他最出色的杰作却是那些纪行的七言。我们随便抄下两首，来代我们说出"行"的浪漫性罢！

剑南道中遇微雨

衣上征尘杂酒痕，远游无处不销魂，此身合是诗人未，细雨骑驴入剑门。

南定楼遇急雨

行遍梁州到益州，今年又作度泸游，江山重复争供眼，风雨纵横乱入楼，人语朱离逢峒獠，棹歌款乃下吴州，天涯住稳归心懒，登览茫然却欲愁。

因为"行"是这么会勾起含有诗意的情绪的，所以我们从"行"可以得到极愉快的精神快乐，因此"行"是解闷销愁的最好法子，将濒自杀的失恋人常常能够从漫游得到安慰，我们有时心境染了凄迷的色调，散步一下，也可以解去不少的忧愁。Howthorne 同 Edgar Allen Poe 最爱描状一个心里感到空虚的悲哀的人不停地在城里的各条街道上回复地走了又走，以冀对于心灵的饥饿能够暂时忘却。Dostoivsky 的《罪与罚》里面的 Raskolinkov 犯了杀人罪之后，也是无目的到处乱走，仿佛走了一下，会减轻了他心中的重压。甚至于有些人对于"行"具有绝大的趣味，把别的趣味一齐压下了，Stevenson 的《流浪汉之歌》就表现出这样的一个人物，他在最后一段里说道："财富我不要，希望，爱情，知己的朋友，我也不要；我所要的只是上面的青天同脚下的道路。"

Wealth I ask not, hope nor love,
Nor a friend to know me;
All I ask, the heaven above
And the road belov me.

Walt Whitman 也是一个歌颂行路的诗人，他的《大路之歌》真是"行"的绝妙赞美诗，我就引他开头的雄浑诗句来做这段的结束罢！

Afoot and light – hearted I take to the open road,
Healthy, free, the world before me,
The long brown path before me leading wherever I choose.

我们从摇篮到坟墓也不过是一条道路，当我们正寝以前，我们可说是老在途中。途中自然有许多的苦辛，然而四围的风光和同路的旅人都是极有趣的，值得我们跋涉这程路来细细鉴赏。除开这条悠长的道路外，我们并没有别的目的地，走完了这段征程，我们也走出了这个世界，重回到起点的地方了。科学家说我们就归于毁灭了，再也不能重走上这段路途，主张灵魂不灭的人们以为来日方长，这条路我们还能够一再重走了几千万遍。将来的事，谁去管它，也许这条路有一天也归于毁灭。我们还是今天有路今天走罢，最要紧的是不要闭着眼睛，朦朦一生，始终没有看到了世界。

十八，十一，五。

论知识贩卖所的伙计

"每门学问的天生仇敌是那门的教授。"——威廉·詹姆士

知识贩卖所的伙计大约可分三种：第一种是著书立说，多半不大甘心于老在这个没有多大出息的店里混饭，想到衙门中显显身手的大学教授；第二种是安分守己，一声不则，随缘消岁月的中学教员；第三种是整天在店里当苦工，每月十几块工钱有时还要给教育厅长先挪去，用做招待星期讲演的学者（那就是比他们高两级的著书立说的教授，）的小学教员。他们的苦乐虽也各各不同，他们却带有个共同的色彩。好像钱庄里的伙计总是现出一副势利面孔，旅馆里的茶房没有一个不是带有不道德的神气，理发匠老是爱修饰，做了下流社会里的花花公子，以及个个汽车夫都使我们感到他们家里必定有个姘头。同样地，教书匠具有一种独有的色彩，那正同杀手脸上的横肉一样，做了他们终身的烙印。

糖饼店里的伙计必定不喜欢食糖饼，布店的伙计穿的常是那价廉物不美的料子，"卖扇婆婆手遮日"是世界里最普通的事情，所

以知识贩卖所的伙计是最不喜欢知识，失掉了求知欲望的人们。这也难怪他们，整天弄着那些东西，靠着那些东西来自己吃饭，养活妻子，不管你高兴不高兴，每天总得把这些东西照例说了几十分钟或者几点钟，今年教书复明年，春恨秋愁无暇管，他们怎么不会讨厌知识呢？就说是个绝代佳人，这样子天天在一块，一连十几年老是同你卿卿我我，也会使你觉得腻了。所以对于知识，他们失丢了孩童都具有的那种好奇心。他们向来是不大买书的，充其量不过把图书馆的大本书籍搬十几本回家，搁在书架上让灰尘，蠹鱼同蜘蛛来尝味，他们自己也忘却曾经借了图书馆的书，有时甚至于把这些书籍的名字开在黑板上，说这是他们班上学生必须参考的书，害得老实的学生们到图书馆找书找不到，还急得要死；不过等到他们自己高据在讲台之上的时节，也早忘却了当年情事，同样慷慨地腾出家里的书架替学校书库省些地方了。他们天天把这些知识排在摊上，在他们眼里这些知识好像是当混沌初开，乾坤始定之时，就已存在人间了，他们简直没有想到这些知识是古时富有好奇心的学者不惜万千艰苦，虎穴探子般从"自然"手里夺来的。他们既看不到古昔学者的热狂，对于知识本身又因为太熟悉了生出厌倦的心情，所以他们老觉得知识是冷冰冰的，绝不会自己还想去探求这些冻手的东西了。学生的好奇心也是他们所不能了解的，所以在求真理这出的捉迷藏戏里他们不能做学生们的真正领袖，带着他们狂欢地瞎跑，有时还免不了浇些冷水，截住了青年们的兴头，愿上帝赦着他们罢，阿门。然而他们一度也做过学生，也怀过热烈的梦想，许身于文艺或者科学之神，曾几何时，热血沸腾的心儿停着不动，换来了这个二目无光的冷淡脸孔，隐在白垩后面，并且不能原谅年青人的狂热，可见亲身经验是天下里最没用的事，不然人们也不会一代一代老兜同一的愚蠢圈子了。他们最喜欢那些把笔记写得整整齐齐，伏贴贴地听讲的学生，最恨的是信口胡问的后生小子，他们立刻露出不豫的颜色，仿佛这有违乎敬师之道。法郎士在伊壁鸠鲁斯园里有一段讥笑学者的文字，可以说是这班伙计们的最好写真。他说："跟学者们稍稍接触一下就够使我们看到他们是人类里最没有好奇心的。前几年偶然在欧洲某大城里，我去参观那里的博物院在一个保管的学者领导之下，他把里面所搜集的化石很骄傲地，很愉快地讲述给我听。他给我许多很有价值的知识，一直讲到鲜新世的岩层。但是我们一走到那个发现了人类最初遗痕的地层的陈列柜旁边，他的头忽然转向别的地方去了；对于我的问题他答道这是在他所管的陈列柜之外。我知道鲁莽了。谁也不该向一个学者问到不在他所管的陈列柜之内的宇宙秘密。他对于它们没有感到兴趣。"叫他们去鼓舞起学生求知的兴趣，真是等于找个失恋过的人去向年青人说出恋爱的福音，那的确是再滑稽也没有的事。不过我们忽略过去，没有下一个仔细的观察，否则我们用不着看陆克，贾波林的片子，只须走到学校里去，想一想他们干的实在是怎么一回事，再看一看他们那种慎重其事的样子，我们必定要笑得肚子痛起来了。

他们不只不肯自备斧斤去求知识，你们若使把什么新知识呈献他们面前，他们是连采也不采的，这还算好呢，也许还要恶骂你们一阵，说是不懂得天高地厚，信口胡谈。原来他们对于任何一门知识都组织有一个四平八稳的系统，整天在那里按章分段，提纲挈领地说出许多大大小小的系统来。你看他们的教科书，那是他们的圣经，是前有总论，后有结论的。他们费尽苦心把前人所发现的知识编成这样一个天罗地网，炼就了这个法宝，预备他们终身之用，子孙百世之业。若使你点破了这法宝，使他们变成为无棒可弄的猴子，那不是窘极的事吗？从前人们嘲笑烦琐学派的学者说道：当他们看到自然界里有一种现象同亚里士多德书中所说的相反，他们宁可相信自己的眼看错了，却不肯说亚里士多德所讲的话是不对的。知识贩卖所的伙计对于他们的系统所取的盲从固执的态度也是一样的。听说美国某大学有一位经济思想史的教授，他所教的经济思潮是截至一八九〇年为止的，此后所发表的经济学说他是毫不置问的，仿佛一八九〇后宇宙已经毁灭了，这是因为他是在那年升做教授了，他也是在那年把他的思想铸成了一篇只字不能移的讲义了。记得从前在北平时候，有一位同乡在一个专门学校电气科读书，他常对我说他先生所定的教科书都是在外国已经绝版了的，这是因为当这几位教授十几年前在美国过青灯黄卷生涯时是用这几本书，他们不敢忘本，所以仍然捧着这本书走上十几年后中国的大学讲台。前年我听到我这位同乡毕业后也在一个专门学校教书，我暗想这本教科书恐怕要三代同堂了。这一半是惯性使然。在这贩卖所里跑走几年之后，多半已经暮气沉沉，更那里找得到一股精力，翻个筋斗，将所知道的知识拿来受过新陈代谢的洗礼呢！一半是由于自卫本能，他们觉得他们这一套的知识是他们的惟一壁垒，若使有一方树起降幡，欢迎新知识进来，他们只怕将来喧宾夺主，他们所懂的东西要全军覆没了，那么甚至于影响到他们在店里的地位。人们一碰到有切身利害的事情时，多半是只瞧利害，不顾是非的，这已变成为一种不自觉的习惯。学术界的权威者对于新学说总是不厌极端诋毁，他们有时还是不自知有什么卑下的动机，只觉得对于新的东西有一种说不出的厌恶，也是因为这是不自觉的。惟其是不自觉的，所以是更可怕的。总之，他们已经同知识的活气告别了，只抱个死沉沉的空架子，他们对于新发现是麻木不仁了，只知道倚老卖老做一日和尚撞一日。白垩使他们的血管变硬了，这又那里是他们自己的难过呢？

笛卡儿哲学的出发点是"我怀疑，所以我存在"；知识贩卖所的伙计们的哲学的出发点是"我肯定，所以我存在"。他们是以肯定为生的，从走上讲台一直到铃声响时，他们所说的全是十三分肯定的话，学生以为他们该是无所不知的，他们亦以全知全能自豪。"人之患在好为人师"。所谓好为人师就是喜欢摆出我是什么都懂得的神气，对着别人说出十三分肯定的话。这种虚荣的根性是谁也有的，这班伙计们却天天都有机会来发挥这个低能的习气，难怪他们都染上了夸大狂，不可一世地以正统正宗自命，觉得普天之下只有一条道理，那又是在他掌握之中的。这个色彩差不多是自三家村教读先生以至于教思想史的教授所共有的。怀疑的精神早已风流云散，月去星移了，剩下来的是一片惨淡无光，阴气森森的真理。Schiller 说过："只有错误才是活的，知识却是死的。"那么难怪知识贩卖所里的伙计是这么死沉沉的。他们以贩卖知识这块招牌到处招摇，却先将知识的源泉——怀疑的精神——一笔勾销，这是看见母鸡生了金鸡子，就把母鸡杀死的办法。他们不止自己这么武断一切，并且把学生心中一些存疑的神圣火焰也弄熄了，这简直是屠杀婴儿。人们天天嚷道天才没有出世，其实是有许多天才遭了这班伙计们的毒箭。我不相信学了文学概论，小说作法等课的人们还能够写出好小说来。英国一位诗人说道，我们一生的光阴常消磨在两件事情上面，第一是在学校里学到许多无谓的东西，第二是走出校门后把这些东西一一设法弃掉。最可惜的就是许多人刚把这些垃圾弃尽，还我海阔天空时候，却寿终正寝了。

因此，我所最敬重的是那班常常告假，不大到店里来的伙计们。他们的害处大概比较会少点罢！

观 火

　　独自坐在火炉旁边，静静地凝视面前瞬息万变的火焰，细听炉里呼呼的声音，心中是不专注在任何事物上面的，只是痴痴地望着炉火，说是怀一种惆怅的情绪，固然可以，说是感到了所有的希望全已幻灭，因而反现出恬然自安的心境，亦无不可。但是既未曾达到身如槁木，心如死灰的地步，免不了有许多零碎的思想来往心中，那些又都是和"火"有关的，所以把它们集在"观火"这个题目底下。

　　火的确是最可爱的东西。它是单身汉的最好伴侣。寂寞的小房里面，什么东西都是这么寂静的，无生气的，现出呆板板的神气，惟一有活气的东西就是这个无聊赖地走来走去的自己。虽然是个甘于寂寞的人，可是也总觉得有点儿怪难过。这时若使有一炉活火，壁炉也好，站着有如庙里菩萨的铁炉也好，红泥小火炉也好，你就会感到宇宙并不是那么荒凉了。火焰的万千形态正好和你心中古怪的想象携手同舞，倘然你心中是枯干到生不出什么黄金幻梦，那么体态轻盈的火焰可以给你许多暗示，使你自然而然地想入非非。她好像但丁《神曲》里的引路神，拉着你的手，带你去进荒诞的国土。人们只怕不会做梦，光剩下一颗枯焦的心儿，一片片逐渐剥落。倘然还具有梦想的学力，不管做的是狰狞凶狠的噩梦，还是融融春光的甜梦，那么这些梦好比会化雨的云儿，迟早总能滋润你的心田。看书会使你做起梦来，听你的密友细诉衷曲也会使你做梦，晨曦，雨声，月光，舞影，鸟鸣，波纹，桨声，山色，暮蔼……都能勾起你的轻梦，但是我觉得火是最易点着轻梦的东西。我只要一走到火旁，立刻感到现实世界的重压——消失，自己浸在梦的空气之中了。有许多回我拿着一本心爱的书到火旁慢读，不一会儿，把书搁在一边，却目不转睛地尽望着火。那时我觉得心爱的书还不如火这么可喜。它是一部活书。对着它真好像看着一位大作家一字字地写下他的杰作，我们站在一旁跟着读去。火是一部无始无终，百读不厌的书，你那回看到两个形状相同的火焰呢！拜伦说："看到海面不发出赞美词的人必定是个傻子。"我是个沧海曾经的人，对于海却总是漠然地，这或者是因为我会晕船的缘故罢！我总不愿自认为傻子。但是我每回看到火，心中常想唱出赞美歌来。若使我们真有个来生，那么我只愿下世能够做一个波斯人，他们是真真的智者，他们晓得拜火。

记得希腊有一位哲学家——大概是 Zeno 罢——跳到火山的口里去，这种死法真是痛快，在希腊神话里，火神（Hephaestus or Vulcan）是个跛子，他又是一个大艺术家。天上的宫殿同盔甲都是他一手包办的。当我靠在炉旁时候，我常常期望有一个黑脸的跛子从烟里冲出，而且我相信这位艺术家是没有留了长头发同打一个大领结的。

在"现代丛书"（Modern Library）的广告里，我常碰到一个很奇妙的书名，那是唐南遮（D'annvnzio）的长篇小说《生命的火焰》

(The Flane of Life)。唐南遮的著作我一字都未曾读过，这本书也是从来没有看过的，可是我极喜欢这个书名，《生命的火焰》这个名字是多么含有诗意，真是简洁地说出人生的真相。生命的确是像一朵火焰来去无踪，无时不是动着，忽然扬焰高飞，忽然销沉将熄，最后烟消火灭，留下一点残灰，这一朵火焰就再也燃不起来了。我们的生活也该像火焰这样无拘无束，顺着自己的意志狂奔，才会有生气，有趣味。我们的精神真该如火焰一般地飘忽莫定，只受里面的热力的指挥，冲倒习俗，成见，道德种种的藩篱，一直恣意干去，任情飞舞，才会进出火花，幻出五色的美焰。否则阴沉沉地，若存若亡地草草一世，也辜负了创世主叫我们投生的一番好意了。我们生活内一切值得宝贵的东西又都可以用火来打比。热情如沸的恋爱，创造艺术的灵悟，虔诚的信仰，求知的欲望，都可以拿火来做象征。Heraclitus 真是绝等聪明的哲学家，他主张火是宇宙万物之源。难怪得二千多年后的柏格森诸人对着他仍然是推崇备至。火是这么可以做人生的象征的，所以许多民间的传说都把人的灵魂当做一团火。爱尔兰人相信一个妇人若使梦见一点火花落在她口里或者怀中，那么她一定会怀孕，因为这是小孩的灵魂。希腊神话里，Prometheus 做好了人后，亲身到天上去偷些火下来，也是这种的意思。有些诗人心中有满腔的热情，灵魂之火太大了，倒把他自己燃烧成灰烬，短命的济慈就是一个好例子。可惜我们心里的火都太小了，有时甚至于使我们心灵感到寒战，怎么好呢？

我家乡有一句土谚："火烧屋好看，难为东家。"火烧屋的确是天下一个奇观。无数的火舌越梁穿瓦，沿窗冲天地飞翔，弄得满天通红了，仿佛地球被掷到熔炉里去了，所以没有人看了心中不会起种奇特的感觉，据说尼罗王因为要看大火，故意把一个大城全烧了，他可说是知道享福的人，比我们那班做酒池肉林的暴君高明得多。我每次听到美国那里的大森林着火了，燃烧得一两个月，我就怨自己命坏，没有在哥伦比亚大学当学生。不然一定要告个病假，去观光一下。

许多人没有烟瘾，抽了烟也不觉得什么特别的舒服，却很喜欢抽烟，违了父母兄弟的劝告，常常抽烟，就是身上只剩一角小洋了，还要拿去买一盒烟抽，他们大概也是因为爱同火接近的缘故罢！最少，我自己是这样的。所以我爱抽烟斗，因为一斗的火是比纸烟头一点儿的火有味得多。有时没有钱买烟，那么拿一匣的洋火，一根根擦燃，也很可以解这火瘾。

离开北方已经快两年了，在南边虽然冬天里也生起火来，但是不像北方那样一冬没有熄过地烧着，所以我现在同火也没有像在北方时那么亲热了。回想到从前在北平时一块儿烤火的几位朋友，不免引起惆怅的心情，这篇文字就算做寄给他们的一封信罢！

十九年元旦试笔

破　晓

今天破晓酒醒时候，我忽然忆起前晚上他向我提过"空持罗带，回首恨依依"这两句词。仿佛前宵酒后曾有许多感触。宿酒尚未全醒的我，就闭着眼睛暗暗地追踪那时思想的痕迹。底下所写下来的就是还逗遛在心中的一些零碎。也许有人会拿心理分析的眼光含讥地来解剖这些杂感，认为是变态的，甚至于低能的，心理的表现；可是我总是十分喜欢它们。因为我爱自己，爱这个自己厌恶着的自己，所以我爱我自己心里流出，笔下写出的文字，尤其爱自己醒时流泪醉时歌这两种情怀凑合成的东西。而且以善于写信给学生家长，而荣膺大学校长的许多美国大学校长，和单知道立身处世，势利是图的富兰克林式的人物，虽然都是神经健全，最合于常态心理的人们，却难免得使甘于堕落的有志之士恶心。

"空持罗带，回首恨依依"，这真是我们这一班人天天尝着的滋味。无数黄金的希望失掉了，只剩下希望的影子，做此刻惘怅的资料，此刻又弄出许多幻梦，几乎是明知道不能实现的幻梦，那又是将来回首时许多感慨之所系。于是乎，天天在心里建起七宝楼台，天天又看到前天架起的灿烂的建筑物消失在云雾里，化作命运的狞笑，仿佛《亚俪丝异乡游记》里所说的空中里一个猫的笑脸。可是我们心里又晓得命运是自己，某一位文豪早已说过，"性格是命运"了！不管我们怎样似乎坦白地向朋友们，向自己痛骂自己的无能和懦弱，可是对于这个几十年来寸步不离，形影相依的自己怎能说没有怜惜，所以只好抓着空气，捏成一个莫名其妙的命运，把天下地上的一切可杀不可留的事情全归诿在他（照希腊神话说，应当称为她们）的身上，自己清风朗月般在旁学泼妇的骂街。屠格涅夫在他的某一篇小说里不是说过：Destiny makes everyman, and everyman makes his own destiny（命运定了一切人，然而一切人能够定他自己的命运）。

屠格涅夫，这位旅居巴黎，后来害了谁也不知道的病死去的老文人，从前我对他很赞美，后来却有些失恋了。他是一个意志薄弱的人，他最爱用微酸的笔调来描绘意志薄弱的人，我却也是个意志薄弱的人，也常在玩弄或者吐唾自己这种心性，所以我对于他的小说深有同感，然而太相近了，书上的字，自己心里的意思，颠来倒去无非意志薄弱这个概念，也未免太单调，所以我已经和他久违了。他在年青时候曾跟一个农奴的女儿发生一段爱情，好像还产有一位千金，后来却各自西东了，他小说里也常写这一类飞鸿踏雪泥式的恋爱，我不幸得很或者幸得很却未曾有过这么一回事，所以有时倒觉得这个题材很可喜，这也是我近来又翻翻几本破旧尘封的他的小说集的动机。这几天偷闲读屠格涅夫，无意中却有个大发现，我对于他的敬慕也从新燃起来了。屠格涅夫所深恶的人是那班成功的人，他觉得他们都是很无味的庸人，而那班从娘胎里带来一种一事无成的性格的人们却多少总带些诗的情调。他在小说里凡是说到得意的人们时，常现出藐视的微笑和嘲倜的口吻。这真是他独到的地方，他用歌颂英雄的心情来歌颂弱者，使弱者变为他书里唯一的英雄，我觉得他这种态度是比单描写弱者性格，和同情于弱者的作家是更别致，更有趣得多。实在说起来，值得我们可怜的绝不是一败涂地的，却是事事马到功成的所谓幸运人们。

人们做事情怎么会成功呢？他必定先要暂时跟人世间一切别的事情绝缘，专心致志去干目前的勾当。那么，他进行得愈顺利，他对于其它千奇百怪的东西越离得远，渐渐对于这许多有意思的玩意儿感觉迟钝了，最后逃不了个完全麻木。若使当他干事情时，他还是那样子处处关心，事事牵情，一曝十寒地做去，他当然不能够有什么大成就，可是他保存了他的趣味，他没有变成个只能对于一个刺激生出反应的残缺的人。有一位批评家说第一流诗人是不做诗的，这是极有道理的话。他们从一切目前的东西和心里的想像得到无限诗料，自己完全浸在诗的空气里，鉴赏之不暇，那里还有找韵脚和配轻重音的时间呢？人们在刺心的悲哀里时是不会做悲歌的，Tennyson 的 In Me morian 是在他朋友死后三年才动笔的。一生都沉醉于诗情中的绝代诗人自然不能写出一句的诗来。感觉钝迟是成功的代价，许多扬名显亲的大人物所以常是体广身胖，头肥脑满，也是出于心灵的空虚，无忧无虑麻木地过日子。归根说起来，他们就是那么一堆肉而已。

人们对于自己的功绩常是带上一重放大镜。他不单是只看到这个东西，瞧不见春天的花草和街上的美女，他简直是攒到他的对象里面去了。也可说他太走近他的对象，冷不防地给他的对象一口吞下。近代人是成功的科学家，可是我们此刻个个都做了机械的奴隶，这件事聪明的 Samuel Butler 六十年前已经屈指算出，在他的杰作虚无乡（Erewhon）里慨然言之矣。崇拜偶像的上古人自己做出偶像来跟自己打麻烦，我们这班聪明的，知道科学的人们都觉得那班老实人真可笑，然而我们费尽心机发明出机械，此刻它们反脸无情，踏着铁轮来蹂躏我们了。后之视今，犹今之视昔，真不知道将来的人们对于我们的机械会作何感想，这是假设机械没有将人类弄得覆灭，人生这幕喜剧的悲剧还继续演着的话。总之，人生是多方面的，成功的人将自己的十分之九杀死，为的是要让那一方面尽量发展，结果是尾大不掉，虽生犹死，失掉了人性，变做世上一两件极微小的事物的祭品了。

世界里什么事一达到圆满的地位就是死刑的宣告。人们一切的痴望也是如此，心愿当真实现时一定不如蕴在心头时那么可喜。一件美的东西的告成就是一个幻觉的破灭，一场好梦的勾销。若使我们在世上无往而不如意，恐怕我们会烦闷得自杀了。逍遥自在的神仙的确是比监狱中终身监禁的犯人还苦得多。闭在黑暗房里的囚犯还能做些梦逍遣，神仙们什么事一想立刻就成功，简直没有做梦的可能了。所以失败是幻梦的保守者，惆怅是梦的结晶，是最愉快的，洒下甘露的情绪。我们做人无非为着多做些依依的心怀，才能逃开现实的压迫，剩些青春的想头，来滋润这将干枯的心灵。成功的人们劳碌一生最后的收获是一个空虚，一种极无聊赖的感觉，厌倦于一切的胸怀，在这本无目的的人生里，若使我们一定要找一个目的来磨折自己，那么最好的目的是制做"空持罗带，回首恨依依"的心境。

救火夫

　　三年前一个夏天的晚上，我正坐在院子里乘凉，忽然听到接连不断的警钟声音，跟着响三下警炮，我们都知道城里什么地方的屋子又着火了。我的父亲跑到街上去打听，我也奔出去瞧热闹。远远来了一阵嘈杂的呼喊，不久就有四五个赤膊工人个个手里提一只灯笼，拚命喊道，"救"，"救"，……从我们面前飞也似地过去，后面有六七个工人拖一辆很大的铁水龙同样快地跑着，当然也是赤膊的。他们只在腰间系一条短裤，此外棕黑色的皮肤下面处处有蓝色的浮筋跳动着，他们小腿的肉的颤动和灯笼里闪烁欲灭的烛光有一种极相协的和谐，他们的足掌打起无数的尘土，可是他们越跑越带劲，好像他们每回举步时，从脚下的"地"都得到一些新力量。水龙隆隆的声音杂着他们尽情的呐喊，他们在满面汗珠之下现出同情和快乐的脸色。那一架庞大的铁水龙我从前在救火会曾经看见过，总以为最少也要十七八个人用两根杠子才抬得走，万想不到六七个人居然能够牵着它飞奔。他们只顾到口里喊"救"，那么不在乎地拖着这笨重的家伙望前直奔，他们的脚步和水龙的轮子那么一致飞动，真好像铁面无情的水龙也被他们的狂热所传染，自己用力跟着跑了。一霎眼他们都过去了，一会儿只剩些隐约的喊声。我的心却充满了惊异，愁闷的心境顿然化为晴朗，真可说拨云雾而见天日了。那时的情景就不灭地印在我的心中。

从那时起，我这三年来老抱一种自己知道绝不会实现的宏愿，我想当一个救火夫。他们真是世上最快乐的人们，当他们心中只惦着赶快去救人这个念头，其他万虑皆空，一面善用他们活泼泼的躯干，跑过十里长街，像救自己的妻子一样去救素来不识面的人们，他们的生命是多么有目的，多么矫健生姿。我相信生命是一块顽铁，除非在同情的熔炉里烧得通红的，用人间世的灾难做锤子来使他进出火花来，他总是那么冷冰冰，死沉沉地，惆怅地徘徊于人生路上的我们天天都是在极剧烈的麻木里过去——一种甚至于不能得自己同情的苦痛。可是我们的迟疑不前成了天性，几乎将我们活动的能力一笔勾销，我们的惯性把我们弄成残废的人们了。不敢上人生的舞场和同伴们狂欢地跳舞，却躲在帘子后面呜咽，这正是我们这般弱者的态度。在席卷一切的大火中奔走，在快陷下的屋梁上攀缘，不顾死生，争为先登的救火夫们安得不打动我们的心弦。他们具有坚定不拔的目的，他们一心一意想营救难中的人们，凡是难中人们的命运他们都视如自己地亲切地感到，他们尝到无数人心中的哀乐，那般人们的生命同他们的生命息息相关，他们忘记了自己，将一切火热里的人们都算做他们自己，凡是带有人的脸孔全可以算做他们自己，这样子他们生活的内容丰富到极点，又非常澄净清明，他们才是真真活着的人们。

他们无条件地同一切人们联合起来，为着人类，向残酷的自然反抗。这虽然是个个人应当做的事，并没有什么了不得，然而一看到普通人们那样子任自然力蹂躏同类，甚至于认贼作父，利用自然力来残杀人类，我们就不能不觉得那是一种义举了。他们以微小之躯，为着爱的力量的缘故，胆敢和自然中最可畏的东西肉搏，站在最前面的战线，这时候我们看见宇宙里最悲壮雄伟的戏剧在我们面前开演了：人和自然的斗争，也就是希腊史诗所歌咏的人神之争（因为在希腊神话里，神都是自然的化身）。我每次走过上海静安寺路救火会门口，看见门上刻有 We Fight Fire 三字，我总觉得凛然起敬。我爱狂风暴浪中把着舵神色不变的舟子，我对于始终住在霍乱流行极盛的城里，履行他的职务的约翰·勃朗医生（Dr. John Brown）怀一种虔敬的心情（虽然他那和蔼可亲的散文使我觉得他是个脾气最好的人），然而专以杀微弱的人类为务的英雄却勾不起我丝毫的欣羡，有时简直还有些鄙视。发现细菌的巴斯德（Pasteur），发明矿中安全灯的某一位科学家（他的名字我不幸忘记了），以及许多为人类服务的人们，像林肯，威尔逊之流，他们现在天天受我们的讴歌，实际上他们和救火夫具有同样的精神，也可说救火夫和他们是同样地伟大，最少在动机方面是一样的，然而我却很少听到人们赞美救火夫，可是救火夫并不是一眼瞧着受难的人类，一眼顾到自己身前身后的那般伟人，所以他们虽然没有人们献上甜蜜蜜的媚辞，却很泰然地干他们冒火打救的伟业，这也正是他们的胜过大人物们的地方。

　　有一位愤世的朋友每次听到我赞美救火夫时，总是怒气汹汹的说道，这个胡涂的世界早就该烧个干干净净，山穷水尽，现在偶然天公做美，放下一些火来，再用些风来助火势，想在这片龌龊的地上锄出一小块洁白的土来。偏有那不知趣的，好事的救火夫焦头烂额地来浇下冷水，这真未免于太杀风景了，而且人们的悲哀已经是达到饱和度了，烧了屋子和救了屋子对于人们实在并没有多大关系，这是指那般有知觉的人而说。至于那般天赋与铜心铁肝，毫不知苦痛是何滋味的人们，他们既然麻木了，多烧几间房子又何妨呢！总之，天下本无事，庸人自扰之，足下的歌功颂德更是庸人之尤所干的事情了。这真是"人生一世浪自苦。盛衰桃杏开落闲。"我这位朋友是最富于同情心的人，但是顶喜欢说冷酷的话，这里面恐怕要用些心理分析的功夫罢！然而，不管我们对于个个的人有多少的厌恶，人类全体合起来总是我们爱恋的对象。这是当代一位没有忘却现实的哲学家（Gcorge Santayana）讲的话。这话是极有道理的，人们受了遗传和环境的影响，染上了许多坏习气，所以个个人都具些讨厌的性质，但是当我们抽象地想到人类的，我们忘记了各人特有的弱点，只注目在人们真美善的地方，想用最完美的法子使人性向着健全壮丽的方面发展，于是彩虹般的好梦现在当前，我们怎能不爱人类哩！英国十九世纪末叶诗人 Frederich Locekr – Lampson 在他的自传（My Confidences）说道："一个思想灵活的人最善于发现他身边的人们的潜伏的良好气质，他是更容易感到满足的，想象力不发达的人们是最快就觉得旁人的可厌，的确是最喜欢埋怨他们朋友的知识上同别方面的短处。"总之，当救火夫在烟雾里冲锋突围的时候，他们只晓得天下有应当受他们的援救的人类，绝没有想到着火的屋里住有个杀千刀，杀万刀的该死狗才。天下最大的快乐无过于无顾忌地尽量使用己身隐藏的力量，这个意思亚里士多德在二千年前已经娓娓长谈过了。救火夫一时激于舍身救人的意气，举重若轻地拖着水龙疾驰，履险若夷地攀登危楼，他们忘记了困难危险，因此危险困难就失丢了它们一大半的力量，也不能同他们捣乱了。他们慈爱的精神同活泼的肉体真得到尽量的发展，他们奔走于惨淡的大街时，他们脚下踏的是天堂的乐土，难怪他们能够越跑越有力，能够使旁观的我得到一付清心剂。就说他们所救的人们是不值得救的，他们这派的气概总是可敬佩的。天下有无数女人捧着极纯净的爱情，送给极卑鄙的男子，可是那雪白的热情不会沾了尘污，水远是我们所欣羡不置的。

救火夫不单是从他们这神圣的工作得到无限的快乐，他们从同拖水龙，同提灯笼的伴侣又获到强度的喜悦。他们那时把肯牺牲自己，去营救别人的人们都认为比兄弟还要亲密的同志。不管村俏老少，无论贤愚智不肖，凡是努力于扑灭烈火的人们，他们都看做生平的知己，因为是他们最得意事的伙计们。他们有时在火场上初次相见，就可以相视而笑，莫逆于心，"乐莫乐兮新相知"，他们的生活是多有趣呀！个个人雪亮的心儿在这一场野火里互相认识，这是多么值得干的事情。懦怯无能的我在高楼上玩物丧志地读着无谓的书的时候，偶然听到警钟，望见远处一片漫天的火光，我是多么神往于随着火舌狂跳的壮士，回看自己枯瘦的影子，我是多么心痛，痛惜我虚度了青春同壮年。

我们都是上帝所派定的救火夫，因为凡是生到人世来都具有救人的责任，我们现在时时刻刻听着不断的警钟，有时还看见人们呐喊着望前奔，然而我们有的正忙于挣钱积钱，想做面团团，心硬硬，人蠢蠢的富家翁，有的正阴谋权位，有的正搂着女人欢娱，有的正缘着河岸，自鸣清高地在那儿伤春悲秋，都是失职的救火夫。有些神经灵敏的人听到警钟，也都还觉得难过，可是又顾惜着自己的皮肤，只好拿些棉花塞在耳里，闭起门来，过象牙塔里的生活。若使我们城里的救火夫这样懒惰，拿公事来做儿戏，那么我们会多么愤激地辱骂他们，可是我们这个大规模的失职却几乎变成当然的事情了。天下事总是如是莫测其高深的，宇宙总是这么颠倒地安排着，难怪波斯诗人喊起"打倒这胡涂世界"的口号。

她 走 了

　　她走了，走出这古城，也许就这样子永远走出我的生命了。她本是我生命源泉的中心里的一朵小花，她的根总是种在我生命的深处，然而此后我也许再也见不到那隐有说不出的哀怨的脸容了。这也可说我的生命的大部分已经从我生命里消逝了。

　　两年前我的懦怯使我将这朵花从心上轻轻摘下（世上一切残酷大胆的事情总是懦怯弄出来的，许多自杀的弱者，都是因为起先太顾惜生命了，生命果然是安稳地保存着，但是自己又不得不把它扔掉。弱者只怕失败，终免不了一个失败，天天兜着这个圈子，兜的回数愈多，也愈离不开这圈子了！）——两年前我的懦怯使我将这朵小花从心上摘下，花叶上沾着几滴我的心血，它的根当还在我心里，我的血就天天从这折断处涌出，化成脓了。所以这两年来我的心里的贫血症是一年深一年了。今天这朵小花，上面还濡染着我的血，却要随着江水——清流乎？浊流乎？天知道！——流去，我就这么无能为力地站在岸上，这么心里狂涌出鲜红的血。

"谁道人生无再少，门前流水尚能西"，但是我凄惨地相信西来的弱水绝不是东去的逝波。否则，我愿意立刻化作牛矢满面的石板在溪旁等候那万万年后的某一天。

她走之前，我向她扯了多少瞒天的大谎呀！但是我的鲜血都把它们染成为真实了。还没有涌上心头时是个谎话，一经心血的洗礼，却变做真实的真实了。我现在认为这是我心血惟一的用处。若使她知道个个谎都是从我心房里榨出，不像那信口开河的真话，她一定不让我这样不断地扯谎的。我将我生命的精华搜集在一起，全放在这些谎话里面，掷在她的脚旁，于是乎我现在剩下来的只是这堆渣滓，这个永远是渣滓的自己。我好比一根火柴，跟着她已经擦出一朵神奇的火花了，此后的岁月只消磨于躺在地板上做根腐朽的木屑罢了！人们践踏又何妨呢？"推枰犹恋全输局"，我已经把我的一生推在一旁了，而且丝毫也不留恋着。

她劝我此后还是少抽烟，少喝酒，早些睡觉，我听着我心里欢喜得正如破晓的枝头弄舌的黄雀，我不是高兴她这么挂念着我，那是用不着证明的，也是言语所不能证明的，我狂欢的理由是我看出她以为我生命还未全行枯萎，尚有留恋自己生命的可能，所以她进言的时期还没有完全过去；否则，她还用得着说这些话吗？我捧着这血迹模糊的心求上帝，希望她永久保留有这个幻觉。我此后不敢多喝酒，多抽烟，迟些睡觉，表示我的生命力尚未全尽，还有心情来·扮个颓丧者，因此使她的幻觉不全是个幻觉。虽然我也许不能再见她的情影了，但是我却有些迷信，只怕她靠着直觉能够看到数千里外的我的生活情形。

她走之前，她老是默默地听我的忏情的话，她怎能说什么呢？我怎能不说呢？但是她的含意难伸的形容向我诉出这十几年来她辛酸的经验，悲哀已爬到她的眉梢同她的眼睛里去了，她还用得着言语吗？她那轻脆的笑声是她沉痛的心弦上弹出的绝调，她那欲泪的神情传尽人世间的苦痛，她使我凛然起敬，我觉得无限的惭愧，只好滤些清净的心血，凝成几句的谎言。天使般的你呀！我深深地明白你会原宥，我从你的原宥我得到我这个人惟一的价值。你对我说，"女子多半都是心地极偏狭的，顶不会容人的，我却是心地最宽大的"，你这句自白做了我黑暗的心灵的闪光。

我真认识得你吗？真走到你心窝的隐处吗？我绝不这样自问着，我知道在我不敢讲的那个字的立场里，那个字就是惟一的认识。心心相契的人们那里用得着知道彼此的姓名和家世。

你走了，我生命的弦戛然一声全断了，你听见了没有？

写这篇东西时，开头是用"她"字，但是有几次总误写做"你"字，后来就任情地写"你"字了。仿佛这些话迟早免不了被你瞧见，命运的手支配着我的手来写这篇文字，我又有什么办法哩！

苦 笑

你走了，我却没有送你。我那天不是对你说过，我不去送你吗。送你只添了你的伤心，我的伤心，不送许倒可以使你在匆忙之中暂时遗忘了你所永不能遗忘的我，也可以使我存了一点儿濒于绝望的希望，那时你也许还没有离开这古城。我现在一走出家门，就尽我的眼力望着来往街上远远近近的女子，看一看里面有没有你。在我的眼里天下女子可分两大类，一是"你"，一是"非你"，一切的女子，不管村俏老少，对于我都失掉了意义，她们唯一的特征就在于"不是你"这一点，此外我看不出她们有什么分别。在 Fichte 的哲学里世界分做 Ego 和 non－ego 两部分，在我的宇宙里，只有 you 和 non－you 两部分。我憎恶一切人，我憎恶自己，因为这一切都不是你，都是我所不愿意碰到的，所以我虽然睁着眼睛，我却是个盲人，我什么也不能看见，因为凡是"不是你"的东西都是我所不肯瞧的。

我现在极喜欢在街上流荡，因为心里老想着也许会遇到你的影子，我现在觉得再有一瞥，我就可以在回忆里度过一生了。在我最后见到你以前，我已经觉得一瞥就可以做成我的永生了，但是见了你之后，我仍然觉得还差了一瞥，仍然深信再一瞥就够了。你总是这么可爱，这么像孙悟空用绳子拿着银角大王的心肝一样，抓着我的心儿，我对于你只有无穷的刻刻的愿望，我早已失掉我的理性了。

你走之后，我变得和气得多了，我对于生人老是这么嘻嘻哈哈敷衍着，对于知己的朋友老是这么露骨地乱谈着，我的心已经随着你的衣缘飘到南方去了，剩下来的空壳怎么会不空心地笑着呢？然而，狂笑乱谈后心灵的沉寂，随和凑趣后的凄凉，这只有你知道呀！我深信你是饱尝过人世间苦辛的人，你已具有看透人生的眼力了。所以你对于人生取这么通俗的态度，这么用客套来敷衍我。你是深于忧患的，你知道客套是一切灵魂相接触的缓冲地，所以你拿这许多客套来应酬我，希冀我能够因此忘记我的悲哀，和我们以前的种种。你的装做无情正是你的多情，你的冷酷正是你的仁爱，你真是客套得使我太感到你的热情了。

今晚我醉了，醉得几乎不知道我自己的姓名。但是一杯一杯的酒使我从不大和我相干的事情里逃出，使我认识了有许多东西实在不是属于我的。比如我的衣服，那是如是容易破烂的，比如我的脸孔，那是如是容易变得更清瘦，换一个样子，但是在每杯斟到杯缘的酒杯底我一再见到你的笑容，你的苦笑，那好像一个人站在悬岩边际，将跳下前一刹那的微笑。一杯一杯干下去，你的苦笑一下一下沉到我心里。我也现出苦笑的脸孔了，也参到你的人生妙诀了。做人就是这样子苦笑地站着，随着地球向太空无目的地狂奔，此外并无别的意义。你从生活里得到这么一个教训，你还它以暗淡的冷笑，我现在也是这样了。

你的心死了，死得跟通常所谓成功的人的心一样地麻木，我的心也死了，死得恍惚世界已返于原始的黑暗了。两个死的心再连在一起有什么意义呢？苦痛使我们灰心，把我们的心化做再燃不着的灰烬，这真是"哀莫大于心死"。所以我们是已经失掉了生的意志和爱的能力了，"希望"早葬在坟墓之中了，就说将来会实现也不过是僵尸而已矣。

年纪总算青青，就这么万劫不复地结束，彼此也难免觉得惆怅罢！这么人不知鬼不觉地从生命的行列退出，当个若有若无的人，脸上还涌着红潮的你怎能甘心呢？因此你有时还发出挣扎着的呻吟，那是已堕陷阱的走兽最后的呼声。我却只有望着烟斗的烟雾凝想，现到以前可能，此刻绝难办到的事情。

今晚有一只虫，惭愧得很我不知道它叫做什么，在我耳边细吟，也许你也听到这类虫的声音罢！此刻我们居在地上听着，几百年后我们在地下听着，那有什么碍事呢，虫声总是这么可喜的。也许你此时还听不到虫声，却望着白浪滔天的大海微叹。你看见海上的波涛没有？来时多么雄壮，一会儿却消失得无影无踪，你我的事情也不过大海里的微波罢，也许上帝正凭阑远眺水平线上的苍茫山色，没有注意到我们的一起一伏，那时我们又何必如此夜郎自大，狂诉自个的悲哀呢？

坟

　　你走后，我夜夜真是睡得太熟了，夜里绝不醒来，而且未曾梦见过你一次，岂单是没有梦见你，简直什么梦都没有了。看看钟，已经快十点了，就擦一擦眼睛，躺在床上，立刻睡着，死尸一样地睡了九个钟头，这是我每夜的情形。你才走后，我偶然还涉遐思，但是渺茫地忆念一会儿，我立刻喝住自己，叫自己不要胡用心力，因为"想你"是罪过，可说是对你犯一种罪。不该想而想，想我所不配想的人，这样行为在中古时代叫做"渎神"，在有皇冕的国家叫做"大不敬"。从前读 Bury 的《思想自由史》，对于他开章那几句话已经很有些怀疑，他说思想总是自由的，所以我们普通所谓思想自由实在是指言论自由。其实思想何曾自由呢！天下个个人都有许多念头是自己不许自己去想的，我的不敢想你也是如此。然而，"不想你"也是罪过，对于自己的罪过。叫我自己不想你，去拿别的东西来敷衍自己的方寸，那真是等于命令自己将心儿从身里抓出，掷到垃圾堆中。所以为着面面俱圆起见．我只好什么也不想，让世上事物的浮光掠影随便出入我的灵台，我的心就这么毫不自动地凄冷地呆着。失掉了生活力的心怎能够弄出幻梦呢，因此我夜夜都尝了死的意味，过个未寿终先入土的生活，那是爱伦坡所喜欢的题材。那个有人说死在街头的爱伦坡呀！那个脸容是悲剧的结晶的爱伦坡呀！

可是，我心里却也不是空无一物，里面有一座小坟。"小影心头葬"，你的影子已深埋在我心里的隐处了。上面当然也盖一座石坟，两旁的石头照例刻上"春秋多佳日，山水有清音"，这付对联，坟上免不了栽几棵松柏。这是我现在的"心境"，的的确确的心境，并不是境由心造的。负上莫明其妙的重担，拖个微弱的身躯，蹒跚地在这沙漠上走着，这是世人共同的状态；但是心里还有一座石坟镇压得血脉不流，这可是我的专利。天天过坟墓中人的生活，心里却又有一座坟墓，正如广东人雕的象牙球，球里有球，多么玲珑呀！吾友沉海说过："诉自己的悲哀，求人们给以同情，是等于叫花子露出胸前的创伤，请过路人施舍。"旨哉斯言！但是我对于我心里这个新冢颇有沾沾自喜的意思，认为这是我生命换来的艺术品，所以像 Coleridge 诗里的古舟子那样牵着过路人，硬对他们说自己凄苦的心曲，甚至于不管他们是赴结婚喜宴的客人。

石坟上松柏的阴森影子遮住我一切年少的心情，"春秋多佳日，山水有清音"，这二句诗冷嘲地守在那儿。十年前第一次到乡下扫墓，见到这两句对于死人嘲侃的话，我模糊地感到后死者对于泉下同胞的残酷。自然是这么可爱，人生是这么好玩，良辰美景，红袖青衫，枕石漱流，逍遥山水，这那里是安慰那不能动弹的骷髅的话，简直是无缘无故的侮辱。现在我这座小坟上撒旦刻了这十个字，那是十朵有尖刺的蔷薇，这般娇艳，这般刻毒地刺人。所以我觉得这一座坟是很美的，因为天下美的东西都是使人们看着心酸的。

我没有那种欣欢的情绪，去"长歌当哭"，更不会轻盈地捧着含些朝露的花儿，自觉忧愁得很动人怜爱地由人群走向坟前，我也用不着拿扇子去煽干那湿土，当然也不是一个背个铁锄，想去偷坟的解剖学教授，我只是一个默默无言的守坟苍头而已。

猫　狗

　　惭愧得很，我不单是怕狗，而且怕猫，其实我对于六合之内一切的动物都有些害怕。

　　怕狗，这个情绪是许多人所能了解的，生出同情的。我的怕狗几乎可说是出自天性。记得从前到初等小学上课时候，就常因为恶狗当道，立刻退却，兜个大圈子，走了许多平时不敢走的僻路，结果是迟到同半天的心跳。十几年来踽踽地蹒跚于这荒凉的世界上。童心差不多完全消失了，而怕狗的心情仍然如旧，这不知道是不是可庆的事。

　　怕狗，当然是怕它咬，尤其怕被疯狗咬。但是既会无端地咬起人来，那条狗当然是疯的。猛狗是可怕的，然而听说疯狗常常现出驯良的神气，尾巴低垂，夹在两腿之间。并且狗是随时可以疯起来的。所以天下的狗都是可怕的。若使一个人给疯狗咬了，据说过几天他肚子里会发出怪声，好像有小疯狗在里叫着。这真是惊心动魄极了，最少对于神经衰弱的我是够恐怖了。

我虽然怕它，却万分鄙视它，厌恶它。缠着姨太太脚后跟的哈巴狗是用不着提的。就说那驰骋森林中的猎狗和守夜拒贼的看门狗罢！见着生客就猁猁着声势逼人，看到主子立刻伏贴贴地低首求欢，甚至于把前面两脚拱起来，别的禽兽绝没有像它这么奴性十足，总脱不了"走狗"的气味。西洋人爱狗已经是不对了，他们还有一句俗语"若使你爱我，请也爱我的狗罢"（Love me, Love my dog.），这真是岂有此理。人没有权利叫朋友这么滥情。不过西洋人里面也有一两人很聪明的。歌德在《浮士德》里说那个可怕的 Meph stoph-eles 第一次走进浮士德的书房，是化为一条狗。因此我加倍爱念那部诗剧。

可是拿狗来比猫，可又变成个不大可怕的东西了。狗只能咬你的身体，猫却会蚕食你的灵魂，这当然是迷信，但是也很有来由。我第一次怕起猫来是念了爱伦坡的短篇小说"黑猫"。里面叙述一个人打死一只黑猫，此后遇了许多不幸事情，而他每次在不幸事情发生的地点都看到那只猫的幻形，狞笑着。后来有一时期我喜欢念外国鬼怪故事，知道了女巫都是会变猫的，当赴撒但狂舞会时候，个个女巫用一种油涂在身上，念念有词，就化成一只猫从屋顶飞跳去了。中国人所谓狐狸猫，也是同样变幻多端，善迷人心灵的畜生，你看，猫的脚踏地无声，猫的眼睛总是似有意识的，它永远是那么偷偷地潜行，行到你身旁，行到你心里。《亚俪斯游记》里不是说有一只猫现形于空中，微笑着。一会儿猫的面部不见了，光剩一个笑脸在空中。这真能道出猫的神情，它始终这么神秘，这么阴谋着，这么留一个抓不到的影子在人们心里。欧洲人相信一只猫有十条命，仿佛中国也有同样的话，这也可以证明它的精神的深刻矫健了。我每次看见猫，总怕它会发出一种魔力，把我的心染上一层颜色，留个永不会退去的痕迹。碰到狗，我们一躲避开，什么事都没有了，遇见猫却不能这么容易预防。它根本不伤害你的身体，却要占住你的灵魂，使你失丢了人性，变成一个莫名其妙的东西，这些事情真是可怕得使我不敢去设想，每想起来总会打寒噤。

上海是一条狗，当你站在黄浦滩闭目一想，你也许会觉得横在面前是一条恶狗。狗可以代表现实的黑暗，在上海这现实的黑暗使你步步惊心，真仿佛一条疯狗跟在背后一样。北平却是一只猫。它代表灵魂的堕落。北平这地方有一种霉气，使人们百事废弛，最好什么也不想，也不干了，只是这么蹲着痴痴地过日子。真是一只大猫将个个人的灵魂都打上黑印，万劫不复了。

若使我们睁大眼睛，我们可以看出世界是给猫狗平分了。现实的黑暗和灵魂的堕落霸占了一切。我愿意这片大地是个绝无人烟的荒凉世界，我又愿意我从来就未曾来到世界过。这当然只是个黄金的幻梦。

这么一回事

一

我每次跟天真烂漫的小学生，中学生接触时候，总觉得悲从中来。他们是这么思虑单纯的，这么纵情嬉笑的，好像已把整个世界搂在怀里了。我呢？无聊的世故跟我结不解之缘，久已不发出痛彻心脾的大笑矣。我的心好比已经摸过柏树油的，永远不能清爽。

我每次和晒日黄，缩袖打瞌睡的老头子谈话，也觉得欲泣无泪。"两个极端是相遇的。"他们正如经过无数狂风怒涛的小舟，蓬扯碎了，船也翻了，可是剩下来在水面的一两块板却老在海上飘游，一直等到销磨的无影无踪。他们就是自己生命的残留物。他们失掉青春和壮年的火气，情愿忘却一切和被一切忘却了，就是这样若有若无地寄在人间，这到也是个忘忧之方。真是难得糊涂。既不能满意地活它一场，就让它变为几点残露随风而逝罢！

可是，既然如是赞美生命力的销沉，何不于风清月朗之辰，亲自把生命送到门口呢？换一句话说，何不投笔而起，吃安眠药，跳海，当兵去，一了百了，免得世人多听几声呻吟，岂不于人于己两得呢？前几天一位朋友拉到某馆子里高楼把酒，酒酣起舞弄清影时候，凭阑望天上的半轮明月，下面蚁封似的世界，忽然想跨阑而下，让星群在上面啧啧赞美，嫦娥大概会拿着手帕抿着嘴儿笑，给下面这班蚂蚁看一出好看的戏，自己就立刻变做不是自己，这真是人天同庆，无损于己（自己已经没有了，还从那里去损伤他呢？）有益于人。不说别的，报馆访员就可以多一段新闻，hysteria 的女子可以暂忘却烦闷，没有爱人的大学生可以畅谈自杀来锁愁。

但是既然有个终南捷径可以逃出人生，又何妨在人生里鬼混呢！

但是……

但是……

……

二

昨天忽然想起苏格拉底是常在市场里膱蜨的，我件件不如这位古圣贤，难道连这一件也不如吗？于是乎振衣而起，赶紧到市场人群里乱闯。果然参出一些妙谛，没有虚行。

市场里最花红柳绿的地方当然要推布店了。里面的顾客也复杂得有趣，从目不识丁的简朴老妇人到读过二十、三十、四五十，以至整整八十单位的女学生。可是她们对于布店都有一种深切之感。她们一进门来，有的自在地坐下细细鉴赏，有的慢步巡视，有的和女伴或不幸的男伴随便谈天，有的皱着眉头冥想，真是宾至如归。虽说男女同学已经有年，而且成绩卓著，但是我觉得她们走进课堂时总没有走进布店时态度那么自然。唉吓！我却是无论走进任何地方。态度都是不自然的。乡友镜君从前说过："人在世界上是个没有人招待的来客。"这真是千古达者之言。牢骚搁起，言归正传。天下没有一个女人买布时会没有主张的。她们胸有成竹，罗列了无数批评标准，对于每种布匹绸缎都有个永劫不拔的主张，她们的主张仿佛也有古典派浪漫派之分，前者是爱素淡宜人的，后者是喜欢艳丽迷离的。至于高兴穿肉色的衣料和虎豹纹的衣料，那大概是写实派罢。但是她们意见也常有更改，应当说进步。然而她们总是坚持自己当时的意见，绝不犹豫的。这也不足奇，男人选妻子岂不也是如此吗？许多男人因为别人都说那个女子漂亮，于是就心火因君特地燃了。天下没有一个男人不爱女子，也好像没有一个女子不爱衣服一样。刘备说过："妻子是衣服。"千古权奸之言，当然是没有错的。

布店是堕落的地方。亚当夏娃堕落后才想起穿衣。有了衣服，就有廉耻，就有礼教，真是"圣人不死，大盗不止"。人生本来只有吃饭一问题，这两位元始宗亲无端为我们加上穿衣一项，天下从此多事了。

动物里都是雄的弄得很美丽来引诱雌的。在我们却是女性在生育之外还慨然背上这个责任。女性始终花叶招展，男性永远是这么黑漆一团。我们真该感谢这勇于为世界增光的永久女性。

这也是一篇 Sartor Resartus 罢！

无情的多情和多情的无情

情人们常常觉得他俩的恋爱是空前绝后的壮举，跟一切芸芸众生的男欢女爱绝不相同。这恐怕也只是恋爱这场黄金好梦里面的幻影罢。其实通常情侣正同博士论文一样地平淡无奇。为着要得博士而写的论文同为着要结婚而发生的恋爱大概是一样没有内容罢。通常的恋爱约略可以分做两类：无情的多情和多情的无情。

一双情侣见面时就倾吐出无限缠绵的话，接吻了无数万次，欢喜得淌下眼泪，分手时依依难舍，回家后不停地吟味过去的欣欢——这是正打得火热的时候。后来时过境迁，两人不得不含着满泡眼泪离散了，彼此各自有个世界，旧的印象逐渐模糊了，新的引诱却不断地现在当前。经过了一段若即若离的时期，终于跟另一爱人又演出旧戏了。此后也许会重演好几次。或者两人始终保持当初恋爱的形式，彼此的情却都显出离心力，向外发展，暗把种种盛意搁在另一个人身上了。这般人好像天天都在爱的旋涡里，却没有弄清真是爱那一个人，他们外表上是多情，处处花草颠连，实在是无情，心里总只是微温的。他们寻找的是自己的享乐，以"自己"为中心，不知不觉间做出许多残酷的事，甚至于后来还去赏鉴一手包办的悲剧，玩弄那种微酸的凄凉情调，拿所谓痛心的事情来解闷销愁。天下有许多的眼泪流下来时有种快感，这般人却顶喜欢尝这个精美的甜味，他们爱上了爱情，为爱情而恋爱，所以一切都可以牺牲，只求始终能尝到爱的滋味而已。他们是拿打牌的精神踱进情场，"玩玩罢"是他们的信条。他们有时也假装诚恳，那无非因为可以更玩得有趣些。他们有时甚至于自己也糊涂了，以为真是以全生命来恋爱，其实他们的下意识是了然的。他们好比上场演戏，虽然兴高采烈时忘了自己，居然觉得真是所扮的脚色了，可是心中明知台后有个可以洗去脂粉，脱下戏衫的化装室。他们拿人生最可贵的东西：爱情来玩弄，跟人生开玩笑，真是聪明得近乎大傻子了。这般人我们无以名之，名之为无情的多情人，也就是洋鬼子所谓 Sentimental 了。

上面这种情侣可以说是走一程花草缤纷的大路，另一种情侣却是探求奇怪瑰丽的胜境，不辞跋涉崎岖长途，缘着悬岩峭壁屏息而行，总是不懈本志，从无限苦辛里得到更纯净的快乐。他们常拿难题来试彼此的挚情，他们有时现出冷酷的颜色。他们觉得心心既相印了，又何必弄出许多虚文呢？他们心里的热情把他们的思想毫发毕露地照出，他们的感情强烈得清晰有如理智。天下抱定了成仁取义的决心的人干事时总是分寸不乱，行若无事的，这般情人也是神情清爽，绝不慌张的，他们始终是朝一个方向走去，永久抱着同一的深情，他们的目标既是如皎日之高悬，像大山一样稳固，他们的步伐怎么会乱呢？他们已从默然相对无言里深深了解彼此的心曲，他们那里用得着绝不能明白传达我们意思的言语呢？他们已经各自在心里矢誓，当然不作无谓的殷勤话儿了。他们把整个人生搁在爱情里，爱存则存，爱亡则亡，他们怎么会拿爱情做人生的装饰品呢？他们自己变为爱情的化身，绝不能再分身跳出圈外来玩味爱情。聪明乖巧的人们也许会嘲笑他们态度太严重了，几十个夏冬急水般的流年何必如是死板板地过去呢；但是他们觉得爱情比人生还重要，可以情死，绝不可为着贪生而断情。他们注全力于精神，所以忽于形迹，所以好似无情，其实深情，真是所谓"多情却似总无情。"我们把这类恋爱叫做多情的无情，也就是洋鬼子所谓 Passionate 了。

但是多情的无情有时渐渐化做无情的无情了。这种人起先因为全借心中白热的情绪，忽略外表，有时却因为外面惯于冷淡，心里也不知不觉地淡然了。人本来是弱者，专靠自己心中的魄力，不知道自己魄力的脆弱，就常因太自信了而反坍台。好比那深信具有坐怀不乱这副本领的人，随便冒险，深入女性的阵里，结果常是冷不防地陷落了。拿宗教来做比喻罢。宗教总是有许多仪式，但是有一般人觉得我们既然虔信不已，又何必这许多无谓的虚文缛节呢，于是就将这道传统的玩意儿一笔勾销，但是精神老是依着自己，外面无所附着，有时就有支持不起之势，信心因此慢慢衰颓了。天下许多无谓的东西所以值得保存。就因为它是无谓的，可以做个表现各种情绪的工具。老是扯成满月形的弦不久会断了，必定有弛张的时候。睁着眼睛望太阳反见不到太阳，眼睛倒弄晕眩了，必定斜着看才行。老子所谓"无"之为用，也就是在这类地方。

拿无情的多情来细味一下罢。乔治桑（George Sand）在她的小说里曾经隐约地替自己辩护道："我从来绝没有同时爱着两个人。我绝没有，甚至于在思想里。属于两个人，无论在什么时候。这自然是指当我的情热继续着。当我不再爱一个男人的时候，我并没有骗他。我同他完全绝交了。不错，我也曾设誓，在我狂热时候，永远爱他；我设誓时也是极诚意的。每次我恋爱，总是这么热烈地，完全地，我相信那是我生平第一次，也是最后一次的真恋爱。"乔治·桑的爱人多极了，这是谁都知道的事情，但是我们不能说她不诚恳。

乔治·桑是个伟大的爱人，几千年来像她这样的人不过几个，自然不能当做常例看，但是通常牵情的人们的确有他可爱的地方。他们是最含有诗意的人们，至少他们天天总弄得欢欣地过日子。假使他们没有制造出事实的悲剧，大家都了然这种飞鸿踏雪泥式的恋爱，将人生渲染上一层生气勃勃，清醒活泼的恋爱情调，情人们永久是像朋友那样可分可合，不拿契约来束缚水银般转动自如的爱情，不处在委曲求全的地位，那么整个世界会青春得多了。唯美派说从一而终的人们是出于感觉迟钝，这句话像唯美派其他的话一样，也有相当的道理。许多情侣多半是始于恋爱，而终于莫明其妙的妥协。他们忠于彼此的婚后生活并不是出于他们恋爱的真挚持久。却是因为恋爱这个念头已经根本枯萎了。法郎士说过："当一个人恋爱的日子已经结束，这个人大可不必活在世上。"高尔基也说："若使没有一个人热烈地爱你。你为什么还活在世上呢？"然而许多应该早下野，退出世界舞台的人却总是恋栈，情愿无聊赖地多过几年那总有一天结束的生活，却不肯急流勇退，平安地躺在地下，免得世上多一个麻木的人。"生的意志"（Will to live）使人世变成个血肉模糊的战场。它又使人世这么阴森森地见不到阳光。在悲剧里，一个人失败了，死了，他就立刻退场，但是在这幕大悲剧里许多虽生犹死的人们却老占着场面，挡住少女的笑涡。许多夫妇过一种死水般的生活，他们意志销沉得不想再走上恋爱舞场，这种的忠实有什么可赞美呢？他们简直是冷冰的，连微温情调都没有了，而所谓 Passionate 的人们一失足，就掉进这个陷阱了。爱情的火是跳动的，需要新的燃料，否则很容易被人世的冷风一下子吹熄了。中国文学里的情人多半是属于第一类的，说得肉麻点，可以叫做卿卿我我式的爱情，外国文学里的情人多半是属于第二类的，可以叫做生生死死的爱情，这当有许多例外，中国有尾生这类痴情的人，外国有屠格涅夫，拜伦等描写的玩弄爱情滋味的人。

毋忘草

一

Butler 和 Stevenson 都主张我们应当衣袋里放一本小簿子，心里一涌出什么巧妙的念头，就把它抓住记下，免得将来逃个无影无踪。我一向不大赞成这个办法，一则因为我总觉得文章是"妙手偶得之"的事情，不可刻意雕出。那大概免不了三分"匠"意。二则，既然记忆力那么坏，有了得意的意思又会忘却，那么一定也会忘记带那本子了，或者带了本子，没有带笔，结果还是一个忘却，到不如安分些，让这些念头出入自由罢。这些都是壮年时候的心境。

近来人事纷扰，感慨比从前多，也忘得更快，最可恨的是不全忘去，留个影子，叫你想不出全部来觉得怪难过的。并且在人海的波涛里浮沉着，有时颇顾惜自己的心境，想留下来，做这个徒然走过的路程的标志。因此打算每夜把日间所胡思乱想的多多少少写下一点儿，能够写多久，那是连上帝同魔鬼都不知道的。

二

老子用极恬美的文字著了《道德经》，但是他在最后一章里却说："信言不美，美言不信"。大有一笔勾销前八十章的样子。这是抓到哲学核心的智者的态度。若使他没有看透这点，他也不会写出这五千言了。天下事讲来讲去讲到彻底时正同没有讲一样，只有知道讲出来是没有意义的人才会讲那么多话。又讲得那么好。Montaigne Voltaire，Pascal，Hume 说了许多的话，却是全没有结论，也全因为他们心里是雪亮的，晓得万千种话一灯青，说不出什么大道理来，所以他们会那样滔滔不绝，头头是道。天下许多事情都是翻筋斗，未翻之前是这么站着，既翻之后还是这么站着，然而中间却有这么一个筋斗！

镜君屡向我引起庄子的"道隐于小成，言隐于荣华"，又屡向我盛称庄生文章的奇伟瑰丽，他的确很懂得庄子。

三

我现在深知道"忆念"这两个字的意思，也许因为此刻正是穷秋时节罢。忆念是没有目的，没有希望的，只是在日常生活里很容易触物伤情，想到千里外此时有个人不知道作什么生。有时遇到极微细的，跟那人绝不相关的情境，也会忽然联想起那个穿梭般出入我的意识的她，我简直认为这念头是来得无端。忆念后又怎么样呢？没有怎么样，我还是这么一个人。那么又何必忆念呢？但是当我想不去忆念她时，我这想头就是忆念着她了。当我忘却了这个想头，我又自然地忆念起来了。我可以闭着眼睛不着外界的东西，但是我的心眼总是清炯炯的，总是媚着她的倩影。在欢场里忆起她时，我感到我的心境真是静悄悄得像老人了。在苦痛时忆起她时，我觉得无限的安详，仿佛以为我已挨尽一切了。总之，我时时的心境都经过这么一种洗礼，不管当时的情绪为何，那色调是绝对一致的，也可以说她的影子永离不开我了。

"人间别久不成悲"，难道已浑然好像没有这么一回事吗？不，绝不！初别的时候心里总难免万千心绪起伏着，就构成一个光怪陆离的悲哀。当一个人的悲哀变成灰色时，他整个人溶在悲哀里面去了，惘怅的情绪既为他日常心境，他当然不会再有什么悲从中来了。

黑　暗

　　我们这班圆颅趾方的动物应当怎样分类呢？若使照颜色来分做黄种，黑种，白种，红种等等，那的确是难免于肤浅。若使打开族谱，分做什么，Aryan，Semitic 等等，也是不彻底的，因为五万年前本一家。再加上人们对于他国女子的倾倒，常常为着要得到异乡情调，宁其冒许多麻烦，娶个和自己语言文字以及头发眼睛的颜色绝不相同的女人，所以世界上的人们早已打成一片，无法来根据皮肤颜色和人类系统来分类了。德国讽刺家 Saphir 说："天下人可以分做两种——有钱的人们和没有钱的人民。"这真是个好办法！但是他接着说道："然而，没有钱的人们不能算做人——他们不是魔鬼——可怜的魔鬼，就是天使，有耐心的，安于贫穷的天使。"所以这位出语伤人的滑稽家的分类法也就根本推翻了。Gharles Lamb 说："照我们能建设的最好的理论，人类是两种人构成的，'向人借钱的人们'同'借钱给人的人们'。"可是他真是太乐观了，他忘记了天下尚有一大堆毫无心肝的那班洁身自好的君子。他们怕人们向他们借钱，于是先立定主意永不向人们借钱，这样子人们也不好意思来启齿了；也许他们怕自己会向人们借钱，弄到亏空，于是先下个决心不借钱给别人，这样子自断自己借钱的路，当然会节俭了，总之，他们的心被钱压硬了，再也发不出同情的或豪放的跳动。钱虽然是万能，在这方面却不能做个良好的分类工具。我们只好向人们精神方面去找个分类标准。

夸大狂是人们的一种本性，个个人都喜欢用他自命特别具有的性质来做分类的标准。基督教徒认为世人只可以分做基督教徒和异教徒；道学家觉得人们最大的区别是名教中人和名教罪人；爱国主义者相信天下人可以黑白分明地归于爱国者和卖国贼这两类；"钟情自在我辈"的名士心里只把人们斫成两部分，一面是餐风饮露的名士，一面是令人作呕的俗物。这种唯我独尊的分类法完全出自主观，因为要把自己说的光荣些，就随便竖起一面纸糊的大旗，又糊好一面小旗偷偷地插在对面，于是乎拿起号角，向天下人宣布道这是世上的真正局面，一切芸芸苍生不是这边的好汉，就是那面的喽啰，自己就飞扬跋扈地站在大旗下傻笑着。这已经是够下流了。但是若使没有别的结果，只不过令人冷笑，那到也是无妨的；最可怕的却是站在大旗下的人们总觉得自己是正宗，是配得站在世界上做人的，对面那班小鬼都是魔道，应该退出世界舞台的。因此认为自己该享到许多特权，那班敌人是该排斥，压迫，毁灭的。所以基督教徒就在中古时代演出教会审判那幕惨凄的悲剧；道学家几千年来在中国把人们弄得这么奄奄一息，毫无"异端"的精神；爱国主义者吃了野心家的迷醉剂，推波助澜地做成欧战；而名士们一向是靠欺骗奸滑为生，一面骂俗物，一面做俗物的寄生虫，养成中国历来文人只图小便宜的习气。这几个招牌变成他们的符咒，借此横行天下，发泄人类残酷的兽性。我们绝不能再拿这类招牌来惹祸了。

在上帝创造世界之后，宇宙是黑漆一团的，而世界的末日也一定是归于原始的黑暗，所以这个宇宙不过是两个黑暗中间的一星火花。但是这个世界仍然是充满了黑暗，黑暗可说是人生核心；人生的态度也就是在乎怎样去处理这个黑暗。然而，世上有许多人根本不能认识黑暗，他们对于人生是绝无态度的，只有对于世人通常姿态的一种出于本能的模仿而已；他们没有尝到人生的本质，黑暗，所以他们是始终没有看清人生的，永远是影子般浮沉世上。他们的哀乐都比别人轻，他们生活的内容也浅陋得很，他们真可说虽生之日犹死之年。可是，他们占了世人的大部分，这也是几千年来天下所以如是纷纷的原因之一。

他们并非完全过着天鹅绒的生活，他们也遇过人生的坎坷，或者终身在人生的臼子里面被人磨桩着，但是他们不能了解什么叫做黑暗。天下有许多只会感到苦痛，而绝不知悲哀的人们。当苦难压住他们时候，他们本能地发出哀号，正如被打的猫狗那么嚷着一样。苦难一走开，他们又恢复日常无意识的生活状态了，一张折做两半的纸还没有那么容易失掉那折痕。有时甚至当苦痛还继续着时候，他们已经因为和苦痛相熟，而变麻木了。过去是立刻忘记了，将来是他们所不会推测的，现在的深刻意义又是他们所无法明白的，所以他们免不了莫明其妙的过日子。悲哀当然是没有的，但是也失丢了生命，充实的生命。他们没有高举生命之杯，痛饮一番，他们只是尝一尝杯缘的酒痕。有时在极悲哀的环境里，他们会如日常地白痴地笑着，但是他们也不晓得什么是人生最快意的时候。他们始终没有走到生命里面去，只是生命向前的一个无聊的过客。他们在世上空尝了许多无谓的苦痛同比苦痛更无谓的微温快乐，他们其实不懂得生命是怎么一回事。真是深负上天好生之德。

有人以为志行高洁的理想主义者应当不知道世上一切龌龊的事体，应当不懂得世上有黑暗这个东西。这是再错不过的见解。只有深知黑暗的人们才会热烈地赞美光明。没有饿过的人不大晓得食饱的快乐，没有经过性的苦闷的小孩子很难了解性生活的意义。奥古斯丁，托尔斯泰都是走遍世上污秽的地方，才产生了后来一尘不沾的洁白情绪。不觉得黑暗的可怕，也就看不见光明的价值了。孙悟空没有在八卦炉中烧了六十四天，也无从得到那对洞观万物的火眼金睛了。所以天下最贞洁高尚的女性是娼妓。她们的一生埋在黑暗里面，但是有时谁也没有她们那么恋着光明。她们受尽人们的揶揄，历遍人间凄凉的情境，尝到一切辛酸的味道，若使她们的心还卓然自立，那么这颗心一定是满着同情和怜悯。她们抓到黑暗的核心，知道侮辱她们的人们也是受这个黑暗残杀着，她们怎么不会满心都是怜怜呢，当 De Quincey 流落伦敦，彷徨无依的时候，街上下等的娼妓是他惟一的朋友，最纯洁的朋友，当朵斯妥夫斯基的《罪与罚》里主要人物 Raskonikov 为着杀了人，万种情绪交哄胸中时候，妓女 Sonia 是惟一能够安慰他的人，和他同跪在床前念圣经，劝他自首。只有濯污泥者才能够纤尘不染。从黑暗里看到光明的人正同新罗曼主义者一样，他们受过写实主义的洗礼，认出人们心苗里的罗曼根源，这才是真真的罗曼主义。在这过糊涂世界里，我们非是先一笔勾销，再重新一一估定价值过不可，否则囫囵吞枣地随便加以可否，是猪八戒吃人参果的办法。没有夜，那里有晨曦的光荣。正是风雨如晦时候，鸡鸣不已才会那么有意义，那么有内容。不知黑暗，心地柔和的人们像未锻炼过的生铁，绝不能成光芒十丈的利剑。

但是了解黑暗也不是容易的事，想知道黑暗的人最少总得有个光明的心地。生来就盲目的，绝对不知道光明和黑暗的分别，因此也可说不能了解黑暗了。说到这里，我们很可以应用柏拉图的穴居人的比喻。他们老住在穴中，从来没有看到阳光，也不觉得自己是在阴森森的窟里。当他们才走出来的时候，他们羞光，一受到光明的洗礼，反头晕目眩起来，这是可以解说历来人们对于新时代的恐怖，才是恋着旧时代的骸骨，因为那是和人们平常麻木的心境相宜的。但是当他们已惯于阳光了，他们一回去，就立刻深觉得窟里的黑暗凄惨。人世的黑暗也正和这个窟穴一样，你必定瞧到了光明，才能晓得那是多么可怕的。诗人们所以觉得世界特别可悲伤的，也是出于他们天天都浴在洁白的阳光里。而绝不能了解人世光明方面的无聊小说家是无法了解黑暗，虽然他们拼命写许多所谓黑幕小说。这类小说专讲怎样去利用人世的黑暗，却没有说到黑暗的本质。他们说的是技术，最可鄙的技术，并没有尝到人世黑暗的悲哀。所以他们除开刻板的几句世俗道德家的话外，绝无同情之可言。不晓得悲哀的人怎么会有同情呢？"人心险诈"这个黑暗是值得细味的，至于人心怎样子险诈。以及我们在世上该用那种险诈手段才能达到目的，这些无聊的世故是不值得探讨的。然而那班所谓深知黑暗的人们却只知道玩弄这些小技，完全没有看到黑暗的真意义了。俄国文学家 Dostoiefsky, Gogol Chekhov 等才配得上说是知道黑暗的人。他们也都是光明的歌颂者。当我们还无法来结实地来把人们分类时候，就将世人分做知道黑暗的和不知道黑暗的，也未始不是个好办法罢！最少我这十几年来在世网里挣扎着的时候对于人们总是用这点来分类，而且觉得这个标准可以指示出他们许多其他的性质。

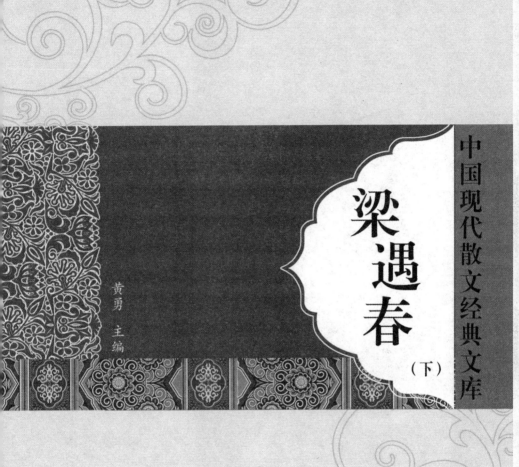

汕頭大學出版社

一个"心力克"的微笑

写下题目，不禁微笑，笑我自己毕竟不是个道地的"心力克"（Cydic）。心里蕴蓄有无限世故，却不肯轻易出口，混然和俗，有如孺子，这才是真正的世故。至于稍稍有些人生经验，便喜欢排出世故架子的人们，还好真有世故的人们不肯笑人，否则一定会被笑得怪难为情，老羞成怒，世故的架子完全坍台了。最高的艺术使人们不觉得它有斧斤痕迹，最有世故的人们使人们不觉得他是曾经沧海。他有时静如处女，有时动如走兔，却总不像有世故的样子，更不会无端谈起世故来。我现在自命为"心力克"，却肯文以载道，愿天下有心人无心人都晓得"心力克"的心境是怎么样，而且向大众说我有微笑，这真是太富于同情心，太天真纯朴了。怎么好算做一个"心力克"呢？因此，我对于自己居然也取"心力克"的态度，而微笑了。

这种矛盾其实也不足奇。嵇叔夜的"家诫"对于人情世故体贴入微极了，可是他又写出那种被人们逆鳞的几封绝交书。叔本华的"箴言"揣摩机心，真足以坏人心术，他自己为人却那么痴心，而且又如是悲观，颇有退出人生行列之意，当然用不着去研究如何在污浊世界里躲难偷生了。予何人斯，拿出这班巨人来自比，岂不蒙其他"心力克"同志们的微笑。区区之意不过说明这种矛盾是古已有之，并不新奇。而且觉得天下只有矛盾的言论是真挚的，是有生气的，简直可以说才算得一贯。矛盾就是一贯，能够欣赏这个矛盾的人们于天地间一切矛盾就都能澈悟了。

好好一个人，为什么要当"心力克"呢？这里真有许多苦衷。看透了人们的假面目，这是件平常事，但是看到了人们的真面目是那么无聊，那么乏味，那么不是他们假面目的好玩，这却怎么好呢？对于人世种种失却幻觉了，所谓 Disillusion，可是同时又不觉得这个 Disillusion 是件了不得的聪明举动：却以为人到了一定年纪，不是上智和下愚却多少总有些这种感觉，换句话说，对于 Disillusion 也 Disillusion 了，这却怎么好呢？年青时白天晚上都在那儿做蔷薇色的佳梦，现在不但没有做梦的心情，连一切带劲的念头也消失了，真是六根清净，妄念俱灭，然而得到的不是涅晞，而是麻木，麻木到自己到觉悠然，这怎么好呢？喜怒爱憎之感一天一天钝下去了，眼看许多人在那儿弄得津津有味，又仿佛觉得他们也知道这是串戏，不过既已登台，只好信口唱下去，自己呢，没有冷淡到能够做清闲的观客，隔江观火，又不能把自己哄住，投身到里面去胡闹一场，双脚踏着两船旁，这时倦于自己，倦于人生，这怎么好呢？惆怅的情绪，凄然的心境，以及冥想自杀，高谈人生，这实在都是少年的盛事；有人说道，天下最鬼气森森的诗是血气方旺的年青写出的，这是真话。他们还没有跟生活接触过，那里晓得人生是这么可悲，于是逞一时的勇气，故意刻画出一个血淋淋的人生，以慰自己罗曼的情调。人生的可哀，没有涉猎过的人是忆测不出的，否则他们也不肯去涉猎了，等到尝到苦味，你就噤若寒蝉，谈虎色变，绝不会无缘无故去冲破自己的伤痕。那时你走上了人生这条机械的路子，要离开要更大的力量，是已受生活打击过的人所无法办到的，所以只好掩泪吞声活下去了，有时挣扎着显出微笑。可是一面兜这一步一步陷下去的圈子，一面又如观止水地看清普天下种种迫害我们的东西，而最大的迫害却是自己的无能，否则拨云雾而见天日，抖擞精神，打个滚九万里风云脚下生，岂不适意哉？然而我们又知道就说你一个人在人生舞台上演一大套热闹的戏，无非使后台地上多些剩脂残粉，破碎衣冠。而且后台的情况始终在你心眼前，装个欢乐的形容，无非更增抑郁而已。也许这种心境是我们最大的无能，也许因为我们无能，所以做出这个心境来慰藉自己。总之，人生路上长亭更短亭，我们一时停足，一时迈步，望苍茫的黄昏里走去，眼花了，头晕了，脚酸了，我们暂在途中打盹，也就长眠了，后面的人只见我们越走越远身体越小，消失于尘埃里了。路有尽头吗，干吗要个尽头呢？走这条路有意义吗？什么叫做意义呢？人生的意义若在人生之中，那么这是人生，不足以解释人生；人生的意义若在人生之外，那么又何必走此一程呢？当此无可如何之时我们只好当"心力克"，借微笑以自遣也。

瞥眼看过去，许多才智之士在那里翻筋斗也着实会令人叫好。比如，有人排架子，有人排有架子的架子，有人又排不屑计较架子有无的架子，有人排天真的架子，有人排既已世故了，何妨自认为世故的坦白架子，许多架子合在一起，就把人生这个大虚空筑成八层楼台了，我们在那上面有的战战兢兢走着，有的昂头阔步走着，终免不了摔下来，另一个人来当那条架子了。阿迭生拿桥来比人生，勃兰德斯在一篇叫做《人生》的文章里拿梯子来比人生，中间都含有摔下的意思，我觉得不如我这架子之说那么周到，因为还说出人生的本素。上面说得太简短了，当然未尽所欲言，举一反三，在乎读者，不佞太忙了，因为还得去微笑。

善 言

曾子说："人之将死，其言也善。"真的，人们胡里胡涂过了一生，到将瞑目时候，常常冲口说出一两句极通达的，含有诗意的妙话。歌德以为小孩初生下来时的呱呱一声是天上人间至妙的声音，我看弥留的模糊呓语有时会同样地值得领味。前天买了一本梁巨川先生遗笔，夜里灯下读去，看到绝命书最后一句话是"不完亦完"，掩卷之后大有"为之掩卷"之意。

宇宙这样子"大江流日夜"地不断的演进下去，真是永无完期，就说宇宙毁灭了，那也不过是它的演进里一个过程罢。仔细看起来，宇宙里万事万物无一不是永逝不回，岂单是少女的红颜而已。人们都说花有重开日，人无再少年，可是今年欣欣向荣的万朵娇红绝不是去年那一万朵。若使只要今年的花儿同去年的一样热闹，就可以算去年的花是青春长存，那么世上岂不是无时无刻都有那么多的少年少女，又何取乎惋惜。此刻的宇宙再过多少年后会完全换个面目，那么这个宇宙岂不是毁灭了吗？所谓生长也就是灭亡的意思，因为已非那么一回事了。十岁的我与现在的我是全异其趣的，那么我也可以说已经夭折了。宗教家斤斤于世界末日之说，实在世界任一日都是末日。入世的圣人虽然看得透这两面道理，却只微笑地说"生生之谓易"，这也是中国人晓得凑趣的地方。但是我却觉得把死死这方面也揭破，看清这里面的玲珑玩意儿，却更妙得多。晓得了我们天天都是死过去了，那么也懒得去干自杀这件麻烦的勾当了。那时我们做人就达到了吃鸡蛋的禅师和喝酒的鲁智深的地步了。多么大方呀，向普天下善男信女唱个大喏！

这些话并不是劝人们袖手不做事业，天下真真做出事情的人们都是知其不可而为之。诸葛亮心里恐怕是雪亮的，也晓得他总弄不出玩意来，然而他却肯"鞠躬尽瘁，死而后已"。这叫做"做人"。若使你觉无事此静坐是最值得干的事情，那也何防做了一生的因是子，就是没有面壁也是可以的。总之，天下事不完亦完，完亦不完，顺着自己的心情在这个梦梦的世界去建筑起一个梦的宫殿罢，的确一天也该运些砖头。明眼人无往而不自得，就是因为他知道天下事无一值得执着的，可是高僧也喜欢拿一串数珠，否则他们就是草草此生了。

KISSING THE FIRE（吻火）

回想起志摩先生，我记得最清楚的是他那双银灰色的眸子，其实他的眸子当然不是银灰色的，可是我每次看见他那种惊奇的眼神，好像正在猜人生的谜，又好像正在一页一页揭开宇宙的神秘，我就觉得他的眼睛真带了一些银灰色。他的眼睛又有点像希腊雕像那两片光滑的，仿佛含有无穷情调的眼睛，我所说银灰色的感觉也就是这个意思罢。

他好像时时刻刻都在惊奇着。人世的悲欢，自然的美景，以及日常的琐事，他都觉得是很古怪的，从来没有看见过的，完全出乎意料之外的。所以他天天都是那么有兴致（Gusto），就是说出悲哀的话时候，也不是垂头丧气，厌倦于一切了，却是发现了一朵"恶之华"，在那儿惊奇着。

三年前，在上海的时候，有一天晚上，他拿着一根纸烟向一位朋友点燃的纸烟取火，他说道："Kissing the fire"这句话真可以代表他对于人生的态度。人世的经验好比是一团火，许多人都是敬鬼神而远之，隔江观火，拿出冷酷的心境去占量一切，不敢投身到轰轰烈烈的火焰里去，因此过个暗淡的生活，简直没有一点的光辉，数十年的光阴就在计算怎么样才会不上当里面消逝去了，结果上了个大当。他却肯亲自吻着这团生龙活虎般的烈火，火光一照，化腐臭为神奇，遍地开满了春花，难怪他天天惊异着，难怪他的眼睛跟希腊雕像的眼睛相似，希腊人的生活就是像他这样吻着人生的火，歌唱出人生的神奇。

这一回在半空中他对于人世的火焰作最后的一吻了。

第二度的青春

人们到了相当年纪，大概不会再有春愁。就说偶然还涉遐思，也不好意思出口了。

乡愁，那是许多人所逃不了的。有些人天生一副怀乡病者的心境，天天惦念着他精神上的故乡。就是住在家乡里，仍然忽忽如有所失，像个海外飘零的客子。就说把他们送到乐园去，他们还是不胜惆怅，总是希冀企望着，想回到一个他所不知道的地方。这些人想象出许多虚幻的境界，那是宗教家的伊甸园，哲学家的伊比鸠鲁斯花园，诗人的 Elysium ElDorado，Arcadia，理想主义者的乌托邦，来慰藉他们彷徨的心灵；可是若使把他们放在他们所追求的天国里，他们也许又皱起眉头，拿着笔描写出另个理想世界了。思想无非是情感的具体表现，他们这些世外桃源只是他们不安心境的寄托。全是因为它们是不能实现的，所以才能够传达出他们这种没个为欢处的情怀；一旦不幸，理想变为事实，它们立刻就不配做他们这些情绪的象征了。说起来，真是可悲，然而也怪有趣。总之，这一班人大好年华都销磨于萦怀一个莫须有之乡，也从这里面得到他人所尝不到的无限乐趣。登楼远望云山外的云山，淌下的眼泪流到笑涡里去，这是他们的生活。吾友莫须有先生就是这么一个人，久不见他了，却常忆起他那泪痕里的微笑。

可是，人们到了相当年纪（又是这么一句话），对于自己的事情感到厌倦，觉得太空虚了，不值一想，这时连这一缕乡愁也将化为云烟了。其实人们一走出情场，失掉绮梦，对于自己种种的幻觉都销灭了，当下看出自己是个多么渺小无聊的汉子，正好像脱下戏衫的优伶，从缥缈世界坠到铁硬的事实世界，砰的一声把自己惊醒了。这时睁开眼睛，看到天上恒河沙数的群星，一佛一世界，回想自己风尘下过千万人已尝过，将来还有无数万人来尝的庸俗生活，对于自己怎能不灰心呢？当此"屏除丝竹入中年"时候，怎么好呢？

可是，人们到了相当年纪，免不了儿女累人，三更儿哭，可以搅你的清梦，一声爸爸，可以动你的心弦。烦恼自然多起来了，但是天下的乐趣都是烦恼带来的，烦恼使人不得不希望，希望却是一服包医百病的良方。做了只怕不愁，一生在艰苦的环境下面挣扎着，结果常是"穷"而不"愁"，所谓潦倒也就是麻木的意思。做人做到艳阳天气勾不起你的幽怨，故乡土物打不动你莼鲈之思，真是几乎无路可走了。还好有个父愁。虽然知道自己的一生是个失败，仿佛也看出天下无所谓成功的事情，已猜透成功等于失败这个哑谜了，居然清瘦地站在宇宙之外，默然与世无涉了；可是对于自己孩子们总有个莫名其妙的希望，大有我们自己既然如是塌台，难道他们也会这样吗的意思。只有没有道理的希望是真实的，永远有生气的，做父亲的人们明知小孩变成顽皮大人是种可伤的事情，却非常希望他们赶快长大。已看穿人性的腐朽同宇宙的乏味了，可是还希望他们来日有个花一般的生涯。为着他们，希望许多绝不可能的事情变为可能，为着他们，肯把自己重新掷到过去的幻觉里去，于是乎从他们的生活里去度自己第二次的青春，又是一场哀乐。为着儿女的恋爱而担心，去揣摩内中的甘苦，宛如又蹚进情场。有时把儿女的痴梦拿来细味，自己不知不觉也走到梦里去了，孩提的想头和希望都占着做父亲者的心窝，虽然这些事他们从前曾经热烈地执着过，后来又颓然扔开了。人们下半生的心境又恢复到前半生那样了，有时从父愁里也产生出春愁和乡愁。

　　记得去年快有儿子时候，我的父亲从南方写信来说道，"你现在也快做父亲了，有了孩子，一切要耐忍些"，我年来常常记起这几句话，感到这几句叮咛包括了整个人生。

又是一年春草绿

　　一年四季，我最怕的却是春天。夏的沉闷，秋的枯燥，冬的寂寞，我都能够忍受，有时还感到片刻的欣欢。灼热的阳光，憔悴的霜林，浓密的乌云，这些东西跟满目创痍的人世是这么相称，真可算做这出永远演不完的悲剧的绝好背景。当个演员，同时又当个观客的我虽然心酸，看到这么美妙的艺术，有时也免不了陶然色喜，传出灵魂上的笑涡了。坐在炉边，听到呼呼的北风，一页一页翻阅一些畸零人的书信或日记，我的心境大概有点像人们所谓春的情调罢。可是一看到阶前草绿，窗外花红，我就感到宇宙的不调和，好像在弥留病人的榻旁听到少女的轻脆的笑声，不，简直好像参加婚礼时候听到凄楚的丧钟。这到底是恶魔的调侃呢，还是垂泪的慈母拿几件新奇的玩物来哄临终的孩子呢？每当大地春回的时候，我常想起《哈姆雷特》里面那位姑娘戴着鲜花圈子，唱着歌儿，沉到水里去了。这真是莫大的悲剧呀，比《哈姆雷特》的命运还来得可伤，叫人们啼笑皆非，只好朦胧地徜徉于迷途之上，在谜的空气里度过鲜血染着鲜花的一生了。坟墓旁年年开遍了春花，宇宙永远是这样二元，两者错综起来，就构成了这个杂乱下劣的人世了。其实不单自然界是这样子安排颠倒遇颠连，人事也无非如此白莲与污泥相接。在卑鄙坏恶的人群里偏有些雪白晶清的灵魂，可是旷世的伟人又是三寸名心未死，落个白玉之玷了。天下有了伪君子，我们虽然亲眼看见美德，也不敢贸然去相信了；可是极无聊，极不堪的下流种子有时却磊落大方，一鸣惊人，情愿把自己牺牲了。席勒说，"只有错误才是活的，真理只好算做个死东西罢了"，可见连抽象的境界里都不会有个称心如意的事情了。"可哀惟有人间世"，大概就是为着这个原因罢。

我是个常带笑脸的人，虽然心绪凄其的时候居多。可是我的笑并不是百无聊赖时的苦笑，假使人生单使我们觉得无可奈何，"独闭空斋画大圈"，那么这个世界也不值得一笑了。我的笑也不是世故老人的冷笑，忙忙扰扰的哀乐虽然尝过了不少，鬼鬼祟祟的把戏虽然也窥破了一二，我却总不拿这类下流的伎俩放在眼里，以为不值得尊称为世故的对象，所以不管我多么焦头烂额，立在这片瓦砾场中，我向来不屑对于这些加之以冷笑。我的笑也不是哀莫大于心死以后的狞笑，我现在最感到苦痛的就是我的心太活跃了，不知怎的，无论到那儿去，总有些触目伤心，凄然泪下的意思，大有失恋与伤逝冶于一炉的光景，怎么还会狞笑呢。我的辛酸心境并不是年青人常有的那种累带诗意的感伤情调，那是生命之杯盛满后溅出来的泡花，那是无上的快乐呀，释迦牟尼佛所以会那么陶然，也就是为着他具了那个清风朗月的慈悲境界罢。走入人生迷园而不能自拔的我怎么会有这种的闲情逸致呢！我的辛酸心境也不是像丁尼生所说的"天下最沉痛的事情莫过于回忆起欣欢的日子"。这位诗人自己却又说道："曾经亲爱过，后来永诀了，总比绝没有亲爱过好多了。"我是没有过这么一度的鸟语花香，我的生涯好比没有绿洲的空旷沙漠，好比没有棕榈的热带国土，简直是挂着蛛网，未曾听过管弦声的一所空屋。我的辛酸心境更不是像近代仕女们脸上故意贴上的"黑点"，朋友们看到我微笑着道出许多伤心话，总是不能见谅，以为这些娓娓酸语无非拿来点缀风光，更增生活的妩媚罢了。"知己从来不易知"，其实我们也用不着这样苛求，谁敢说真知道了自己呢，否则希腊人也不必在神庙里刻上"知道你自己"那句话了。可是我就没有走过芳花缤纷的蔷薇的路，我只看见枯树同落叶；狂欢的宴席上排了一个白森森的人头固然可以叫古代的波斯人感到人生的悠忽而更见沉醉，骷髅搂着如花的少女跳舞固然可以使荒山上月光里的撒但摇着头上的两角哈哈大笑，但是八百里的荆棘岭总不能算做愉快的旅程罢；梅花落后，雪月空明，当然是个好境界，可是牛山濯濯的峭壁上一年到底只有一阵一阵的狂风瞎吹着，那就会叫人思之欲泣了。这些话虽然言之过甚，缩小来看，也可以映出我这个无可为欢处的心境了。

在这个无时无地都有哭声回响着的世界里年年偏有这么一个春天；在这个满天澄蓝，泼地草绿的季节毒蛇却也换了一套春装睡眼朦胧地来跟人们作伴了，禁闭于层冰底下的秽气也随着春水的绿波传到情侣的身旁了。这些矛盾恐怕就是数千年来贤哲所追求的宇宙本质罢！蕞尔的我大概也分了一份上帝这笔礼物罢。笑涡里贮着泪珠儿的我活在这个乌云里夹着闪电，早上彩霞暮雨凄凄的宇宙里，天人合一，也可以说是无憾了，何必再去寻找那个无根的解释呢。"满眼春风百事非"，这般就是这般。

春 雨

　　整天的春雨，接着是整天的春阴，这真是世上最愉快的事情了。我向来厌恶晴朗的日子，尤其是娇阳的春天；在这个悲惨的地球上忽然来了这么一个欣欢的气象，简直像无聊赖的主人宴饮生客时拿出来的那付古怪笑脸，完全显出宇宙里的白痴成分。在所谓大好的春光之下，人们都到公园大街或者名胜地方去招摇过市，像猩猩那样嘻嘻笑着，真是得意忘形，弄到变成为四不像了。可是阴霾四布或者急雨滂沱的时候，就是最沾沾自喜的财主也会感到苦闷，因此也略带了一些人的气味，不像好天气时候那样望着阳光，盛气凌人地大踏步走着，颇有上帝在上，我得其所的意思。至于懂得人世哀怨的人们，黯淡的日子可说是他们惟一光荣的时光。穹苍替他们流泪，乌云替他们皱眉，他们觉到四围都是同情的空气，仿佛一个堕落的女子躺在母亲怀中，看见慈母一滴滴的热泪溅到自己的泪痕，真是润遍了枯萎的心田。斗室中默坐着，忆念十载相违的密友，已经走去的情人，想起生平种种的坎坷，一身经历的苦楚，倾听窗外檐前凄清的滴沥，仰观波涛浪涌，似无止期的雨云，这时一切的荆棘都化做洁净的白莲花了，好比中古时代那班圣者被残杀后所显的神迹。"最难风雨故人来"，阴森森的天气使我们更感到人世温情的可爱，替从苦雨凄风中来的朋友倒上一杯热茶时候，我们很有放下屠刀，立地成佛子的心境。"风雨如晦，鸡鸣不已"，人类真是只有从悲哀里滚出来才能得到解脱，千锤百炼，腰间才有这一把明晃晃的钢刀，"今日把似君，谁为不平事。""山雨欲来风满楼"，这很可以象征我们孑立人间，尝尽辛酸，远望来日大难的气概，真好像思乡的客子拍着阑干，看到郭外的牛羊，想起故里的田园，怀念着宿草新愤里当年的竹马之交，泪眼里仿佛模糊辨出龙钟的父老蹒跚走着，或者只瞧见几根靠在破壁上的拐杖的影子。所谓生活术恐怕就在于怎么样当这么一个临风的征人罢。无论是风雨横来，无论是澄江一练，始终好像惦记着一个花一般的家乡，那可说就是生平理想的结晶，蕴在心头的诗情，也就是明哲保身的最后壁垒了；可是同时还能够认清眼底的江山，把住自己的步骤，不管这个异地的人们是多么残酷，不管这个他乡的水土是多么不惯，却能够清瘦地站着，戛戛然好似狂风中的老树。能够忍受，却没有麻木，能够多情，却不流于感伤，仿佛楼前的春雨，悄悄下着，遮住耀目的阳光，却滋润了百草同千花，檐前的燕子躲在巢中，对着如丝如梦的细雨呢喃，真有点像也向我道出此中的消息。

可是春雨有时也凶猛得可以，风驰电掣，从高山倾泻下来也似的，万紫千红，都付诸流水，看起来好像是煞风景的，也许是别有怀抱罢。生平性急，一二知交常常焦急万分地苦口劝我，可是暗室扪心，自信绝不是追逐事功的人，不过对于纷纷扰扰的劳生却常感到厌倦，所谓性急无非是疲累的反响罢。有时我却极有耐心，好像废殿上的玻璃瓦，一任他风吹雨打，霜蚀日晒，总是那样子痴痴地望着空旷的青天。我又好像能够在没字碑面前坐下，慢慢地去冥想这块石板的深意，简直是个蒲团已碎，呆然跌坐着的老僧。想赶快将世事了结，可以抽身到紫竹林中去逍遥，跟把世事撇在一边，大隐隐于市，就站在热闹场中来仰观天上的白云，这两种心境原来是不相矛盾的。我虽然还没有，而且绝不会跳出人海的波澜，但是拳拳之意自己也略知一二，大概摆动于焦燥与倦怠之间，总以无可奈何天为中心罢。所以我虽然爱鬖鬖茸茸的细雨，我也爱大刀阔斧的急雨，纷至沓来，洗去阳光，同时也洗去云雾，使我们想起也许此后永无风恬日美的光阴了，也许老是一阵一阵的暴雨，将人世哀乐的踪迹都漂到大海里去，白浪一翻，什么渣滓也看不出了。焦燥同倦怠的心境在此都得到涅槃的妙悟，整个世界就像客走后，撤下筵席，洗得顶干净，排在厨房架子上的杯盘。当个主妇的创造主看着大概也会微笑罢，觉得一天的工作总算告终了。最少我常常臆想这个还了本来面目的大地。

可是最妙的境界恐怕是尺牍里面那句烂调，所谓"春雨缠绵"罢。一连下了十几天的霉雨，好像再也不会晴了，可是时时刻刻都有晴朗的可能。有时天上现出一大片的澄蓝，雨脚也慢慢收束了，忽然间又重新点滴凄清起来，那种捉摸不到，万分别扭的神情真可以做这个哑谜一般的人生的象征。记得十几年前每当连朝春雨的时候，常常剪纸作和尚形状，把他倒贴在水缸旁边，意思是叫老天不要再下雨了，虽然看到院子里雨脚下一粒一粒新生的水泡我总觉到无限的欣欢，尤其当急急走过檐前，脖子上溅几滴雨水的时候。可是那时我对于春雨的情趣是不知不觉之间领略到的，并没有凝神去寻找，等到知道怎么样去欣赏恬适的雨声时候，我却老在干燥的此地做客，单是夏天回去，看看无聊的骤雨，过一过雨瘾罢了。因此"小楼一夜听春雨"的快乐当面错过，从我指尖上滑走了。盛年时候好梦无多，到现在彩云已散，一片白茫茫，生活不着边际，如堕五里雾中，对于春雨的怅惘只好算做内中的一小节罢，可是仿佛这一点很可以代表我整个的悲哀情绪。但是我始终喜欢冥想春雨，也许因为我对于自己的愁绪很有顾惜爱抚的意思；我常常把陶诗改过来，向自己说道："衣沾不足惜，但愿恨无违，我会爱凝恨也似的缠绵春雨，大概也因为自己有这种的心境罢。

GILES LYTTON STRACHEY，1880—1932

> 你们不要说我没有说什么新话，那些旧材料我却重新安排过了。我们打网球的时候，虽然双方同打一个球，但是总有一个人能把那球打到一个较巧妙的地点去。——Pascal

今年一月二十一日英国那位瘦棱棱的，脸上有一大片红胡子的近代传记学大师齐尔兹·栗董·斯特剌奇病死了。他向来喜欢刻划人们弥留时的心境，这回他自己也是寄余命于寸阴了；不知道当时他灵台上有什么往事的影子徘徊着。也许他会记起三十年前的事情，那时他正在剑桥大学三一学院里念书，假期中某一天的黄昏他同几位常吵架的朋友——将来执欧洲经济学界的牛耳，同一代舞星 Lopokova 结婚的 J. M. Keynes，将来竖起新批评家的旗帜，替人们所匿笑的涡卷派同未来派画家辩护的 Clive Bell，将来用细腻的笔调写出带有神秘色彩的小说的 E. M. Forster——到英国博物院邻近已故的批评家 Sir Leslie Stephen 家里，跟那两位年轻俏丽，耽于飘缈幻想的小姐——将来提倡描写意识之流的女小说家 Virgin a Woolf 同她爱好艺术的姐姐——在花园里把世上的传统同眼前的权威都扯成粉碎，各自凭着理智的白光去发挥自己新奇的意思，年青的好梦同狂情正罩着这班临风吐萼也似地的大学生。也许他会记起十年前的事情，"维多利亚女王传"刚刚出版，像这么严重的题材他居然能用轻盈诙谐的文笔写去，脱下女王的服装，画出一个没主意，心地真挚的老太婆，难怪她的孙子看了之后也深为感动，立刻写信请他到宫里去赴宴，他却回了一封措辞委婉的短简，敬谢陛下的恩典，可是不幸得很——他已买好船票了，打算到意大利去旅行，所以还是请陛下原谅罢。也许记起他一些零碎的事情，记起他在大学里写下的一两行情诗，记起父亲辉煌夺目的军服，记起他母亲正在交际场中雍容闲暇的态度，记起他姊姊写小说时候的姿势，也许记起一些琐事，觉得很可以做他生活的象征……

日常琐事的确是近代新传记派这位开山老祖的一件法宝。他曾经说历史的材料好比一片大海，我们只好划船到海上去，这儿那儿放下一个小桶，从深处汲出一些具有特性的标本来，拿到太阳光底下用一种仔细的好奇心去研究一番。他所最反对的是通常那种两厚册的传记，以为无非是用沉闷的恭维口吻把能够找到的材料乱七八糟堆在一起，作者绝没有费了什么熔铸的苦心。他以为保存相当的简洁——凡是多余的全要排斥，只把有意义的搜罗进来——是写传记的人们第一个责任。其次就是维持自己精神上的自由；他的义务不是去恭维，都是把他所认为事实的真相暴露出来。这两点可说是他这种新传记的神髓。我们现在先来谈这个理论消极方面的意义罢。写传记的动机起先是完全为着纪念去世的人们，因此难免有一味地歌功颂德的毛病；后来作者对于人们的性格渐渐感到趣味，而且觉得大人物的缺点正是他近于人情的地方，百尺竿头差此一步，贤者到底不是冷若冰霜的完人，我们对于他也可以有同情了，Boswell 的 Samuel Johnson 传，Moore 的 Byron 传，Lockhart 的 Scott 传都是颇能画出 Cromwell 的黑痣的忠实纪述。不幸得很，十九世纪中来了一位怪杰，就是标出崇拜英雄的 Car-lyle，他说：人类的历史就是伟人的历史，我们应当找出这些伟人，把他们身上的尘土洗去，将他们放在适当的柱础上头。经他这么一鼓吹，供奉偶像那出老把戏又演出来了，结果是此人只应天上有，尘寰中的读者对于这些同荷马史诗里古英雄差不多的人物绝不能有贴切的同情，也无从得到深刻的了解了。原来也是血肉之躯，经作者一烘染，好像从娘胎坠地时就是这么一个馨香的木乃伊，充其量也不过是呆呆地站在柱础上的雕像罢。斯特剌奇正像 Maurois 所说的，却是个英雄破坏者，一个打倒偶像的人。他用轻描淡写的冷讽吹散伟人头上的光轮，同时却使我们好像跟他们握手言欢了，从友谊上领略出他们真正的好处。从前的传记还有一个大缺点，就是作者常站在道学的立场上来说话。他不但隐恶扬善，而且将别人的生平拿来迁就自己伦理上的主张，结果把一个生龙活虎的人物化为几个干燥无味的道德概念，既然失掉了描状性格的意义，而且不能博得读者的信仰，因为稍微经些世变的人都会知道天下事绝没有这样黑白分明，人们的动机也不会这样简单得可笑。Dean Stanley 所著的 Arnold 传虽然充满老友的同情，却患了这个削足入履的毛病，终成白玉之玷，H. I' A, Fausset 的 Keats 评传也带了这种色彩，一下云中鹤也似的浪漫派诗人给他用一两个伦理的公式就分析完了。其实这种抬出道德的观念来做天平是维多利亚时代作家的习气，Macaulay，Matthew Arnold 以及 Walter Bagehot

的短篇评传都是采取将诗人，小说家，政治家装在玻璃瓶里，外面贴上一个纸条的办法。有的人不拿出道德家的面孔，却排起历史家的架子来，每说到一个人，就牵连到时代精神，前因后果，以及并世的贤豪，于是越说越多，离题越远，好几千页里我们只稍稍看到主人公的影子而已。这种传记给我们一个非常详细的背境，使我们能够看见所描状的人物在当时当地特别的空气里活动着，假使处处能够顾到跟主要人物的关系，同时背面敷粉，烘托出一个有厚薄的人形，那也是个很好的办法。Carlyle 的 Frederick the Grest 传，Spedding 的 Bacon 传，Masson 的 Mil ton 传都是良好的例子。可是这样很容易变成一部无聊的时代史，充量只能算做这类传记唯一的特色了。还有些作家并没有这些先见，不过想编一部内容丰富的传记，于是把能够抓到手的事实搁进去，有时还自夸这才算做科学的，客观的态度，可是读者掩卷之后只有个驳杂的印象，目迷五色，始终理不出一个头绪来，通常那种两巨册的 Life and Letters 大概要属于这一类罢。

斯特刺奇的方法跟这些却截然不同，他先把他所能找到的一切文献搜集起来，下一番扒罗剔括的工夫，选出比较重要的，可以映出性格的材料，然后再从一个客观的立场来批评，来分析这些砂砾里淘出的散金，最后他对于所要描写的人物的性格得到一个栩栩有生气的明了概念了，他就拿这个概念来做标准，到原来的材料里去找出几个最能照亮这个概念的轶事同言论，末了用微酸的笔调将这几段百炼成钢的意思综合地，演绎地娓娓说出，成了一本薄薄的小书，我们读起来只觉得巧妙有趣的故事像雨点滴到荷池上那么自然地纷至沓来，同时也正跟莲叶上的小水珠滚成一粒大圆珠一样，这些零碎的话儿一刹那里变得成个灵活生姿的画像了，简直是天衣无缝，浑然一体，谁会想到作者经过无穷的推敲，费了不尽的苦心呢？他所写的传记没有含了道学的气味，这大概因为他对于人们的性格太感到趣味了。而且真真彻底地抓到一个人灵魂的核心时候，对于那个人所有的行动都能寻出原始的动机，生出无限的同情和原谅，将自己也掷到里头去了，怎么还会去扮个局外人，袖着手来下个无聊的是非判断呢。Garlyle 在他论 Burns 那篇文章里主张我们应当从作品本身上去找个标准来批评那篇作品，拿作者有没有完美地表现了所要表现的意思做个批评的指南针，却不该先立下放之四海而皆准的抽象主张，把每篇作品都拿来秤一秤，那是不懂得文学的有机性的傻人们干的傻事。当代批评家 Spingarn 所主张的表现主义也是同样的意思。斯特刺奇对于所描状的人物可说持了同一的批评态度，他只注意这些不世的英才没有充分发挥他们特有的性格，却不去理世俗的人们对于那些言行该下一个什么判词。这种尊重个人性格自由的开展的宽容态度也就是历来真懂得人性，具有博爱精神的教育家所提倡的，从 Montaigne 一直到 Betrand Russell 都是如此；这样兼容并包的气概可说是怀疑主义者的物权，我们这位写传记的天才就从他的怀疑癖性里得到这个纯粹观照的乐趣了。他又反对那班迷醉于时代精神的人们那样把人完全当做时间怒潮上的微波，却以为人这个动物太重要了，不该只当做过去的现象看待。他相信人们的性格有个永久的价值，不应当跟瞬刻的光阴混在一起，因此仿佛也染上了时间性，弄到随逝波而俱亡。其实他何尝注意时代精神呢，不过他总忘不了中心的人物，所以当他谈到那时的潮流的时候，他所留心的是这些跟个人性格互相影响的地方，结果还是利用做阐明性格的工具。他撇开这许多方便的法门，拈起一枝笔来素描，写传记自然要变成一件非常费劲的勾当了，怪不得他说把别人生活写得好也许同自己生活过得好一样地困难。我们现在来欣赏一下他在世上五十二年里辛苦写成的几部书的内容罢。

他第一部出版的书是"法国文学的界石"（Landmarks in French Literature），属于"家庭大学丛书"，所以照老例篇幅只能有二百五十六页。这书是于一九一二年与世人见面的，当时他已经三十二岁了。文学批评本来不是他的专长处，他真是太喜欢研究人物了，每说到微妙的性格就有滔滔的谈锋，无穷的隽语，可是一叙述文学潮流的演进兴致立刻差得多了。所以这本书不能算做第一流的文学史，远不如 Saintsbury 的 A Short History of French Literature 同 Dowden 的 History of French Literature，他们对于各代的风格感到浓厚的趣味，探讨起来有说不尽的欣欢，因此就是干燥得像韵律这类的问题经他们一陈述，读起来也会觉得是怪好玩的。可是这本素人编的文学史也有特别的好处，通常这类书多半偏重于作品；对于作家除生死年月同入学经过外也许就不赞一词，因此未曾念过多少作品的读者有时像听楚人说梦，给一大堆书名弄糊涂了，这本古怪的文学史却不大谈这些内行的话，单是粗枝大叶地将个个文学家刻划出来，所以我们念完后关于法国文学的演变虽然没有什么心得，可是心里印上了几个鲜明的画像，此后永远忘不了那个徘徊歧路，同时具有科学家和中古僧侣精神的 Pascal，那个住在日内瓦湖畔，总是快死去样子，可是每天不断地写出万分刻毒的文章的老头子 Voltaire，以及带有近世感伤色彩，却生于唯理主义盛行的时代，一生里到处碰钉子的 Rousseau。所以这本文学史简直可说是一部文宛传，从此我们也可以窥见作者才气的趋向。还有从作者叙述各时代文学所用的篇幅，我们也可以猜出作者的偏好。假使我们将这本小史同 Maurice Baring 编的 French Literature 一比较，他这本书十七世纪文学占全书三分之一，十八世纪文学占全书四分之一，十九世纪只占全书七分之一，Baring 的书十七世纪不过占四分之一，十八世纪只六分之一，十九世纪却占三分之一了，这个比例分明告诉我们斯特剌奇是同情于古典主义的，他苦口婆心向英国同胞解释 Corneille，Racine，Le Fontaine 的好处。为着替三一律辩护，他不惜把伊利沙伯时代戏剧的方式说得漏洞丛生，他详论 Boussett 同 Fontenelles 整本书里却没有提起 Zola 的名字！这种主张最少可以使迷醉于浪漫派同写实主义的人们喝了一服清凉散。假使本来不大念法国作品的读者想懂得一点法国文学的演进，那么这本书恐怕要算做最可口的入门，因为作者绝没有排出那种拒人于千里之外的学究架子，却好像一位亲密的老师炉旁灯下闲谈着。

"法国文学的界石"不大博得当代的好评，七年后"维多利亚时代的名人"（Eminent Victorians）出版了，那却是一鸣惊人的著作，的确也值得这样子轰动文坛。在序里一劈头他就说维多利亚时代的历史是没有法子写的，因为我们知道得太多了。他以为无知是历史家第一个必要的条件，无知使事实变成简单明了了，无知会恬然地将事实选择过，省略去，那是连最高的艺术都做不到的。接着他就说他对于这个题目取袭击的手段，忽然间向隐晦的所在射去一线灯光，这样子也许反能够给读者几个凸凹分明的观念。他又说英国传记近来有点倒霉了，总是那种信手写成的两厚册，恐怕是经理葬事的人们安理后随便写出的罢！后来就举出我们开头所述的那两要点，说他这本书的目的是不动心地，公平地，没有更深的用意地将一些他所认识的事实暴露出来。这样子一笔抹杀时下的作品，坦然标出崭新的旗帜，的确是很大胆的举动，可是这本书里面四篇的短传是写得那么斩钉截铁，好像一个大雕刻家运着斧斤毫不犹豫地塑出不朽的形相，可是又那么冰雪聪明，处处有好意的冷笑，我们也不觉那个序言说得太过分了。他所要描状的维多利亚时代的名人是宗教家 Cardinal Manning，教育家 Dr. Arnold，慈善家 Florence Nightingale 同一代的名将 General Gordon。他一面写出这四位人英的气魄，诚恳同威信，一面却隐隐在那儿嘲笑那位宗教家的虚荣心，那位教育家的胡涂，那位慈善家的坏脾气，那位将军的怪僻。他并没有说出他们有这些缺点，他也没有说出他们有那些优点，他光把他们生平的事实用最简单的方法排列起来，用一种不负责任的诙谐同讥讽口吻使读者对于他们的性格恍然大悟。诙谐同讥讽最大的用处是在于有无限大的暗示能力，平常要千言万语才能说尽的意思，有时轻轻一句冷刺或者几个好笑的字眼就弄得非常清楚了，而且表现得非常恰好。英国文学家常具有诙谐的天才，法国文学家却是以讥讽见长（德国人文章总是那么又长又笨，大概就是因为缺乏这两个成分罢），斯特刺奇是沉弱于法国作家的英国人，所以很得了此中三味，笔尖儿刚刚触到纸面也似地悄悄写去，读起来禁不住轻松地微笑一声，同时却感到隐隐约约有许多意思在我们心头浮动着。斯特刺奇将一大半材料搁在一边不管，只选出几个来调理，说到这几段时，也不肯尽情讲去，却吞吞吐吐地于不言中泄露出他人的秘密，若使用字的经济，真像斯宾塞所说的，见文章理想的境界，那么我们谈的这个作者该归到第一流里去了。他真可说惜墨如金。其实只有像他这样会射暗箭，会说反话，会从干燥的叙述里射出飘忽的鬼火，才可以这样子三言两语结束了一件大事。他这个笔致用来批评维多利亚时代的名人真是特别合式，因为维多利亚时代的大人物向来是那么严重（难怪这时代的批评家 Matthew Arnold 一开口就说文学该具有 high seriousness），那么像煞有介事样子，虽然跟我们一样地近人情，却自己以为他们的生活完全受过精神上规律的支配，因此难免不自觉里有好似虚伪的地方，责备别人也嫌于太严厉。斯特剌奇扯下他们的假面孔，初看好像是唐突古人，其实使他们现出本来的面目，那是连他们自己都不大晓得的，因为使他们伟大的性格活跃起来了，不像先前那么死板板地滞在菩萨龛里，这么一说他真可算是"找出这些伟人，把他们身上的尘土洗去，将他们放在适当的——不，绝不是柱础上头——却是地面上"。崇拜英雄是傻子干的事情，凭空地来破坏英雄也有点无聊，把英雄那种超人的油漆刮去，指示给我们看一个人间世里的伟大性格，这才是真爱事实的人干的事情，也可以说是科学的态度。

三年后，"维多利亚女王传"出版了，这本书大概是他的绝唱罢。谁看到这个题目都不会想那是一本很有趣味的书，必定以为天威咫尺，说些不着边际的颂辞完了。就是欣赏过前一本书的人们也料不到会来了一个更妙的作品，心里想对于这位君临英国六十年的女王，斯特剌奇总不便肆口攻击罢。可是他正是个喜欢在独木桥上翻筋斗的人，越是不容易下手的题目，他做得越起劲，简直是马戏场中在高张的绳子上轻步跳着的好汉。他从维多利亚是个小姑娘，跟她那个严厉的母亲 The Duchess of Kent 同她那个慈爱的保姆 Fraulein Lehzen 过活，和有时到她那个一世英才的外祖父 King Leopold 家里去说起，叙述她怎么样同她的表兄弟 Prince Albert 结婚，这位女王的丈夫怎么样听了一位聪明忠厚，却是极有手段的医生 Stocknar 的劝告，从一个爱玄想的人变成为一个专心国务的人，以及他对于女王的影响，使一个骄傲的公主变成为贤惠的妻子了，可是他自己总是有些怀乡病者的苦痛，在王宫里面忙碌一生却没有一个真正快乐的时光，此外还描写历任首任的性格，老成持重的 Lord

Melbourne 怎么样匡扶这位年青的女王，整天陪着她，怀个老父的心情；别扭古怪的 Lord Palmerston 怎么样跟她闹意见，什么事都安排妥贴，木已成舟后才来请训，以及怎样靠着人民的拥护一意孤行自己的政策；精灵乖巧的 Disralie 怎么样得她欢心，假装做万分恭敬，其实渐渐独揽大权了，而且花样翻新地来讨好，当女王印行一本日记之后，他召见时常说："We，authors……"使女王俨然有文豪之意；还有呆板板的 Gladstone 怎么样因为太恭敬了，反而招女王的厌恶，最后说到她末年时儿孙绕膝，她的儿子已经五十岁了，宴会迟到看见妈妈时还是怕得出汗，退到柱子后不敢声张，一直讲到女王于英国威力四震，可是来日大难方兴未艾时悠然死去了。这是一段多么复杂的历史，不说别的，女王在世的光阴就有八十一年，可是斯特刺奇用不到三百页的篇幅居然游刃有余地说完了，而且还有许多空时间在那儿弄游戏的笔墨，那种紧缩的本领的确堪惊。他用极简洁的文字达到写实的好处，将无数的事情用各人的性格连串起来，把女王郡王同重臣像普通的人物一样写出骨子里是怎么一回事，还是跟"维多利亚时代的名人"一样用滑稽同讥讽的口吻来替他们洗礼，破开那些硬板板的璞，剖出一块一块晶莹玉来。有一点却是这本书胜过前本书的地方，前本书多少带些试验的色彩，朝气自然比较足些，可是锋芒未免太露，有时几乎因为方法而牺牲内容了，这本书却是更成熟的作品，态度稳健得多，而出色的地方并不下于前一本，也许因为镇静些，反显得更为动眼。这本书叙述维多利亚同她丈夫一生的事迹以及许多白发政治家的遭遇，不动感情地一一道出，我们读起来好像游了一趟 Pompei 的废墟或者埃及的金字塔，或者读了莫伯桑的"一生"同 Bennett 的"炉边谈"（Old Wive's Tales)，对于人生的飘忽，和世界的常存，真有无限的感慨，仿佛念了不少的传记，自己也涉猎过不少的生涯了，的确是种黄昏的情调。可是翻开书来细看，作者简直没有说出这些伤感的话，这也是他所以不可及的地方。

过了七年半，斯特剌奇第三部的名著 "Elizabeth and Essex：A Tragic History"出版了。这是一段旖旎温柔的故事，叙述年青英武的 Essex 还不到二十岁时候得到五十三岁的女王伊利沙伯的宠幸，夏夜里两人独自斗牌. 有时一直斗到天亮，仿佛是一对爱侣，不幸得很，两人的性情刚刚相反，女王遇事总是踌躇莫决，永远在犹豫之中，有时还加上莫名其妙的阴谋，Essex 却总是趋于极端，慷慨悲歌，随着一时的豪气干去，因此两人常有冲突；几番的翻脸，几番的和好，最终 Essex 逼得无路可走，想挟兵攻政府，希冀能够打倒当时的执政者 Burghley，再得到女王的优遇，事情没有弄好，当女王六十七岁的时候，这位三十四岁的幸臣终于走上断头台了。这是多么绚烂夺目的题材，再加上远征归来的 Walter Raleigh，沉默不言，城府同大海一样深的 Burghley，精明强干，替 Essex 买死力气的 Anthony Bacon，同他那位弟弟，起先受 Essex 的恩惠，后来为着自己的名利却来落井下石，判决 Essex 命运的近代第一个哲学家 Francis Bacon，这一班人也袍笏登场，自然是一出顶有意思的悲剧，所以才出版时候批评界对这本书有热烈的欢迎。可是假使我们仔细念起来，我们就会觉得这本书的气味跟前两部很不相同，也可以说远不如了。在前两本，尤其在"维多利亚女王传"里，我们不但赞美那些犀利的辞藻，而且觉得这些合起来的确给我们一个具体的性格，我们不但认出那些性格各自有其中心点，而且看清他们一切的行动的确是由这中心点出发的，又来得非常自然，绝没有牵强附会的痕迹。在这部情史里，文字的俊姜虽然仍旧，描写的逼真虽然如前，但是总不能叫我们十分相信，仿佛看出作者是在那儿做文章，把朦胧的影子故意弄得黑白分明，因此总觉得美中不足。这当然要归咎于原来材料不多，作者没有选择的余地，臆造的马脚就露出来了。可是斯特剌奇的不宜于写这类文字恐怕也是个大原因罢。有人以为他带有浪漫的情调，这话是一点不错的，可是正因如此，所以他不宜于写恋爱的故事。讥讽可算他文体的灵魂，当他描写他一半赞美，一半非难的时候，讥讽跟同情混在一起来合作，结果画出一个面面周到，生气勃勃的形象，真象某位博物学家所谓的，最美丽的生物是宇宙得到最大的平衡时造出来的。他这种笔墨好比两枝水力相等的河流碰在一起，翻出水花冲天的白浪。这个浪漫的故事可惜太合他的脾胃了，因此他也不免忘情，信笔写去，失掉那个"黄金的中庸之道"。记得柏拉图说到道德时，拿四匹马来比情感，拿马夫来比理智。以为驾驭得住就是上智之所为。斯特剌奇的同情正像狂奔的骏马，他的调侃情趣却是拉着缰的御者，前这两本书里仿佛马跟马夫弄得很好，正在安详地溜蹄着，这回却有些昂走疾驰了，可是里面有了几个其他的脚色到写得很有分寸，比如痴心于宗教的西班牙王，Philip，Essex 同 Bacon 的母亲……都是浓淡适宜的小像。斯特剌奇写次要人物有时比主要人物还：写得好，这仿佛指出虽然他是个这么用苦心的艺术家，可是有一部分的才力还是他所不自觉的，也许因为他没有那么费劲，反而有一种自然的情趣罢。"维多利亚时代名人"里面所描写的几个次要人物，比如老泪纵横，执笔著自辩辞的 J. H. Newman 狡计百出，跟 Marnning 联盟的 Cardinal Talbot，以有给 Nightingale 逼得左右为难的老实大臣 Sidney Herbort，顽梗固执，终于置戈登将军于死地的 Gladstone，都是不朽的小品。我们现在就要说到他的零篇传记了。

他于一九○六同一九一九之间写了十几篇短文，后来合成一本集子，叫做"书与人物"（Books and character：French and English），里面有一半是文学批评，其他一半是小传。那些文学批评文字跟他的"法国文学的界石"差不多，不过讲的是英国作家，仿佛还没有像他谈法国文人时说得那么微妙。那些小传里有三篇可以说是他最成熟的作品。一篇述文坛骁将的 Voltaire 跟当代贤王 Frederick the Great 两人要好同吵架的经过，一篇述法王外妾，谈锋压倒四座，才华不可一世的盲妇人 Madame de Duffand 的生平，一篇述生于名门，后来流浪于波斯东方等国沙漠之间，当个骆驼背上的女英雄 Lady Hester Stanhope 的经历。这三篇都是分析一些畸人的心境，他冷静地剥蕉抽茧般一层一层揭起来，我们一面惊叹他手术的灵巧，一面感到写得非常真实，那些古怪人的确非他写不出来，他这个探幽寻胜的心情也是当用到这班人身上时才最为合式。

去年他新出一本集子，包含他最近十年写的短文章，一共还不到二十篇，据说最近几年他身体很不健康，但是惨淡的经营恐怕也是他作品不多的一个大原因，这本集子叫做"小照"（Portraits in Miniature），可是有一小半还是文学批评。里面有几篇精致的小传，像叙述第一个发明近代毛厕的伊利沙伯朝诗人 Sir John Harrington，终身不幸的 Muggletcn，写出简短诙谐的传记的 Aubrey，敢跟 Voltaire 打官司的 Dr. Colbatca，英国书信第一能手 Horace Walpole，老年时钟情的少女 Mary Berry，都赶得上前一部集子那三篇杰作，而且文字来得更锋利，更经济了。最后一篇文章叫做"英国历史家"（English Histcrians）里面分六部，讨论六位史家（Hume、Gibbon、Macaulay、Carlyle、Froude、Creighton），虽然不大精深，却告诉我们他对于史学所取的态度，比如在论 Macaulay 里，他说：历史家必具的条件是什么呢：分明是这三个——能够吸收事实，能够叙述事实，自己能有一个立脚点。在论 Macaulay 的时候，他说这个历史家的文字会那么纯钢也似的，毫无柔美的好处，大概因为他终身是个单身汉罢。这类的嘲侃是斯特剌奇最好的武器，多么爽快，多么有同情，又带了袅袅不绝之音。他最后这本集子在这方面特别见长，可惜这是他的天鹅之歌了。

我们现在要说到他的风格了。他是个醉心于古典主义的人，所以他有一回演讲 Pope 时候，将这个具有古典主义形式的作家说得花天乱坠，那种浪漫的态度简直超出古典派严格的律例子。他以为古典主义的方法是在于去选择，去忽略，去统一，为的是可以产生个非常真实的中心印象。他讨论 Moliere 古典派的作风时候说到这位伟大法国人的方法是抓到性格上两三个显著的特点，然后用他全副的艺术将这些不能磨灭地印到我们心上去。他自己著书也是采用这种取舍极严的古典派方法，可是他所描写的人物都是很古怪离奇的，有些变态的，最少总不是古典派所爱斫琢的那种伟丽或素朴的形象。而且他自己的心境也是很浪漫的，却从谨严的古典派方式吐出，越显得灿烂光华了，使人想起用纯粹的理智来写情诗的 John Donne 同将干燥的冥想写得热烈到像悲剧情绪的 Pascal。斯特剌奇极注重客观的事实，可是他每写一篇东西总先有一个观点（那当然也是从事实里提炼出来的，可是提炼的标准要不要算做主观呢?），因为他有一个观点，所以他所拿出来的事实是组成一片的，人们看了不能不相信，因为他的观点是提炼出来的，他的综合，他的演绎都是非常大胆的，否则他也不敢凭着自己心里的意思来热嘲冷讽了。他是同情非常丰富的人，无论什么人经他一说，我们总觉得那个人有趣，就是做了什么坏事，也是可恕的了，可是他无时不在那儿嘲笑，差不多每句话都带了一条刺，这大概因为只有热肠人才会说冷话；否则已经淡于一切了，那里还用得着毁骂呢？他所画的人物给我们一个整个的印象，可是他文章里绝没有轮廓分明地勾出一个人形，只是东一笔，西一笔零碎凑成，真象他批评 Sir Thomas Browne 的时候所说的，用一大群庞杂的色彩，分开来看是不调和的，非常古怪的，甚至于荒谬的，构成一幅印象派的杰作。他是个学问很有根底的人，而且非常渊博，可是他的书一清如水，绝没有旧书的陈味，这真是化腐臭为神奇。他就在这许多矛盾里找解脱，而且找到战胜的工具，这是他难能可贵的一点。其实这也是不足怪的，写传记本来就是件矛盾的事情，假使把一个人物的真性格完全写出，字里行间却丝毫没有杂了作者的个性，那么这是一个死的东西，只好算做文件罢，假使作者的个性在书里传露出来，使成为有血肉的活东西，恐怕又不是那么一回事了，还好人生同宇宙都是个大矛盾，所以也不必去追究了。

秋心小札

秋心小札

　　久不写信给你了，也有好久没有得到你的信。你近来怎么样呢？听说许久以前上海白昼昏黑，你那天大概可以不办公吧，我们这里没有这么好的幸运，天天晴朗。

　　你从前不是送我一本曼侬吗，有好几位朋友借去看，他们都称赞你的译笔能达原文意境，我颇有"君有奇才我不赞"之感。但是弟却始终没有瞧一个字。朋友，请你别怪我。我知道那是一部哀感顽艳的浪漫故事，心情已枯老的已娶少年的我实在不忍读这类的东西。这还是一个小理由。最大的理由是近来对自己心理分析的结果，顿然发现自己是一个 sentimental 有余而 passionate 不足的人，所以生命老是这么不生不死的挨着，永远不会开出花来。我喜欢读 essays 和维多利亚时代的诗歌也是因为我的情感始终在微温的（Luke-

Warm）状态里的缘故吧。这样的人老是过着灰色的生活，天天都在"小人物的忏悔"之中，爱自己，讨厌自己，顾惜自己，憎恶自己，想把自己赶到自己之外，想换一个自己，可是又舍不得同没有勇气去掉这个二十几年来形影相依，深夜拥背（这句好像是在一本无谓的小说《绿林女豪》中的，十几年以前看的，今日忽然浮在办公桌旁边的我的心上来）的自己。总之，我怕看热情沸腾的东西，因为很有针针见血之痛，此事足下或有同慨也。……

前得来函，说到我是个神经过敏的人，我不禁打了一个寒噤，我其真将犯迫害狂这类的病而成仙乎。这恐怕又是神经过敏的一个现像。老板既说现在不能印书，所以我那本书也等再积厚些时再谈，但是你那篇序是预约好了，无法躲避的。

雁君昨日来说要南飞了，这消息你当然是喜欢听的，但是这位先生之事亦难言矣，请你不要太高兴了，否则空喜欢一场的确是苦事，……

我近来常感到心境枯燥，有些文章我非常想写，但是一拿起笔来总感到一团难过，写出也常自己不喜欢，大有"吟罢江山气不灵，万千种话一灯青"之慨，可惜的是我压根儿未吟过江山，彩笔始终未交给我过，现在却忽然感到被人拿去了，这真是个小人物的悲哀。恐怕一个人的 disillusion 有几个时期：起头是念不下书了，其次是写不出东西了，于是剩下一个静默——死的寂然。

我近来病了一场，千万不要担心，我害的只是风寒，但是却躺了两天。病中读《小山词》，恨足下不在此间，无法长谈他的词。我觉得他的词胜过他的父亲，无论多么有诗情，宰相恐怕总写不出好东西来。

前日下个决心，把 Baudelaire（M. L. 的）买回来，深恨读之太晚。但是我觉得他不如 E·A. Poe（当然是指他的小说），Poe 虽然完全讲技巧，他书里却有极有力的人生，我念 Baudelaire 总觉得他固然比一切人有内容得多，但是他的外表仿佛比他的内容更受他人的注意。这恐怕是法国人的通病吧。我近来稍稍读几篇法国人东西，总觉他们太会写文章了，有时反因此把文章的内容忽略了。前天见到雁君，我说觉得 Baudelaire 的东西还不够浓，无论如何不如 Dostoyevsky，Gorky 等浓。法国人是讲究 style 的人们，他们东西仿佛 Stevenson 的文字读久令人腻。我觉得文学里若使淡那么就得淡极了，近乎拈花微笑的境界，若使浓，就得浓得使人通不了气，像 Gogol 及朵氏的《K 兄弟》那样。诗人以为如何？这当然是吹毛，小弟好信口胡说，足下之所深知也。……

　　前书仓卒，未尽欲言。弟近日细读 Baudelaire 觉得他的《恶之华》比他的散文诗好，很痛惜自己法文没有学好，无法读原文，兹附上 Paul Valery 的 The serpent 一篇，也颇有 Baudelaire 风味，不过我有些地方不大看得懂，恐怕是英译不大好的原故，但是诗里的意义我却很喜欢。……

　　雁君昨日想复兴《骆驼草》，要弟担任些职务，弟固辞，莫须有先生颇为怫然。

　　……

前天接到你的信，大有同感，弟自去年回沪后颇觉人们既然于国于家无补，最少对于由我们去负责的人们该鞠躬尽瘁，换句话说，就是该当作"理想的丈夫"和"贤明的父母"，这句话虽然布尔到似乎研究系，然而弟却觉得做人总是做"责任"的忠臣，做人的艺术就在乎怎样能够"美"地履行责任。这些意思当年读 Charles

Lamb 时就已悟到，他真是个知道怎样把"责任"化成"乐事"的人。但是弟一面又不无野心，常有遐想，那当然是七古八怪的。可是近来有些觉得空虚了，所以常向老哥诉那莫名其妙的苦。记得《世说新语》里面有一个人说"做人手挥五弦易，目送飞鸿难"，手挥五弦就是足下所谓"做庸人"，弟所谓尽责，其实也并不容易，晋人未免有些一尘拂拂过去了。至于目送飞鸿，那是走到超凡入圣的路上，近乎涅槃的想头，我辈俗人当不敢希冀。但是我们有时却不无妄想，可是终免不了一个惆怅，拿个香奁诗来比喻吧，"此夜分明来入梦，当时惆怅不成眠"，我们现在仿佛都在"不成眠"的时候，辗转反侧。这些话说得胡涂，但是你一定能相视而笑莫逆于心也。? ……

致石民书摘录

　　昨夜饮酒逾量，今晨拂晓即醒，无师自通地做出一首香艳的情歌，班门弄斧，乞加斧削。到底成诗与否，尚希见告。少年人到底是少年，枯燥的心，总难免沾些朝露，倘编辑先生以为成诗，则用以填《北新》空白可也。但弟自己无甚把握，所以请"勿要客气"（这苏白说得不错。），酒意尚在，焉能多说。

　　今天病了，所以写信。病得很不哀感顽艳，既不病酒，与愁绪亦绝不相关。只是鼻子呼呼，头中闷闷。你迁居后谣琢纷兴，俟我返申实地调查，有何莺声燕语，鸭尾高跟隐在屏后否？阳历中秋之约，恐在于必负之列，良心（交与 Nurse）已如风前残烛，一片冰心，将付之东流矣。但万一倘负约，此后愿每月代贵刊作三千万字的补白，抵于永劫。病中作书，情意实属可感，足下以为如何？

　　今天以为你会来，然而现在已经十一时半了，足下之清影尚未照在敝斋，今日你大概是不来了。

大作捧读，觉得花香鸟语之中，别有叱咤风云之概，颇有乌江帐里之声。你从前之作稍嫌有肉无骨，比不上近作的心雄万夫了。昔王定国寄诗与苏东坡，坡答诗云："新诗篇篇皆奇，老拙此回，真不及矣。穷人之具，辄欲交割与公。"我不会做诗。真是穷得连穷人之具都没有，的确交代不出来，奈何？

杀死妖魔弟总以为不是好办法，除非是台端借到了陆压君的玉宝，也请"葫芦转身"一下（这个典故，你知道吗?），前张督办的"诱敌深入"，的确合了老氏欲取故与之道。释迦欲逃地狱，故先众人而入地狱，这都可以做他山之石。

前日同子元谈天，慨乎兄之诗怀有加，酒量日减。我们尚希珍重。

日来博翻（说不上读）各诗集，在《金库》里见到一首 Facon 的诗，千古权奸，出语到底不差。录一段如下：

Domesfic cares afflict the husband's bed,

Or pains his head;

Those that live single, take it for a culrse,

Or do things worse;

Some would have children; those that have them

OrWish them gone;

〔moan〕

Whatisit, then, to have, or have noWife, But single thraldom, or a double strife?

弟近来读诗，不喜流利之艳体，却爱涵有极多之思想的悱怨之

191

作。Herrick 等深觉不合口味，这或者是老的初步吧。

　　久未晤，风雨愁人，焉能无念。午夜点滴凄清，撩起无端愁绪。回思弟生平谨愿，绝无浪蝶狂蜂之举，更未曾受人翠袖捧钟，自更谈不到失恋，然每觉具有失恋者之苦衷，前生注定，该当挨苦，才华尚浅，福薄如斯！昨宵雨声不绝，兄当亦为之起坐，或已诗成二字矣。今日细君归宁，重温年前生活，独酌于某酒楼，醉后挑灯，惜无剑可看，要亦别有一番风味也。暇时过我一谈何如？万勿吝步。

　　足下的对子很有意思，虽然使你有些不好意思。前月一位蜀中女郎有同一位广东人结婚之议，弟当时集句拟一联：

　　　别母情怀，巫峡啼猿数行泪；

　　　随郎滋味，罗浮山下四时春。

　　颇有沾沾之意，大方家以为如何？近来夜间稍稍读书，但在万籁俱寂时，顿觉此身无处安排（商量出处到红裙？），真亏雁君终日坐蒲团，年假中拟读 Boccaccio 的 Docameron，或可勾上些年少情怀。子元回来没有？请代买几件玩物送福琳。

人生百态

更　夫

亨特（Leigh Hunt）

　　看我们这四便士一份的议论的读者，用不着通知，自然晓得我们是没有家车的。我们爱看戏，又有几个不小心的朋友时间越迟，越玩得高兴，一直到晚上一点钟才止，结果我们变做深夜回家的步行大家，所以我们和更夫，月夜，泥土的光，同这有趣时候别的东西都非常熟识。很侥幸，我们本来爱夜里步行。这样事不一定对身体有益。但是这并不是时间太迟的罪过，是我们的错处，我们应当生得强壮些；因此我们要客客气气地由这不得已的情形中找出我们所能得的好处。这是"大自然"奇怪的一点，我们所知道她最和蔼可亲的一个地方，当你向四周一望，又明白了那时的情境，若使你心里是快活，这一看就可报偿给你许多趣味。"大自然"是一个大画家（艺术同社会也是她的作品），若使对她极细微的一笔能够鉴赏感动，我们快乐的材料就丰富得多了。

我们也在承认二月晚上步行回家有好多地方会被人指责，说有毛病。旧伞有它的坏处；泥土同大雨的量可以超过好景致。一个软的泥块错当做硬的，弄得满鞋是土，特别在出发时候，无论如何，要算做使人难堪。然而你应当穿长靴。的确伦敦街上有些事情，无论什么哲学也不能把它变做可爱；那类事情说起来太严重了，不合在我们这纸上讨论；可是我们要声明，我们走的路程带我们离开城市。我们所走的街道同近郊绝不是那最糟的。然而就在我们走的地方，若使我们要伤心，也有伤心的可能。我们走到乡下走得愈远，我们会觉得愈疲倦；若使我们完全是陪朋友走，我们不能不承认（我们的一位朋友就有这样情形过），两只酸痛脚上的慷慨会使人感到为善本身就是快乐这句话用的地方不能普遍，同时我们可以很有理由地"诅那班舒服的人们"，他们窗上的灯光照出他们正到暖和的床铺去，互相说道——"今晚在外面走的人真苦呀"。

假设我们的健康同别的安适的准备都还可以，我们可以说，你若想去找些好处，夜行回家也有它的好处。最苦的部分是在出发时候，——大门把同你分别的慈爱脸孔遮住时候。但是他们的话同面容有时却可以带你好好地走一大阵的路。我们经验过一句话够我们想了整个归程，一个面容使我们做梦地走到家里。譬如由一个正在恋爱热狂中的人看来，没有道路是坏的。在大雨昏黑里面，他只看见一个脸孔，就是在暖和房子灯光底下所看的脸孔。这总是跟他走，在他眼睛的前面；设使世界上顶可怜的憔悴脸孔忽然现在当前，用这对爱情最可悲的嘲笑来吓他，他为她的缘故也会仁爱地看待。但是这一大阵话是用靠不住的事拿来当大前提。一个爱人压根儿就不走路。他既尝不出走路的快乐，也不知道什么苦痛。他踏着云走；在好像严酷苦痛的环境里头，他有一条光明的路，铺着天鹅绒让他皇帝一样地走过。

回过来，让我们像普通的人谈一谈夜行吧。深夜的好处在于什么东西都寂默着，人们熟睡在床上，全世界因此有一种恬静的气像。情感同思虑现在全睡得同死的东西一样地安定。人们像房屋同树林不动地躺着；悲哀是停止了；你心里打算只有爱情才清醒吧。请神经灵敏的读者不要害怕，我们对应当奉为神圣的东西不想侮慢；我们在这时候所想的既然全是最好的，我们所说的爱情也是最纯洁的；不是那种合法或者不合法的没有真心的爱情；只是那配得上跟星光同时醒着的。

至于那些焦虑呀，帐中说法呀，同这类伤害夜里安宁的事情，想到他们，我们特地记起诗人等等说的嘉言，什么"甜香的安眠"呀，"创伤的心的抚慰"，同"悲哀的疲倦送人到忘却一切的境地"这类话。大多数人在我们说的这个时候一定是教堂似的安息；其余呢，我们也是为这大多数的利益没有去睡的工作者；因此我们有特权可以暂时忘记他们。惟一引起我们留意到他们的东西是那红灯，远远地照在药铺门口的上头；这灯发光时候，使我记起这大多数若使要得救助，可以来这儿找。我现在看见那医生脸色苍白，眯着眼睛，压下那对把他叫醒的学徒的不合理的生气，麻麻糊糊走出房子，声音粗哑，穿件大氅，私下打定主意用圣诞节开账要钱时数单的甜蜜来报偿他这刻的辛苦。

这么说下去，我们要说太多房子里面的事情了。这时候野鸡马车全离开它们常站的地方；他们今天挣到钱的一个好现象。几个厨房的燃屑中，到处可以听到蟋蟀叫。一条狗跟我们走。没有法子可以使他"滚开"吗？我们躲避他，白费了力气；我们跑着；站住对他"嘘"；禁止时还带了劝戒的姿势同假假地捡块石头。我们拐一弯，他还在那里缠绕我们的衣裳。他简直逼得我们愤怒地怀疑我们不让他随我们到家，他会不会挨饿。若使我们能够弄跛他而不带一丝残忍，若使我们是地方管事人，吏役或者卖狗皮的人，或者一个想狗是不必需的经济学者，那是多么好呀！啊，好；在基角上他拐弯了；走去了；我们觉得看得见他身体消瘦龌龊在远处飞跑；我们的心中却难过得很。但是这不是我们的错；他走时候我们并没有嘘他。他这样离开去是很侥幸的，他把我们快乐变做狼狈两难情形；我们这篇"文章"会不知道怎地处置他好。这些困难情形，有同情心的人都很容易遇到。现在我们再走我们的路，独自孤单地；因为这时除开我们从来不会忘记的渺茫朋友，我们的读者外，我们没有别的伴侣。把个真的手臂插在别人手臂里，已经不是要想法子才能快活的步行了。因为那已经是很好了。一个步行的同志就可算伴侣了，可以等于你才离开的那群朋友；一路有说有笑，用不着什么奋斗了。但是孤单单地凄风冷雨里要走一程长路，这才用得到毅力同耐性支持着；于是我们穿上长靴，紧紧扣起衣衫，撑着伞，雨滴打到伞上，灯光照小沟发亮；还有"泥块的光"，一个艺术家，我们的朋友，常常一团不高兴地说这两字。现在，步行不能找一个再坏的环境了；但是若使你高兴地干去，这些麻烦都不值什么。打倒个障碍本来是个快事；仅仅动作已经可得快乐；想象更添上许多趣味；血脉的加快流转同精神的努力活泼互相影响，渐渐地使你气壮，心里觉得胜利。每回你踏了一步，于你的脚你会有些敬意。伞拿在手中像个咆哮的战利品。

我们走到乡下了；雨雾过去了；我们碰着我们的老朋友，更夫们，他们大概是身体肥重，态度安闲，什么也不关心样子，整个人衣衫的成分比身体还多，好像想什么，实在并不想什么东西，年纪很老而不会叫人见而生敬，一点用处也没有。不，他们不是没用，因为住在屋里人想他们是很中用的，他们的用处也就在给人以这种思想。我们并不像往常那样可怜更夫。老年人多半不注意按时的睡眠。他们在床上或者还睡不着，可是在床上他们不能够挣钱。他们所能得的睡眠或者因为是在更棚里偷偷地得来的，特别甜蜜；他们自己觉得很重要，对住户有各种特权，还加上他们的大氅同更棚，难怪他们自视是个"人物"。他们在个人职业外，加上这公家的职务。汤金斯同他们一样做补鞋匠，但是他却不是更夫。他不能够谈"夜里的事情"，也不能"用皇上的名字叫谁站住"。他没有得孱弱的老人家同醉汉的小钱同感谢；没有说，"让先生们走过吧"；他不是"教区的人员"。教堂里的执事不对他说话。不管他如何常排在这"大洋铁匠"面前，他绝不会问，"汤金斯，你好吗?"——"一个老年安静的更夫"。莎士比亚时代，更夫是这样，现在更夫还是这样。老年，因为他没有法子能够不老；安静，若使能够不安静，他也不愿意；他的目的是要办到四处都是寂寂的安宁，他自己的心也包括在内。所以他叫钟点并不叫得太大声，也不故意捣乱地说得太清楚。没有一个人会真听到叫"三"点，心里害怕，睡得不稳。他说的声音，听的人们觉得怎么解释才合式，就可那样解释，三点，四点，一点都行。

就是更夫里也有性格的分别。他们不只是大氅，笨大的躯体同满不关心的神情。却说，他们普通所想的是什么呢? 他们由一点钟到两点，两点到三点一直下去，怎么样来变换他思想的单调呢？他们是不是把自己同没当差事的补鞋匠比较；想明天午餐吃的是什么东西；回忆六年前自己的情形；嗟叹他们的命运是世上最苦的（无聊的老人常爱这样想，为的因此可以享那发牢骚的快乐）；或者想起在小钱外还有别的利益；安慰自己，他们虽然不在床上，他们的老妻却安歇着？

关于更夫的特别性格，或者说不同的性格还好些，我记得几个。一个"公子式的更夫"，他在牛津街公园邻近走来走去。我们称他是公子，为的他说话的声音与众不同。他说话半吞半吐，past 这字中间的 a 当 hat 这字中间的 a 念——说话以前，先预备地咳一下，等一会才说出他的"过——了——十——点"，那文雅地不留心样子，好像只讲他也觉是这时光吧。

另一个是铁打的更夫，他也在牛津街向着汉诺瓦广场巡行，他声音似喇叭的响亮。他除声音外没有别的奇特处，不过在更夫有一些特别处，也就算难得了。

第三个是在柏底福广场叫更的，他的叫声简短洪大得奇怪。那时候他们这班人有一种新时髦，就是略去"过了"和"点钟"几个字，只唤出数目来。我不知道我对从前一个晚上事情的记忆是完全事实，还有没有我以后想象为可能的成分杂些进去；不过我的印象是当我同一位同学在基角拐弯到广场的时候，正在谈论同弯数目有关系的问题，我们忽然好象得到答案地，给一个简短颤动地叫声——壹——吓着了。这一段应当放在页底，这个"壹"字也当突然地印在纸角上。

第四个更夫是一个非常特别的怪人，一个看书的更夫。他有一本书，借他灯笼的光念着；可是他不能给你快感，反使你替他难过。将一个居然有想象力打算赶丢愁闷的人搁在这许多困苦缺乏之中，真像件残忍事情。只有一种懒洋洋毫无思想的样子，才同更夫合式。

但是最古怪的是一个溜行的更夫。试想一下在严霜深冬的道上走着，沟里有长条的冰，上面雨雪霏霏，再画一个像白袋子里的人，手里拿个灯笼，遮着雨伞，向你滑溜过来。这是苦工同享乐，青春和老年最奇异的混在一块！但是这种结合使人看得高兴。什么事只要能够带劲有彩就好；我们这壮健不屈的更夫倒似拉伯立书里的人物。"时间"像个山羊给他赶得东奔西跑。他这一溜仿佛可以溜过整个半夜；他兴致一来，就由他的更棚同那陈腐的势力里溜出，好像在那里说："什么事情全靠着心境；——现在我这职务的全部压迫一些也没有了。"

可是我们走近家了。树林多么寂静！旷野睡得多么甜蜜！这条往上走的花径配着那寒冷的白色天空，现出多么美丽地严肃又含着夜色！小心的居民安置在离他们大门一里路内的好多更夫同巡查向我们祝"早安"；——这句话没有我们有意把它当做的那么客气；因为我们不该在外面逛得这么迟；这班像父亲式的老头子擅自拿这句带讥讽话来提醒我们。有的家禽本来很奇怪地栖在树上，我们走过时鼓翼飞去；——别的站在山上，毫不退让；还有几个在平地上跨行；在那个地方，那个同我们有特别关系的窗子里有那个我们所熟识的光，那是屋里恳挚亲爱的人的眼睛——人们的家庭。家庭，这个字对每人所引起的感想是多么不同，然而又多么普遍地感动人心；它是多么一些不错地将每个人安放在他自己的巢窝里！

黑 衣 人

哥尔德斯密斯（Oliver Goldsmith）：

我虽然爱和人们认识，却只愿意同几个人弄得很熟。我常常说的那位黑衣人是个我喜欢同他做朋友的人，因为我很钦重他的人格。真的，他的态度沾染些奇怪的矛盾色彩；他可以说是以举动滑稽出名的人民里一个举动算得滑稽的人。虽然他慷慨到象浪费，他在人前却假装是个鄙吝鬼；不管他说多少顶下流自私自利的话，他的心是满涨了无限的爱。我看过他自认是个人类的厌恶者，当时他的脸却因为同情于人们红得发烧；他面容现出怜悯柔情的时节，我听他口里却说脾气顶坏的人所说的话。有人假装仁爱，人道的样子，还有自夸生来具有这副柔软心肠的；他倒是我所看见惟一的人，会好象对自己天然的慈心觉得害羞。

他遮盖这情感的努力不下于那班伪君子存起本来冷心肠的费劲；可是在不留心时，他这假面具丢下来了，就是最糊涂的人也会看出他的真相。

　　在近来到乡间的旅行里，有一次我们偶然谈起英国对贫民的救济，他好象很惊奇为什么竟有人会心地柔弱地呆到去救济那路上碰着的可怜人，因为法律替他们的生活既然供给得这么完备了。他说："在每个区立穷人院里，穷人都有衣，食，火同睡的床铺，供给得很完全；他们不至于有什么别的缺乏，就是我自己也不想要什么旁的东西；但是他们好象还没有满意。我真奇怪为什么长官不管他们，不把这班连累勤作者的游荡汉关起；我还奇怪天下找得出去周济他们的人们，因为人们同时心里一定会明白，这样干有些像鼓舞人去懒惰，浪费同做假。若使教我去封一个我稍稍有点关心的人说，我一定劝他千万留心不要给他们的假理由哄住；先生，请相信我的话，他们全是骗人的，他们值得闭在监狱里，不合受我们的援助。"

　　他正要这样地继续往下说，严肃地劝我不要犯那我实在不常犯的毛病，一个老人身上还有破烂的绸衣碎块挂着来求我们的怜悯。他要我们相信他不是普通的叫化子，他为着要养活一个将死的老婆同五个饥饿的孩子，逼到干这可耻的生涯。我对这类假话，心里早不相信，他的话不能感动我；但是这套话对黑衣人的影响就大不相同了；我看出他脸孔发生变化，最后这故事打断他那滔滔不绝的演说。我很容易看出他心中热烈地想救济这五个饥饿的小孩，但他不好意思在我面前显出他的弱点。当他的同情和自尊两种情绪相冲突，犹疑未决的时候，我故意向别方看，他就趁这机会给了这可怜求乞人一块银洋，同时为着说给我听，他故意教他去工作谋食，不要再拿这无聊的大谎和走路人麻烦。

　　他以为我一点都没有看见，所以我们走时，他还继续同起先一样忿怒万分地骂叫化子；他插说些自己惊人的谨慎同俭啬的故事，和他点破装假的大本领；他解释若使他做了长官，他对叫化子的办法是怎么样，露出他要扩张监狱来收容他们的意思，告诉我两件乞丐抢妇女东西的故事。他刚要说第三样相同的故事，一个用木腿走路的水手又走到我们面前，希望能够得我们的怜悯，祝福我们两腿的健康。我打算走过去不睬他，但是我这朋友仔细地看这可怜求乞人，请我站住，说他要我看他多么容易无论什么时候都能揭穿这类欺骗者。

所以他用一种严重的脸孔，不高兴的声音开始盘问这水手，问他是为了干什么事弄得这般身体残缺，不能再执行他的职务。那水手也同样含着怒气地答道，他从前在战舰上做军官，为保护这班在家里没事干的人，在外面打仗把腿打坏了。听这话，我朋友的那种傲慢态度立刻完全消灭了；他没有话再问；他现在只研究他用什么法子能够偷偷地周济这水手。这事倒不大好办，因为他不得不在我面前保持那坏坏子的面孔。却又要设法去救济这水手来救济他自己心中的苦痛。所以对这个人挂在背后，绳子穿着的几包火柴凶凶地望了一眼，我这朋友问他的火柴卖什么价钱；不等他回答，声音粗暴地向他要一先令的火柴。水手起初对他的话好像有些惊奇，一会儿心里明白，将所有火柴都给他，口里说："先生，请将我所有的货都拿去，此外我还送你一个祝福。"

我这朋友带着这新买的东西往前走，那种得意神气是描写不出的。他对我说他坚决相信肯以半价出售东西的人，他的东西一定是偷来的。他告诉我这种火柴各种不同的用处；还说一阵用火柴燃洋蜡比将洋蜡拿到火炉里点会多么节省洋蜡。他用劲地说，若使没有什么对他便宜的地方，他绝不会拿钱给这班流氓，同他不至于拔下牙齿送给他们一样。我不知道他这对俭啬同火柴的赞美要往下说多久，若使他的注意不转到一个比前面二个更悲惨的情形上去。一个衣服褴褛的妇人，手里抱个小孩，后面背一个，勉强地唱些小调求乞，她的声调是这么凄凉的，听的人分不出是唱还是哭。一个可怜人在深深的苦痛里，却要强为欢笑，这情景我的朋友绝对忍耐不下，他的高兴同谈话即刻停住了，这回他也忘记去扮假面目了。甚至于当我面前，他立刻伸手到衣袋里去掏钱来救助她；当他发现他带在身边的钱已经完全给从前两个了，读者，你猜一猜他那时焦急的样子。那女人脸上现的哀容赶不上他面上苦恼的一半。他继续掏了好几次，都没有达到目的，等到最后他自己记起，用种说不出的和蔼态度，他将他那值得一先令的火柴送到她手里。

采集海草之人

赫德森（W·H·Hudson）

太阳下山时候，海里吹来的烈风开始使人感觉到寒冷，我站在个沙丘顶上，看底下一个老妇人在低湿的地上匆忙的走来走去——那是一块近海的平地，隔个沙陂就是海；我心里觉得很奇怪，因为她的样子是个衰弱的老妇人，但是她走动——我差不要说，飞动——过那平湿地面的样子是轻快得出奇，有时停住弯下腰，由地面捡些东西。可是我不能够看得很清楚，使我自己满足：太阳正落到水平线下，空气的朦胧同日暮的冷风，当这又是年暮时候，把一切东西都弄模糊了。走下到她那里，我看出她是个老年人，没有带帽子的头上有稀少灰白的头发，脸孔瘦黑，形容端正，灰色的眼睛并显不出老气，不动地瞧着我，她这种神情使我忽然间感到一种莫名其妙的悲哀。因为那是没有笑容的眼睛，表现出一种说不出的悲情，头一下瞥见时，我是这样觉得；或者她现在并不悲哀，那不过是悲哀留下在眼睛里的一个影子，当一切人生的快乐同兴趣，跟着一切的情感全舍她了，她也不再怀着什么回忆同希望了。这或者只是我的瞎猜同幻想，但是若使她是个由别一世界来的人我也不会觉得更奇怪。

我问她这么迟时候在那儿干什么，她用种悄悄地没有什么高低的声音（那声音里也带了影子）回答说她是采集那生在平坦盐泽的海草，那草的叶子像葱，暗绿色，汁很多，她告诉我这时节刚好采集腌着，搁起来整年都可以用。她带个桶子来装这草，手里拿一把餐刀，把小树连根掘起，她还有一个旧布袋，她碰着的每条干树枝同柴碎都丢在里头。她还说她每年八月底在这同一地方采海草已经有好多年数了。

我将我们的谈话延长下去，问她许多话，对她那机械式的答话故意当做有趣味地听着，同时我却想法去探测这对不含笑容，没有人气，不动地望着我的眼睛。

我们谈不久，一阵嘈杂的人声传到我们耳朵里，我们半转过身来，看见一群（说一队还好些）打棒球人由那沙丘旁边他们吃茶的棒球房里走来。女的同男的打棒球人，四十多个左右，零零落落地，有一对同行，有几人一组，望着那边海滩上的"棒球旅馆"走；这是一群非常漂亮的人物，肥肥的快乐脸孔，衣服很讲究，高兴得很的样子，随随便便谈天说笑。有些在旅馆里住，其余的人，有二十来辆汽车在旅馆门口等着，预备送他们回到内地的家里，或者他们暂住的房子。

当他们在离我们站的地方三码以内走过时候，我们的谈话暂时停止了，他们走后，我心中记起他们午后游玩的那块沙丘的历史。那块地方是属一个很老的世家；有人说，从诺曼民族征服英国的时候起，他们就占有这块地方；但是这家家长现在穷了，没有房产在伦敦，没有煤矿在威尔士，除租给人耕种的二三万英亩田外，没有别的收入来源。实在说起来，就是这样子他也不会穷，若使没有那班儿子，他们爱城市里的快乐生活，在那里他们或者有私房子。最少，他们养有比赛用的马，自己有汽车，天天在最好的俱乐部过活，年年他要这忍耐的老父替他们还赌债。把这么可敬的家长处在这样情形中，这真是苦痛的地位，他的朋友邻居都很可怜他，说他是那郡里最好最老的世家的一个好代表。但是他逼到不得不尽他的能力弄成个出入相抵，他因此所干的小事之一就是建设这沙丘上面一英里来长的棒球场，位置在海同沿海的老村中间，还盖座棒球旅馆，吸引各地的来客。这样子偶然地把村里人到海最短的旧路截断了，那个荒野的沙丘，从前可以算是他们的空地同游戏场，他们当公地用已经好几百年了，现在也由他们手里夺去。人们警告他们，吩咐他们到海岸要用另一条路，那路由乡村走起要走半英里多。而且他们一向是驯良听命，没有露过怨声。真的，那管理田地人要他们相信，他们有许多理由对地主应当感谢，因为偿补他们所受的些须不方便，他们有打棒球人在这里，有些村里小孩会被雇去当拿珠棍的差事。然而我看出他们并不感谢，只是以为他们受了人们的欺侮，这件事使他们痛心。

当打棒球人流水般走过时候，我记起这么多事情，心中想不知道这个可怜妇人会不会和她的同村人一样对这班人秘密地怀一种恶感，因为他们剥夺了村人们沙丘的使用权，在那松松的黄沙上面，荒草丛中步行，闲坐或者躺着，村人已经成个习惯好几代了；他们又截断村人到海最近的路，那里村人每天去找些柴同海浪抛上岸的一切东西，这些对他们穷苦的生活都有帮助。

我暗自忖着，若使她会存些恶感，那看到这群高兴快乐的打棒球人向着他们的旅馆，汽车同奢华的家庭走时候，这一对不变的眼睛一定会有变化。

但是我虽然很近地注意她的面容，一些变化也没有，就是恶感或者任一情感的顶微痕迹也找不出，只是以前在眼里的悲哀影子还在那里，她那固定的眼睛好像一个囚着的鸟兽的眼睛，注视着我们，然而又不像是看我们，倒是看穿过我们，看到我们背后的东西。他们都走过了；我们也谈完了，我把钱放在她手上，她的神气老是那么样子；她没有笑容地对我道谢，那悄悄地没有什么高低的声音同她答应我问她关于海草时是相同的。

我又走那山顶，向下望又看她像我起先看她一样，不过更模糊些，轻快地像飞蛾或者像鬼魅行动着或者飞动着，在那低平盐田上面，还在冷风里采取海草，那时我心里想的是，这个我正看见，起先对谈过的人是一个非常像鬼的人，无论如何是一个描写不出的灵魂，像风景画家没法描摹只好置之不理的一种水天大地所生的空气气像一样。为自卫起见，风景画家练出一种本领，叫做"眼力的迟钝"：可以说他用手指塞着耳朵，免得听到那跟着他，讥笑他可怜的有限能力的嘲笑声音。用笔来传达印像的人是差不多同样地不能成功：像上面所说这件事，尽他力之所能只是努力将他当时心中所引起的情感传达出来。

让我现在说一种人，他练习他的眼睛（不如说他的眼力不知不觉里自己练习），他要由他所碰的多数脸孔里去探出些他们的内心生活，不管多么微小。这样人不能够走完司特能街同弗立街或者奥士福街，而不很惊奇地遇着一种脸孔，那里面所包含的悲剧同神秘分子和那半露出的奇怪消息会缠绕他的心中。但是这印象不会盘占他的思想很久；另外一个使他不得不注意的脸孔跟着来，一会儿又有一个，这么多的印象不久却全由记忆里消散去了。可是有时,隔了好久时间,或者五年一回,他会逢着一个脸孔,老是缠绕他心中,那显明的印象好几年都不会丢失。这种脸孔同眼睛和我那清冷的黄昏所碰的采集海草的女人是同类的;但是那里面的神秘始终还是个神秘。

戏 子

比勒尔（Augustine Birrell）

许多人，我想，一生里总有一个时期觉得戏子生活，他们自己所臆测的，具有几乎不能抵抗的魔力。

当一个名角是怎么样呢？我说一个名角，因为（我敢说）没有一个喜欢唱戏的人曾经承认自己是个小戏子。那岂不是常常演最好剧本里那些最好的角色：做每一群角色里的中心人物；觉得你一上台，大家注意力被吸到你身上来；而且（那是更甜蜜的满意）知道空气不会那么紧张了，当你下台时候；就是你最细微的一句话，大家也得肃静倾听，知道最高的编剧天才一向从事于创造局面，他们惟一的目的是使"你"的话动人，"你"的行动庄严；利用你态度的堂皇或者你才智的灿烂来压下一切反对的势力；最后，也许是打倒不幸，得胜而回，或者，若使你演悲剧，那么更幸福了，就在舞台上死去，受人们深刻地怜悯，诚实地哀掉，最少有一分钟？而且，从始至终，响亮的，长久的喝彩——不是延期的，甚至于不是犹豫的，却是立刻跟着的。由一个病态的唯我主义者看来——这就是说由一个凡人看来——这是个多么可羡的命运呀！

舞台上的英雄同大街上的英雄的显著差异是多么分明，多么痛切！在世界舞台上，真真主要的脚色——假使我们看得出——常常被一般人们认为不过是个冗物，一个色彩黯淡的人，十分用不着的，他假使每星期挣到一镑钱，就得自满，以为得到很好的报酬了。"他"说的话没有人静默去听。他得尽他的本领把那些话好好地说出，而楼座人们却在那儿吮嗓橘子，后厅人们却在那儿修指甲，包厢人们却在喋喋胡谈，正厅人们却在打呵欠。在这些乐意的纷扰之中，他总算运气好，若使有人肯去听他说的话；也许，他所能遇到的最好事情是有人会以为他还值得一瞟。至于喝彩，这班人也许会碰到，假使他们的命活得够长，正如生于他们之前那些大人物所遭遇的，在他们老年时候——

> 当他们心里冻得冷冰冰了，
> 外面也只剩有从前他们的影子，
> 听到世界向这空心的幽灵喝彩，
> 从前却谩骂他，当他是个活人时候。

伟大的戏子可以记起他所激发的泪或笑，觉得安慰而入睡，醒时看见早晨已经去一大半了，黄昏时他的胜利又将重现出来；但是伟人却将辗转反侧躺着，当他想到他跟愚蠢同偏见所打的这个好像战斗力不平均的仗，他将像米尔敦告诉我们的那样，学起悲哀预言者泽里米的口吻，呐喊道："悲哉，我的母亲呀，你生下了我，一个竞争奋斗的人！"

这些话的结论是：扮一个伟人比当一个伟人是可乐得多。

戏子的职业不单本身是可乐的——它而且使别人快乐。在这方面，它同三种学者职业比较起来是好得多了！

世上没有几件乐事能够超过看到所爱好的戏中人物，一向只靠我们这迟钝的想象模糊地把它虚拟出来，现在却加上活人一切优美的仪容态度了。一个有名的文人许多年前自私自利得很聪明，把舞台上一朵明星抢去，安在自己冠冕上面，他献给他妻子几行漂亮的诗，是常在我的嘴上：

> 亲爱的人儿，她的生命跟我自己的连在一起了，
> 当你还只是我的梦中人时候，在你身上我看到莎士比亚的
> 灵眼所预先瞧见的，
> 却加上了生机活泼的女性生命——
> 你是洁净的易摩真；
> 心地高尚的洛扎林德，
> 用精神阳光照耀了朦胧的绿林，
> 或者随诗人变换的心境而变换，
> 是个朱丽叶，或者端庄有如皇后的昆丝坦司
> 但是不再说这些赞美戏子的话吧。

"我是来安埋该撒，不是来赞美该撒。"

躲避不快意的问题是没有用的，我所要发的问题是这个，"世人到底有没有错，那样嫌恶同瞧不起舞台这个大职业？"

古往今来世上的人们对于优伶职业加以藐视，这是个无法否认

的事实。许多年前我念过的一篇动人的故事——见于那部秀丽有趣的著作，楞普里耳的《古典辞林》——很可以描摹罗马时代人们的意见。朱理亚·狄西马斯·拉俾立阿斯是罗马一个骑士同编剧家，以哑剧有名于当世，不幸触怒了一个比他更伟大的朱理亚，《纪事》的作者，而且当这第二个朱理亚威权极盛的时候。该撒细思怎样最能使他的敌人丢脸，觉得最好的法子是罚他演他自己编的一个剧里的主角。拉伸立阿斯恳求无效。该撒绝不通融，一定要为所欲为。拉俾立阿斯演他所扮的角色了——怎样演呢，楞普里耳却没有说；但是他也报复一下，而且是各种样子里最可怕的那一个，文字上的报复。他编好背出一段颇有力气的序词，记载这可鄙的专制行为，真是奇怪，他所编的戏剧只有这一小段流传下来，做个样子。里面有些文字确然好像没有使坐在正厅上强装笑容的该撒赧颜，却使一千九百年后的我们替该撒赧颜。可是同我们现在所说有关的文句解释起来是如下：

　　光荣地活了六十年了，今早离家时我是一个罗马骑士，今晚回去时我却是个声名狼藉的戏子。唉呀。我多活这一天了。

　　转过来看一看近代世界同英国，我们瞧见在这儿大家都相信按法律戏子是真做无赖，浪子同顽梗的乞丐。不错，这是由于误解伊利沙伯朝三十九年所颁的法令第四章的意思，那只指定没有得到演剧权利，到处漫游的普通戏子当被认做"无赖同浪子"；这么一种分别人们会以为就是外行人的迟钝感觉也可以看出。

　　但是这个事实，一种普遍的意见由于误解三百年前议会所通过的一个法令，并不变更那个意见，只使它更显得带有英国习气，因此是完全没有道理的。

关于这个曾经风行一时的偏见到底有什么话可以替它辩护呢？

我想可以用两种理由来辩护。一个是根据这种职业的本质，一个是根据戏子们自己的证据。

戏子职业一个严重的毛病是由于它的本质。它除开当时城市里人们的意见外不能有其他成败的标准。这一点就大可以使生活失去尊严。像米尔敦那么一个大诗人可以俨然地不理"猎头鹰，杜鹃，驴子，猴子，狗"，"野蛮的叫声"，但是一个戏子不能这么刚愎冷然。他不能留下什么诉诸后世。猫头鹰，杜鹃，猴子，狗必得叫喊啼吠来喝他的彩，否则他就毁了。这当然是无法避免的事情，但是这是一个艺术家生活的一个不幸条件。

而且，他的艺术没有留下什么记载来说出他的艺术或者解释他的所以成名。当老年人津津有味细谈起已死的过去戏子，年轻人就昏昏思睡了。细工木匠契盆对尔是比戏子加立克更有势力。后者的轻快活泼不再感动我们了（除开在波兹卫尔的书里）；前者做的椅子还使一百个家庭不能安坐。

也许因此所以没有一个才力或者性格崇高的人肯屈身甘于永远当一个戏子。戏子的命运甚至于使象大辟·加立克这么一个生性乐天，随随便便的人也觉得有沉重的担压着，他用其他成功戏子所未曾写下的那么精美文字来发泄这种牢骚：

画家死了，然而他还能使人们看着喜悦，
英国存在于世上时候，他的令誉绝不会灭亡；
可是在戏台上大踏步走来走去的人，
他的令誉几乎不能够延长到下半代；

文字同图画都不能救起戏子——

艺术家死了，艺术也就随之俱亡。

但是话还得讲深一层，因为单单这么一个事实，某一种事业在志趣高尚人们看来没有什么特别好处，还不足贻我们以口实来谩骂这种事业。因此我接着要说做戏这个举动——摹拟的艺术，或者可以叫做虚设情境所引起的假情感的表现——本身就是受过教育的人所不愿采为终身职业的一种工作。

我相信——我们不要冤枉世人，正如我们不要冤枉魔鬼——这种感觉，这种深信，比大家都看得见的表面上的凶横同趋炎更深一层，我们当认为是世人对于戏子的蔑视，好像是这么残忍同忘恩的，之所由来。

我不是个非常热烈地赞美胡子的人，不管它们是多么华美或者明亮，然而我自认看到下台戏子刮得非常光的脸孔，我不能不感到一种怜悯，不是近于爱的那么一种怜悯。我免不了向自己说道：这里有一个人他所采的职业一开头就要他破坏他的自我。不是靠你这人本身是怎么样，或者经过揣摩后你会变成怎样，而是靠着从你到你所打扮的他人中间阻碍是多么少，来解决你宜不宜于舞台生活这个问题。脸孔的平滑，面貌的易变，音调的范围——这些东西在别种职业里不过是好玩的成分，在这个职业里却变成工具了。

熟读波兹卫尔的约翰生传的人们会记得汤姆·苔微士这个名字常见于这本伟大传记里，汤姆是个颇有声望的戏子（据说）念《失乐园》比英国任何人都好。一天晚上，当约翰生在德鲁立剧院后台闲逛时候（我希望这是在他立下不再到那儿去的那个虔敬决心之前），苔微士走出来到前台去，穿了他所扮的角色的华丽衣服同装饰。情境是堪入画的。十八世纪伟大的，黯淡的"现实"，不朽的大人物，同这华装的小戏子。"喂，汤姆，"这位伟人说道（这是全部的故事）："喂，汤姆，今晚你是谁？""今晚你是谁？"听起来这好像是宗教论文的话，但是我想很不容易找一句答话跟人们真正的尊严不相冲突。

根据这种职业的本质我们用来辩护的最末一个理由是，故意拿替你祖国的大人们解闷同使你祖国的孩子们惊讶，甚至于恐慌，来做你终身的职业，是贬黜你自己的身价。

排演的戏剧的四分之三是，不得不是，喜剧，趣剧，杂剧。我们给人生的大空虚厌烦得要死了。我们不胜惶恐地看到我们的吃饭趣味变冷淡了。我们就诊于我们的医生，他假装出关心我们衰弱现象的样子，稍稍谈一下慎饮食，安逸，同快乐三者都可以治病，就叫我们去看丑角图鲁。若使我们很不知世故，我们也许会问哪一晚去好哩，但是假使我们问了，他会立刻答道，我们哪一晚去，这是毫无关系的，因为总是同样的可笑。可怜的图鲁呀！夜夜化妆起来做人们忧郁病的对症药方！使人们发笑并不一定是罪恶，但是以此为职业，一百晚接连着背诵另一个人所编的笑话，披上这些笑话的作者穿起来会赧颜的衣服，由我看起来，这好像是有品格，有本领的人不值得一干的勾当。

使英国大众开心是个极难，极危险的工作，因为这个吵闹的怪物有时却奇异同害羞得有如处女，假使他会下个决心不受娱乐，那么没有一个东西能够撼动他。所费的力气非常大，牺牲有甚于被尊为圣者的人们。假使你成功了，你的报酬是什么呢？请念演喜剧的戏子的传记，掩卷之后，你将看出一个戏子会很有理由去跟古代的诗人喊道："啊，我厌恶这庸俗的观众！"

我们现在转过来看一看戏子自己的证据。

莎士比亚当然是我第一个的见证。"别人让我们细问,"安诺德歌颂莎士比亚的那首美妙的十四行诗是这样开头——"别人让我们细问;你却是逍遥自在的。"关于我们最伟大的诗人我们所知道的一些已变成老生常谈了。这真是人类无限度饶舌的一个显著的成绩,同时也可以证明这个大动物是不肯被剥夺去说话的权利,他居然能够设法写下许多说关于莎士比亚是没有什么可说的;假使这位《哈姆雷物》的作者像卢骚那样喜欢谈自己,这班人所能说的话也不过这么多了。然而事实仍然是:这位作者向我们说出许多关于我们的话,他的天才使整个文明世界感到亲密,关于他自己是丝毫没有提到的,除开说他厌恶同蔑视舞台这一点。说他告诉我们了这些,我想并不是过实之言。我当然心里记着那常常引用的句子,见于那本音调甜美,情感深刻的可喜诗库,《莎士比亚十四行诗集》里。第一百十首开头是这样子:

> 唉呀!不错,我四处漫游,
>
> 把我自己打扮成五颜六色让人们瞧,
>
> 扯碎我自己的思想,将顶宝贵的贱卖出去,
>
> 在新情感上加了旧的凌辱。

一百十一首开头是这样子:

> 为我的缘故,你毁骂"运命之神"吧,
>
> 这个有罪的女神迫我干下有害的事情,
>
> 她没有好好地安顿我的生活,

只使我靠大众为生，因此生了下流的习气，

因此我的名字受了一个玷污，

我的性情几乎因此也变得像

它所做的工作，正如染师的手：

那么，可怜我吧，希望我能够更新。

这几行诗写下已经快有三百年了，但是它们好像还吐出一种真可以说是不朽的怨声。

将顶宝贵的贱卖出去。

这里，在半句诗里，说尽戏子生涯的毛病。

但是也可以说莎士比亚只是个歹角。他能够写出《哈姆雷特》同《如愿》；但是说到扮剧中的人物，前一出戏的"鬼"同后一出戏的"老亚当"恐怕是他所能演的最高角色了，莎士比亚传记的累赘作者已经无话可说，觉得很窘迫了，又天然地想关于一个大人物该写一本大书，就拉拉扯扯说一大阵莎士比亚真值得钦佩，他没有，最少他并未见得有，妒忌那班更成功的优孟衣冠同志，像普通戏子一向那样子。

这是很分明的，就是觉得非常窘迫的传记家也会想到，有了写出，而且的确写出了，《哈姆雷特》里那段独语的本领，也足以安慰一个人了，就说他所蒙的不幸更有甚于知道在一般人们的评价里某一个人大声背诵这段比他来得高明。我不相信莎士比亚妒忌理查·柏贝治，正如我不能相信米尔敦会妒忌汤姆·苔微士。但是——不管好坏，或者是不好不坏——莎士比亚总是个戏子。因此我拉他来做一个证见。

我现在——这种讨论真该截短了——乱七八糟瞎召一切曾在舞台上度过他们的时间的男戏子同女戏子，向他们提出底下这个概括的问题：你们中间有没有一个人对于你们的职业是个老实的，出乎衷心的，十分的矜夸同喜欢，或者你们是不是（说句实话）都悲哀地附和你们大师（然而你们绝没有真真关心他）的诗句，同他一气来——

毁骂运气之神，

他没有好好地安顿我的生活，

只使我靠大众为生，因此生了下流的习气。

他们全承认了，而且一致得出奇。

但是，严重说起来，我不知道有一个例外留于记载里，除非是汤马斯·柏忒吞，他执舞台的牛耳有半世纪——从一六六一年到一七〇八年——在科勒·息柏的《自传》里他可以说是不朽了，戏子也只能够这样不朽，他分明是个性格简单的人，因为他一生里只演一次慈善剧。

此外还有谁呢？倩念马克里狄的《回忆录》——他可算做舞台上的亚塔尔王。你们将看到，说起来我觉得难过，戏子所有的恶习——若使那些可以叫做恶习，其实好像是残酷环境使其不得不然，正如染师的手，贪得观众采的喝彩，无穷的自私自利，吝于赞美他人——这些恶习他全是有了；也许不像别地方那样茂盛得有如热带植物，可是也够显明了。但是我们不是也看到深深染上的；常在心头的一种受辱之感，一种永远跟舞台脱离关系的希冀？

他不喜欢他子女去看他演戏，总是惋惜——

——他不是个律师。请看这种生活同那种生活的写真。在这方面我们有马克白，这位伟大的贵族；哈姆雷特，整个近代思想界理智的象征；罗伯·勃浪宁美妙剧本中的斯得拉得福；华丽的服装，拥挤的剧院，美女，娇客；在那方面却只有一件变色的长衫，一顶发霉的假发，一所酸臭的法庭，一位耳聋的法官，一班冷淡的陪审，关于一纸提单的辩论，你的诉状代价十个金币——这笔款你还没有收到，而且你也无法追讨——嗳吓，"这真是天神与魑魅之分！"

此外，我们又有息顿斯太太的信做证据，信里提到她妹妹的结婚：

"我失掉了世上最可亲的一个伴侣。她嫁给一个有身份的人，虽然没有多少财产。我谢谢上帝，她现在离开舞台了。"这岂不是等于说"还是跟最'有身份'的人度最无聊的生活好些，比起献身舞台上"？

戏子自愿说出的证据其最甚多，其质甚可贵，而且都是可以证实我的意见的。

戏子无意中呈现出的证据我将轻轻地忽略过去。我绝不肯干那惹人厌恶的刻薄勾当，去遍搜过去已死的男戏子女戏子一大堆的弱点，虚荣同卑贱。度了一生像旋作旋辍的热病的生活，他们将睡得（我相信）很熟，而且说句公平话，我们千万不要忘却素来——等到值得纪念的那一天夫鲁德先生横冲直撞乱闹一阵——传记作家总是拿一层体面的薄纱遮住被传记的人们（这个字的锐气罗素·罗厄尔得拿他的宽肩来承当），舞台生活的记载一向却是用另一种精神来描写。我们总是知道一个戏子最大的坏处，很少晓得他最大的好处。大辟·加立克是比厄尔顿爵士具有更好的性格，马克里狄最少总同迭更司一样的善良。

可是有一部分无意中现出的证据我却要利用，因为那说出来是不会开罪于任何人的。

我们的戏剧文学是我们最伟大的文学。那是我们最大的成就。但丁也许高过米尔敦，但是莎士比亚都在他们两人之上。他是我们最美妙的成绩；他的剧本是我们最高贵的财产；是世上最值得沉思默索的东西。天天与他为伍，仔细地，缱绻地攻读他的作品——绝不是带了寻找押韵的学究精神，却是为着要发现它们的秘密，使背出的话能够感动男女的心——我们总是预料这会产生理智上，若使不是道德上良好的结果。

男人向女人所说过的最伟丽的恭维话无疑地是斯提尔向伊利沙伯·哈斯丁斯所说的那句名言。"爱她，"他说，"等于受一遍高等普通教育。"关于莎士比亚的确也很可以这样说。

但是事实怎么样呢——丑恶的，讨厌的事实？虽然有这个大便宜——跟我们文学里最高尚，最伟大的作家亲切的接近——戏子的趣味，他们的批评能力。一向是，而且此刻还是，假使没有到不值得藐视的程度，也远不如当时一般人们的智力了。我说趣味，我不是指关于裙襞，缘饰，紧身衣，袜子的趣味；却是关于更重要的事情，真正壮伟的情调同精粹纯正的诙谐。萨尔微尼扮的马克白无疑地是个巧妙的串演；然而这位伟大的戏子经过一番研究之后，写下来告诉人们说他认为梦中步行那一幕应当属马克白，不该属于他的妻子。莎士比亚同息顿斯太太的幽灵呀，你们觉得这句话怎么样呢？

这真是个奇怪的厄运，但是也可以证明戏子艺术本身的下劣，虽然他把他的信徒放在文学同艺术各种影响的当中，而且不得不告诉他以世上最佳美，最可贵的杰作，他在自己修养方面还是有向隅之感——他是艺术的奴才，不是她的娇儿。

戏剧的信徒教了我们什么呢？一点也没有！我们却教了他们。我们打头走，他们笨拙地追随着。舞台并没有叫我们承认莎士比亚天才的高超。戏子们起先不理他，后来可恶地残害他的著作；现在虽然有时逼于尊重目下大家的意见，舍弃他们戏房的传统，断然誓绝像他们前辈退特同布累狄那种修改戏文的习惯，可是在他们心的深处他们并不爱他；我们现在演悲剧的伟大戏子是脚步轻快，脸上微笑地把哈姆雷特的束腰紧身衣或晒罗克的宽阔上身衣扔在一边，去纵姿于《钟》或者《科西嘉兄弟》这类戏杂剧般的热闹。

在赏识莎氏天才这件大事情上，我们该感谢文人，不是该感谢戏子。若使有人问："戏子与文学同批评有何关系？"

我将答道："毫无关系"！而且加一句，"这足以证明我的主张。"

但是戏子有名的趣味恶劣也不完全因为他们心灵与文学没有融化在一起，它的字老是在他嘴上，它的深意却丝毫没有印到心上。还有一个事实也可以解释一部分，那就是由一个具有野心的戏子看来，坏剧本是最易串演很成功的。

阅读戏子的传记，最叫你惊奇的是他们喜欢把人们一向没有注意到的某一个剧中人物演得很出色。加立克扮《赌棍》中的柏味力得意到叫人难堪，我们很容易看出这里面的理由。在人们看见加立克所扮的柏味力之前，他们以为《赌棍》这本戏没有什么意思，的确是没有什么，除开加立克所加进去的表演。这叫做创造一个脚色，脚色创造得最多的就是最伟大的戏子。

但是编剧者的天才是戏子想一下子完全代表剧中主要脚色的一个可怕的障碍。伊文先生演哈姆雷特不管是好是坏——据我所知，他演得非常好——但是在伊文先生所扮的哈姆雷特，正如在个个其他人所扮的哈姆雷特之后，隐隐地有个比他们都更伟大的哈姆雷特——莎士比亚的哈姆雷特，真正的哈姆雷特。

可是伊文先生的马地亚斯却是完全另一回事了，那是伊文先生一手造成的。谁看完了《钟》，将走出来栖安戏院时候，会说，"演得很不错，但是我心中的马地亚斯不是这样子？"我们不是都觉得没有伊文先生就无从有马地亚斯吗？

我们最喜欢干我们能够干得最好的事情；戏子更喜欢在小事上有大成就，比起在大事上只有小成就，也是可以原谅的。

至于女戏子，那是再鄙贱不过的举动，去毁骂一个女人，因为她从事于男人仁爱为怀所让她干的惟一正当的名誉与钱财两得的职业。两世纪以来女人可以随意以此为业，虽然这是很麻烦同费劲的，她们这样干博得了历代男人的喝彩，他们肯相信凡是与他们快乐有关的事，女人生命同名誉的牺牲都是无妨。只是当她们厌倦于假装的人生，想去追求现实时候，我们才深切地觉得——我想一向是故意不去理这事实——她是个多么微弱无力的动物。

末了，我们千万别要忘却我们是讨论一个难下断语的问题，那是与内心有关系的，所以我们所用的字眼非常重要。

戏子的职业是个很值得干的吗？——这是我的问题。那也许是合法的，有用的，快乐的，但是值得干吗？

戏子的生活是个艺术家的生活。一个艺术家，不管他多么有名，只能有此一生，在那一生里也不配说干了值得干的事情，除非他打算好好地将此生供献于他所从事的艺术，别的事全不在意。戏子的艺术值得这样牺牲吗？我答道，不！

学　者

罗素（GeOrge　W・E・Russell）

　　从前有一回我写了一套"社会影象"。那些文章是试去描写被他们的境遇同职业所影响的各种人们。有一种人我忽略了，那是学者；这是因为学者；异于教师或者教授的，现在变成这么罕见的人物了，恐怕没有几位读者会认出他的肖像。因为我用"学者"这个字时，我是指不计实利地献身于智识的追求的人；不是为着什么将来的目的，也不想把所学的用到实际的事情上去。在往昔的日子里，这种的人很多，不单是大学里，那是它天然的老家，却是在一切预想不到的地方——别墅里，苏格兰堡垒里，大礼拜堂的围地内，乡下的牧师住宅里，腾普尔同林肯法学院里，阿忒尼安俱乐部里——甚至于，有时，自然把公务全疏忽了，在政府各部的衙门同内地税局里。学者，就那时候人们的解释，勤紧地读书是因为他想多知；虽然在他老年的时候，也许会发表一篇"专门论文"，一本"小册子"，或者一篇"短篇论文"，他天天所追求的目的并不是出版这些书，却是

学问本身:

"这个人决心不想'生活',只想'多知'。"

学者,作这样解释时,没有像他所应得的那样深深地得到人们的赞美。虽然勃浪宁尽力颂扬他,一般趁韵的诗人同浪漫主义者常把他拿来做笑柄:

> 你曾经在那最成熟的学者身上看出一种对于一切外炫的暗暗看轻么?
> 他的衣服是不称身的,从他的鞋子到他的领子,
> 他的头发是没有梳的,不然就是梳错了。
> 袖子太长,遮着他的手指,
> 他的脊柱弯曲,他的身体没有风姿;
> 那种心不在乎的神情引人发怒地现在他的身体同脸孔的每个动作之中。

乔治·爱略脱是非常看轻可怜的老加索绷,"玩味着关于古实同密士勿能穆这个淹博的错误"。窝德夫人的爱德华·郎干简直是比他的学生洛贝·厄尔兹密尔更无用。窝尔弗爵士拿多密尼:散普孙的不会酬应同伊拉斯莫斯·和立地的渊博来开玩笑。《愁闷的解剖》的作者——他自己总得算是一位学者,若使世上真有过一个学者——对于他的同流人们写出这个很不恭维的描摹:"勤读的学者常犯着脚风病,风邪入肺症,鼻涕膜炎,身虚,胃弱,坏眼睛,胱麻病,疝痛,不消化,紧塞症,头晕,胃气,肺痨,以及一切从坐得太久而生的疾病;他们多半是瘦,干,皮色不好;花掉了他们的财产,失丢了他们的聪明,常常失丢了他们的性命;这全由于过度的辛苦同

非常的用功。"

这一串疾病的名字已经是够长了，用不着再加上道德上的责备。然而一位有名的教师在剑桥大学对着剑桥的学者演讲时，却说出这样的劝告：

"一个人也许可以做个勤读的学生，然而只是'独善其身的'。真的，在那种缩小同自足的生涯里，甚至于就是内容更宽阔，更复杂点，含有一种特别使人们只为着自己而生活的危险。那种天天地积蓄智识，天天地耽溺在文学的或者科学的追求是一种讲究高尚的自私的最强表现之一。在年轻读书的，一个人就该注目在将来对于本代的实际服务；在年老时还念书的人，就应当此外还写文章，只图己利这个罪名总要设法减轻或者取消——减轻了，若使他打算把他所知道告诉别人，取消了，若使他借此能够献身于人类。"

这是很显明的，这位说教人很瞧不起"学者"，像前面所说的学者。在他眼里，年轻的学者只当他为着"将来对于本代的实际服务"而读书，才是可敬的；年老的学者便是预备著一本书那才是可敬的。在这位说教人的口里，"告诉别人"是等于教书，写文章，以及其他灌注智识的形式；"献身于人类"是等于分明地为着一些崇高的目的而著作，使读者可以得到教训。这类的意见，对于不计实利的学者的事业同性格都是加以贬词的，是做到那样坚固地管着现代人们的心，弄得极少数真正念书的人们好像是很不好意思，除非是他们能够说他们念书为着什么实际的目的。他们是正在教小孩子或者大学生；或者他们预备当个教授的资格；或者他们快到美国去演讲；或者他们是一部二十册的克里特历史的撰稿人；或者他们忙着弄出一个新的批评学说，那能将一切教会同信条全扫到垃圾箱里去。但是时时刻刻，在一切事情里他们老是讲实际的。他们求学问，不是为着学问自身的缘故，眼睛却是全看着实用——同利益。一位这类的学者对于一个正忙着念一本地质学的年纪轻点的人说道："下学期教学生时候，地质学对你会有什么用处没有？""没有。""那么这不是有点可惜吗？"关于一位有名的研究亚里士多德的学者，曾经有人问过——"他是为自己的快乐而念亚里士多德吗？""不，他是为着挣钱才去校订亚里士多德的集子。"我自己知道一位"在剑桥大学名誉卒业试验里考第一名的人"，他的密友们说自从他得到他的"学友"地位以后，他们老没有看他打开过一本希腊文或者拉丁文的书。"他是个事务很忙的人，他要读他的泰晤士日报"。

看了这种的学者同用功，再去看窝尔忒·赫德拉谟那类的人，人们会很锐敏地感到心神爽快。窝尔忒的兄弟刚出版一部他的《言行录》。他是一个适合我所下的定义的"学者"。他念书，因为他想多知道——全知道——一个把他迷住了的问题的内容。他的成年时期是在剑桥大学内钦格学院这个美丽区域里过去，"大规模地读书，他以为只有这样才是值得的。由他看来，一切有用的智识好像差不多是都该晓得的，为的是要做批评同解释他所中意的作家的预备。"可是"著起书来，他老是迟延，不肯出一本正式的书。"总之，他非常竭力地用功，但是没有什么当前目的，只是想能够了解他所喜欢的问题的内容。在一种自责的奇怪心境之下，他写底下这几句话给他的朋友，他许多的信他好久没有回复："并不是我忘记了我的朋友；但是一个学者他的工作是容不得怠慢的！那是太要紧了，所以无论如何要占住他的全部时间，不让他写什么别的东西。这就是威至威士的意思，当描写当时的剑桥大学时候，他说看见'学问变做自己的奴才'。"

然而，不管他是多么一心一意地研究专门的学问，那些东西一百人里。恐怕没有一个人——就说是在智识阶级里——能够跟着他研究，窝尔忒却既不是炫学的人，也不是沾沾自喜者。他是同沉闷的考古学者那班人没有关系的。若使在已是专门智识内我们能够有更进一步的专门，那么赫德拉谟的"专门的专门"是希腊抒情诗韵律的精髓。在一位学者之外，他又是一位诗人，同一位更出色的音乐家；他用乐律来研究希腊抒情诗人的词句，这可说是照着他工作的进行的一盏明灯，把隐晦的地方化为光明，将崎岖道路变做坦途，好像他能够跳舞唱歌着，当他兜穿过别个没有得到光明的学者步履艰难地走过的地方。剑桥大学近来所产生的最出风头的古典学者前天才告诉我，我从来不懂得希腊抒情诗的真意，一直等到赫德拉谟对他唱出施蒙尼迪同莎浮的残篇，一面用钢琴和着，把诗里辞句和英国民俗的传统调子相配。

几年前，现在的三一学院院长这么美妙地说出当先生的人们的几种资格：

"先生应当是学生的榜样，在身体上好似在精神上同性格上，他们应当是活泼，强壮同有力。他们应当有新鲜空气的神情，蓝色的天，东北风，大海，大山，草原，花儿，棒球场，网球戏的神情——别要带着书房，迟睡，食而不化的'时代'，'大纲'，'纲领'，'纲领的摘要'同——更是鬼气森森的——'概略'的神情。"

正式的同专门的教读是赫德拉谟的生涯里的极小部分；但是他会碰到亟欲跟他到希腊文化这块地上乐园，在那里他是这么无比地娴熟的，年轻人们，无论男女，他都是乐于做引导他们这个工作；谁也相信，他性格的可爱的大部分原因是在他那种真正希腊式的对于人生，美形，清澈的天同户外生活的爱恋。"若使我不是一个研究希腊文学的学者。"他常常说，"我会想做棒球专家。棒球，音乐，希腊诗同打猎是我所关心的事情。"一位在剑桥大学同他一起骑马散步的朋友说："你走过'学友园',他一定要停着去看那一双白樱树,'自然界里最白的白'。他爱驰骋过某一条马路,那里两边有高高的篱笆,错杂地丛生着野蔷薇。'天是一块多花的草地:希腊人这样,他们应该知道这些东西。'他是追着猎狗的一个大胆骑者,但是这是一定要承认的,他是无规划地跑着。不只一次,当他的伴侣向左或者向右拐弯时候,赫德拉谟飞跑高兴得忘情了,会一直往前奔,像个离弦的箭,人们看他在远处还竭力跑,那天就不再看到他了。"

窝尔忒·赫德拉谟在四十三岁时忽然死去。若使这章是打算用来批评他的一生,那么一定要从道德,或者甚至于宗教方面,去讨论时间同上帝赋与的智力的最好用法;但是我的目的却是完全不涉及个人的。我只是引一个稀少的近例子,那类人快被近代生活的竞争怒潮所完全毁灭了。

我所知道的一位隐士

贝洛克（Hilaire Belloc）

在亚平宁山的一个溪谷里，天快亮的时候，我缘着一个急流的边岸下山，心里纳罕在何处我会找到休憩的所在；因为现在已经有好几个钟头了，自从我抛弃了找到一块人们可以休息的地方来过夜的希望，但是最少我也希望碰到一块干燥的沙地，上面有悬岩覆着，或者也许一床平铺的干松叶，在密密地交织着的树林的底下，在那里可以睡去，一直到太阳上升时才醒来。

当我还是辛苦地往前走，心里一半是期望，一半是漠然时候，有一个人走近我的背后，他走得很快，像一切住在山中的人们；我看出全世界里（我也说不出理由来）山居的人们走路都很快，有种活泼的态度，弯起脚来，用一种轻飘一致的步容，好像脚下的小山都是波浪，好像他们心里以为是踏着浪头而走。凡是山居的人们全是这样。但是真正的山居人们也是很少数。

这个人，我说，走近我的背后，问我是不是向某某镇去，他对我说出那个镇名，但是这个镇我既是从来没有听人说过，我就告诉他我是一些也不晓得的。我没有地图，因为那个区域没有好的地图，而坏的地图倒不如没有。那里一切镇的名字我都不知道，除开海滨几个大镇，所以我就对他说：

"关于这个镇，我什么也不能说，我也不是向那里去的。我却是想走到海滨，我知道那还要好几点钟的路，我希望在夜里能够睡一觉，在有些人家里，或者最少也在有些洞窟里，等到清早，再行出发；但是现在夜也残了，我还没有得到休憩，心里暗自纳罕，我还能够继续走路不能。"

他答我道：

"到海滨还要走四个钟头的路，但是在你到了那里以前，你会看到一条拐弯向右的小路，若使你爬上那路（因为那路是走上山的），你会看到一所隐舍。当你走抵那里时，隐士也已起来了。"

"他会正在祈祷吗？"我说。

"据我所知，他没有说什么祈祷，"我的伴侣轻快地答道；"因为他不是那类的隐士。隐士有许多，祈祷文却只有几种。可是你到的时候会看他正忙着干零碎的事情，他是个待客极殷勤的人。到海滨的路现在既是刚好缘着这里的山脚，你会同他一起俯视你脚下的海港，人烟同大路，你又能够省了整整一个钟头的时间，很可以在你到船以前舒服地休息一下，若使你的目的真是上一艘船。"

他说了这些话后，我谢他一声，送他一小块腊肠，又走我的路了，因为起先我们尚未遇着，我还是很烦闷时候，他走得比我快，所以得到了好消息，我现在却比他走得快。

一路的情形刚好像他所描状的。曙光从我背后露出，罩着亚平宁山高贵而严肃的孤峰；它先把山头的形状照得清清楚楚，拿太阳的朦胧向明的丽色来烘托着，然后在我四围的空气里产生出一种普

遍的暖气同融和气象；最后照耀着溪谷的向下开豁地方，同远远地
一片倾斜向海的平原。

白昼的新出现增加了我的力气，我更快地前进，最后到了一个
地方，那里有大理石做的，雕刻的一块平片，很精巧，很近代的，
雕着一个神秘的东西，来指明两条路的分界；我照着我的夜间伴侣
所吩咐的，顺着我的右边小路走去。

这条小路夹在崎岖的石垣中间，老是逶迤向上差不多有一里或
者一里多些，路中有几个荆棘高堤挡着，沿途有葡萄园散布道旁，
这条路既是一步步高着，人们可以从石垣的破裂处瞥见时时长大的
大海，因为当我们向上走时候，海的范围渐渐地扩大，那些很远的
小岛，起先不过是水平线边的几小朵云儿，现在却明显地浮凸出来，
变做景色的一部分，好似是内海的镶边。

最后，我走到了山顶，那里的路一转弯，就同控制海面的峭壁
并行，我看见底下有一望相连的大块平野，居在地盘的下陷同远岸
间；在现在光明的曦日之下，人们能够看出这块平原全填满了努力
的耕作，填满了房屋，幸福同住民。

在远方，稍近北边点，躺有一大块市镇；伸出到地中海去，带
有命令同希望的姿势的，却是海港的新手臂。

看了这些东西使我心满意足。我不知道这是彻夜不眠的结果，
或者是光暗相对比的结果，但是从在大山里度过的寂寞的夜里走出，
跟太阳光一起来到平原的文化区域，这的确是人生所能给我们的无
上快事，只要他肯去受那苦痛同后来的安慰。我刚在这样玩味目前
的好景，就觉得在我右边有一个洞窟这类的东西，或者该说是一个
精小，收拾得很干净的神龛，从那里来有一声招呼。

我转过身来，看见那里有一个人，年纪不大，可是很可敬的样

子。他大约有五十五岁，或者还不到，但是他让他的灰白色头发生得很长，他的胡子是很丰满，很美丽的。向我招呼的就是他。他穿一件长衫，坐在一张近代的，稍近奢华的椅子里，旁边有一张低矮的，栗木做的长桌，桌上他排了几本书，我看那是好几种文字写的，有两本不只是英文的，上面还盖有一个英国流通图书馆的图章，这图书馆是在我们脚下的大镇里办公。桌上还放有预备好了的早餐，白面包同蜂蜜，一个棕色大咖啡瓶，两个白杯子，一个银碗里盛有些羊奶，他请我同他共享这个早餐。

"这是我的习惯，"他说，"当我看到一位旅客走上我的山路，就替他预备了一个杯子同一个盘子；或者，若使是中午，一个玻璃杯子。然而在晚上，从来没有人来过。"

"为什么没有人来呢？"我说。

"因为，"他答道，"这条小路沿着石岩的边际只能再走几码，就陡断了变成一片峭壁；我们所站的平台差不多是路的极端了。真的，我拣选这块地方住，就是为着这种地势，我初次来时，从它的高度同孤独看出这是最合于做我的隐所。"

我问他那是几年前的事，他说差不多有二十年了。他又说，这二十年里他老是住在那里，每季中到平原去只有一两回，他稀少的伴侣是带东西上去给他的人们同有些日子里的农夫，当他们辛苦地到近山顶他们的田地内去耕作的时候；此外有时一两个像我这样的偶然旅客。但是这班人，他说，不能做他的好伴侣。因为他们常是拐错了路，迷途的人，走到他这块高地时气也喘不过来了，总是很生气。我请他相信不是我的情形，因为夜里有个人告诉我怎样去找他的隐所，我是存心来拜望他的。听着这话，他微微地一笑。

我们现在同坐在桌旁，这样子吃着谈着，我就问他有没有圣者的名望，人们有没有白送食物给他。他有点迟疑样子答道，他想他有个会巫术的名望，却没有什么别的，所以有时他不容易说动跑差将他从下面店里定的英美书籍带上给他，虽然这些书全是顶老实不过的，照例是妇人或者学士院会员写的小说，旅行家的记录，十八世纪的杰著，或者老年政治家的传记。至于食物，那里的人民的确是替他带来，但不像牧歌里所说的全出于殷勤；却是刚相反，他们要很贵的代价，他最大的困难是在于面包；因为陈腐的面包是他所最厌恶的。关于宗教这件事，他不说他没有一个宗教，却要说他有好几个；不过在这个季节，当大地上一切都是新鲜的，欣欢的同有趣的，他用不着什么宗教，把它们全搁在旁边了。因为他最后这句话于我是没有意义的，我就转到别事上头，问他道：

"在任一的幽处里，冥想总是心灵的主要事务。你说你不行什么宗教仪式，那么在这里怎样度你的寂寞时光呢？"

答这个问题时他变成更兴奋些，说话的声音里带一种笑声，仿佛是好像他又年轻起来了，好像我的问题勾起他的充满了甜蜜的回忆的一生往事。

"我冥想的对象，"他说，很带劲地做出许多的姿势来表情，"是下面这块宽阔隆盛的平原：这个大城以及它的海港同它的不断的商船来往，这许多道路，这许多正在建筑的屋子，这许多每年耕种有收获的田地，这种永久不歇的人们活动。我观察我的同类，我以为他们也是我的荣誉；我同他们隔得太远了，不会给它们里面个人的冲突所扰乱，然而也都还相近，这么多的生命活力的景象可以做一个日日在目前的伴侣。早上，当他们都在做工时候，我从他们的努力得到灵感；在中午同下午，我也有些感觉得他们坚忍精壮的耐劳；当黄昏到了，太阳渐渐扩大走近海缘，一切的工作都停止了的时候，我的心充满了他们的安息。从薄暮一直到黑夜里，港的前面的灯光使我记起他们，当我已不能再看见他们结群同工作；此外使我念及他们的是白天工作疲倦后他们游戏时所爱弹的音乐同他们唱到深夜的远远歌声。

"我那时差不多有三十岁年纪（在外交家的生涯里——看过了好多地方同好多人；我的财产很不够我跟我同等的人们过一样的生活。所以我的青年时期是操心的，丢脸的同磨折的，当一个烦躁不乐的假日，我从这邦的首都里出来，偶然走到你现在所看见的这个窟洞同平台。那是一个空气会吐出天启的日子，我清澈地看出幸福是住在这山角里。我决心此后永久同这么稀罕的伴侣一起，从那天起她也绝没有弃丢过我。起先我还同世界有种接触，我去买些报纸，里面说我是被山贼枪杀了，或者说是给野兽吃了，但是这个玩意儿我很快也厌倦了，现在我连我的同伴的名字都忘记了。"

我们就静默着，后来我说："但是有一天你会孤单单地死在这里。"

"这有什么不可以？"他冷静地答道。"不过遇到我的遗体的人们会觉得讨厌，但是我都已经是漠然不知了。"

"这是亵渎神圣的话，"我说。

"圣·安秃尼派的神父也是这样说，"他立刻答道——但是这到底是一句责备的话，一句辩辞，或者仅仅是一句注解，我是没有法子知道的。

一会儿，他劝我在暑气会使我不好走路之前开始下山到平原去，所以我就离开他，当时也念一本真·奥斯腾的小说，从那回以后，我总没有再遇到他。

在我的旅行里所碰到的许多奇怪人们里面，他是最奇怪，可是也不是最不幸的一个。我所写关于他的话，每字都是真的。

一个旅伴

加德纳（A·G·Gardiner）

我不知道我们是哪个先到车里。真的，有好久时候，我还简直不晓得他是在车里。那是由伦敦到密特兰里一个小镇的最后一趟火车——一种沿途停歇的火车，一种无限量地从容不迫的火车，这类火车使你了解什么叫做永劫不灭。当它出发时候，乘客也都挤满，但是我们在外郊各站都有停车，旅客就单独地或者两人作伴地接连着下去；当我们离开伦敦的远郊时候，车上只剩我一个人了——或者要说，我想车上只剩我一个人了。

独坐在一辆轰轰地颠簸着穿过黑夜的车子，会感到悦意的自由。那是一种很可喜的自由同无拘束。你爱做什么，就可以做什么。你可以随意大声地对自己说话，谁也不会听到你。你可以同琼斯辩论那个题目，意气扬扬地将他驳倒，用不着怕他会还嘴。你可以倒栽地站着，谁也不会瞧见你。你可以唱歌，或者跳二拍子的圆式跳舞，或者练习打枴球的一种手势，或者在地板上玩石球，谁也不来干涉你。你可以打开窗子，或者关起，绝不至引起反对。你尽可以将两扇窗子全打开，或者全关起。你可以坐在你所中意的角上，可以将所有的座位一一依次试过。你可以手足伸直躺在垫褥上面，享受破坏"地方保护法"的条例，或者碎了她自己的心的快乐。不过"地方保护法"不知道她自己的心是破碎了。你甚至于能够躲避了"地方保护法"的注意。

那个晚上，我并没有做些这类的事情。这类想头刚好没有到我心上来。我所做的是更普通得多的事情。当我最后的一个旅伴下去之后，我放下我的报纸，伸一伸我的手臂同我的双脚，站起，从窗口望着恬静的夏夜，我的车子正从那里穿过，看到尚逗留在北天的淡淡的白昼余意；走过车子的那头，从别个窗口里望出；点一根香烟，坐下来开始读书。到那时候，我才觉到我的旅伴。他走来，坐在我的鼻上……他是属于那种有翅的，会咬人的，勇敢的虫子，我们模模糊糊地所叫做蚊子是也。我轻轻地把他弹开我的鼻子，他在房里旅行一周，观察他的四围，拜望每个窗口，绕着灯光飞翔，决定没有一件东西有基角上那个庞大的动物那么有趣，又来看一看我的颈项。

我又轻轻地把他弹开。他盈盈跳起，又环着房子逍遥一次，飞回，大胆地自己坐在我的手背上面。这很够了，我说；大量也有相当的限度。你两回得到警告，我是位特殊的人物，以及我尊严的身体不甘于受生人们这种搔撩的无礼。我戴上了黑帽子。我判下你的死罪。这是公理所需要，而法庭所断下的。你的罪状很多。你是个流氓；你是个为害于公众的妨碍；你旅行没有买票；你没有吃肉的准单。为着这些同许多其他的不法行为，你现在将受死刑。我用右手发一个迅速的，致命的打击。他避着我的进攻，那种骄傲地一点儿也不费力的神气使我难堪。我私下自负的心情也被激起了。我用我的手，用我的纸来向他冲锋；我跳到座位上面，绕着灯儿赶他；我采取猫儿的诡计，等到他停着不飞时候，用可怕的潜行走近，忽然地骇人地飞手打下。

这也是徒然的。他是公开地分明地跟我开玩笑，像个精练的斗牛者缠着发怒的牡牛来弄手段一样。他明明是在那里寻开心，他就为着这缘故才来扰乱我的休憩。他想找些游戏，那种游戏比得上被这个庞大笨拙像风车的动物这样赶着，他身上的肉又是那么可口，他又是这么不中用，这么傻瓜样子？我渐渐钻到这家伙的心里去。他已经不只是一个虫子了。他化成一个有性格的东西，一个有理性的动物，居着同等的地位，来跟我争这间房子的占有权。我觉得我的心向他动起好感，我自高的感觉也渐渐消灭。我怎样能够觉得比他高明，他在我们所曾交手过的惟一竞争里既是这么显明地胜过了我？为什么我不再慷慨起来？慷慨同慈悲是人类最高贵的德性。使用起这类高尚的品性，我能够恢复我的威势。现在我是个可笑的脚色，激起狂笑同嘲弄的东西。当我现出慈悲的样子，我能够重新拿出人类道德的威严，荣耀地回到我的角上去。我取消了死刑的判决，我说时就回到自己的位子。我不能够杀你，但是我能够展缓你受刑的时期。我就这样干去。

我拿起我的报纸，他飞来，就坐在上面。傻东西，我说，你自己投到我手里了。我只须将这个可尊敬的每星期出版的言论机关两面合着一打，你就是一具死尸了，清清楚楚地像面包中间的火腿一样，夹在一篇关于"和平的圈套"同另一篇关于"许斯先生的谦逊"里面。但是我不这样子干。我既宽展了你受刑的日期，我决定要使你相信，当这个庞大动物说一句话时候，他是打算践言的。并且，我也不想杀你了。因为知道你更透彻些，我渐渐觉得——我要讲出吗？——有些爱你了。我猜圣·佛兰西斯一定会叫你做"小弟弟"。在基督教徒的慈爱同礼貌方面，我不能做到他这种地方。但是我也承认一种较疏远些的关系。命运使我们在这夏夜里成为旅伴。我鼓起你的兴味，你也使我快乐。大家彼此互相感德，这全由于一个根本事实，我们同是会死的东西。生命这个奇迹是我们所共有的，生命的神秘也是大家有份儿的。我猜你全不晓得你的旅程。我不敢说，我对于我的旅程知道了多少。我们真是，若使你去想一想，很相像的——都是现在活着，后来消灭了的浮生幻影，从夜里出来，飞到点着亮的车子，绕着灯飘游一会儿，又回到外面的夜里去了。或者……

　　"今晚还往前走吗，先生？"窗口有一个声音说着。那是一个好意的脚夫给我一个暗示，这是我下车的站了。我谢谢他，说我刚才一定是睡着了。抓着我的帽子同手杖，我走到外面清凉的夏夜里。当我关着我那段车子的门时候，我看见我的旅伴绕着灯儿飘游……

她最后的一块银币

约翰·布朗（John Brown）

我曾经有过朋友——虽然现在谁也厌弃我了，
我曾经有过父母——他们现在都在天堂。
我曾经有过家庭——

苦痛，罪恶同冻饿磨坏了她的精力，
流浪者往下堕落，死神抓住她的知觉。
陌生人在早上看她躺在那里——
上帝已经释放她了。

骚狄

休·密勒，地质学家，新闻记者，又是一个具有天才的人，在他的报馆里坐到更深，一个凄凉的冬夜里，书记们已经全离馆了，他也正打算回去，门外有匆忙的敲门声音。他说"进来"，向着门口望，看见一个衣服褴褛的小孩，遍体给雨雪淋住。"你是休·密勒吗？""是。""玛丽·达夫要你。""她要什么？""她快死了。"对于这个名字的一些模糊的记忆使他立刻出发，穿着他那套有名的格子纹呢衣，拿着他那条有名的手杖，他很快地就跟着小孩子跨着大步往前走，那小孩子急急地穿过那时已绝人迹的亥街，走向卡侬盖提去。当他走到老戏院小巷时候，休唤起他心中关于玛丽·达夫的记忆；一个活泼的女孩，在克洛麦替地方和他一起长大。前次他遇到她时是在一位互助团同志的结婚场中，在那里玛丽是"新娘伴"，他是"新郎伴"。他好像还看到她的晴朗，年轻，无忧无虑的脸孔，她的洁净短衫，同她的深色眼睛；他好像还听着她的嘲笑快乐的声音。

　　这个穿着百结衣的小姑娘跑下这条小巷，走上一个朝街的楼梯，休很困难地紧跟着她走；在弄堂里她伸出她的手，牵着他；他用大手掌拿着，觉得她缺个大拇指。在黑暗里她找她的路像一个猫样子，最后开一个门，说道，"那个就是她！"一溜烟就不见了。借着将熄的火光，他看见在一个广大空虚的房间的基角上，躺有个像女人衣服的东西，走近时候，才知道有一个枯瘦无血色的脸孔，同两个深色的眼睛极注意地，但是绝望地望着他。这对眼睛分明是玛丽·达夫的，虽然他认不出她的别点相貌。她静静地哭着，不转睛地盯着他。"你是玛丽·达夫吗？""我现在变成这样子了，休"。她接着鼓起劲要向他说话，分明是很要紧的话，但是她说不出来；他看她是病得很厉害，这样勉强只是使她自己更痛苦，他就将一块值得二先令六便士的银币放在她发烧的手里，说明早他会再来看她。他从邻近的人们探不出她的近况：他们不是无礼地不答，就是已经睡觉了。

　　当他第二早又到那里时候，小姑娘在楼梯顶遇着他，说道："她已经死了。"他走进去，看出这句话是真的；她躺在那里，火也灭了，她的脸貌是安详恬静的，恢复到她年轻时的状态。休想他现在绝对认得出她，虽然她那对明媚的眼睛是像现在这样子闭着，永久地闭着。

找出一个邻居，他说他愿意替玛丽·达夫安葬，他同巷里一个经理葬事人商量好埋葬的手续。关于这个可怜的流浪者的身世，大家好像知道得很少，只晓得她是个"轻薄的"或者，所罗门一定要说，"奇怪的女人"。"她喝酒吗？""有时。"

埋葬那天，巷里有一两个居民随着他到卡依盖提礼拜堂坟地去。他看见一个容貌端庄，躯体短小的老妇人注视他们，远远地跟着走，虽然那天有下雨，又是酷冷。墓填满了，他也脱了他的帽子，当人们把土放上，用手打好的时候，他看这位老妇人还滞在那里；她走前，行个屈膝礼，说道，"你想知道这个姑娘的事情吗？""是的；她年青时，我也认得她。"那妇人不禁泪流满面，对休说她自己"在巷口开一间小店，玛丽常来买东西，总是准期还钱，我就怕她是死了，因为她欠我两先令六便士已经有一个月了。"然后用严肃的脸色同声音，她告诉他在他被叫去那一夜，他一离开，她在房里就被一个人叫醒；借着她那熊熊的火光——因为她是一个过安乐小康日子的女人——她瞧到这个憔悴快死的女人走前说道，"这是一块二先令六便士的银钱吗？""是的。""我放在这里。"将钱放在枕垫底下，她就不见了！

可怜的玛丽·达夫！她的生活一向是悲哀的，自从那天在他们朋友的婚礼场中她同休并肩站着以后。她父亲死后没有多久，她母亲占有了她所倾心的男人的爱情。这个大打击使家庭变做不能居住的地方。她从家庭里跑出，带着失望同悲酸，经过了耻辱困苦的生涯，爬到她房间的角上，孤单单地死了。

　　耶和华说："我的意念，非同你们的意念，我的道路，非同你们的道路。天怎样高过地。照样我的道路，高过你们的道路，我的意念，高过你们的意念。"

一个单身汉对于结了婚的
人们的行为的怨言

兰姆（Charles Lamb）

　　我是一个单身汉，一向费了好多时间，去记下"结了婚的人们"的缺点，借此来安慰自己，因为他们告诉我，我始终过现在这种生活，是失丢了许多高尚的快乐。

　　我不能说人们同他们妻子的吵嘴曾经给我什么很深的印象，或者怎样地更坚固我这类与社会组织相冲突的主意，这类主意我是早就打定的，却是为着一个更结实的理由。走到结了婚的人们的家里，最常使我生气的是一种和这个大不相同的错误：——那错误是他们太相爱了。

　　也不是太相爱了：这句话不能够说清我的意思。并且，我何必因此生气呢？他俩为着要更亲密地彼此相伴，把自己两个同世上别人分开，单单这种举动早已含有他俩彼此偏爱胜过世上一切人的意思。

可是我所不满意的是他们那样不隐藏地现出他们的偏爱，他们那样无耻地在我们单身汉面前排场，你只须同他们一起一会儿，他们绝对要使你觉到，用些间接的讽示或者分明的直言，"你"不是这个偏爱的对像。有些事情当暗暗地含在意内或者仅仅姑以为然时，并不会开罪于人；可是一说出来，那就存有不少的侮辱意思了。若使一个人跑去招呼他最初认识的长得不漂亮或者穿得不讲究的年轻姑娘，蠢钝地对她说她的容貌或者财产配不上他，这种人真该挨踢，因为他太无礼了；可是这个意思也同样包含在这件事实里面，当他有向她求婚的路子同机会，却始终没有想向她求婚。这位年轻姑娘也会很明白地知道了这个意思，可是没有个明理的年轻姑娘会想拿这个来做吵嘴的理由。同样地一对结了婚的人们没有什么权利，配用话或者同说出的话差不多是一样地分明的脸孔来告诉我，我不是那种有幸福的人——姑娘所中意的人。我自知我不是那种的人，这已经是很够了；我不爱受这样继续不断的提醒。

炫学同夸富可以弄得使别人很难堪；但是它们还能够有点好处。特意搬出来做侮辱我用的学问或者偶然会增长我知识；在富人的屋里，在许多古画中间——在他的猎苑同花园里——我最少有暂时享用的权利。但是结婚幸福的夸示却连这些聊以减轻苦痛的好处都没有；那是种十分道地，没有补偿，没有限制的侮辱。

结婚，就是从最好的方面去着想，也只是一种独占，而且是一种最易招忌的独占。一般得到什么独享的权利的人们常有一条狡计，他们尽力地使人们看不到他们所占的便宜，这么一来那班运气赶不到他们的人们既是不大看出他们所得到的好处，或者会因此不大想去争这个权利。但是这群婚姻上的独占者却反将他们的独享权的最可憎的部分强放在我们面前。

天下里我所最讨厌的是新婚夫妇脸上射出的十分自得同满意，——尤其是在姑娘方面。那是等于告诉你，她在世界上已经得个归宿，"你"不能够再对于她有什么希望了。的确，我是没有希望的；也许我并不希望。但是这是属于那类事实，应当，象我前面所说的，认为大家知道的，不该明说出来。

这班人们常拿出顶骄傲的神气，以为我们没有结过婚的人们对于许多事情是没有经验的，若使这种神气不是那样子不合理的，却会叫我更感到不快。我们肯承认他们对于本行的神秘，是比没有福气享受那权利的我们更懂得透彻；可是他们不甘于拘束在这个范围里面。若使一个单身汉敢在他们面前说出自己的意见，虽然是关于最不相干的题目，他们会立刻止住他的口，以为是个没有说话资格的人。不，我认得有一个结了婚的年轻姑娘，最可笑的是她出嫁还不到两星期，当讨论一个问题时候，我不幸同她的意见相反，那是关于销卖给伦敦住民的蚝要怎样培养才是最适当的，她居然冷笑一声问我，像我这样一个老单身汉怎配说也懂得些这类的事情。

我前面所讲的可说是算不得什么，若使拿来同这班东西后来的气焰一比较，当他们开始生了小孩子时候，他们多半是会有小孩子的。我一想到小孩子是多么普通的东西——每条街同死胡同里总是有一大群的小孩——最穷的人们在这方面常常是最富有的——结婚了而得不到这种宝贝的人们是多么少数的——多么常见，这班小孩子长大时候变坏了，使他们父母的一场痴望终于落空，走上罪恶的路，结果是穷困，丢脸，上绞架等等——我实在说不出，就是要我的命，也是说不出生了小孩会有什么值得骄傲的地方。若使小孩子真正是雏凤，世界上一年只生一个，那还可以有个借口。但是当他们是这么普通——

我并不是说到生了小孩子后，她们对于丈夫的居功。这件事让他们自己去管。但是为什么不是她们的天生奴隶的"我们"也该献上香料，没药同乳香——我们的贡物同表示我们赞美的敬礼，——我真是莫名其妙。

"少年时所生的儿女，好像勇士手中的箭"：我们"诗篇"里指定给女人产后感谢式时候用的优美的祈祷文是这样说。"箭袋充满的人便是有福"：我也是这样说；但是可不要让他将满袋的箭朝着没有武器的我们发射；——就让他们化做一束的箭吧，可是不要来擦伤我们，刺杀我们。我常常看出这类箭是带有两个箭镞的：它们有两个铁叉，这个打不准时，那个一定会打准。比如，当你走到一个住满了小孩子的家庭，若使你刚好没有去睬他们（你或者心里想着别种事情，不去理他们天真的拥抱），他们就断定你是个顽梗的，怪脾气的，小孩子的厌恶者。反过来说，若使你觉得他们是特别有趣的——若使你爱上了他们可喜的态度，认真地来同他们一起乱跳乱闹，他们的父母一定要找出些理由，将他们调动出房外：故意说他们嚷得太厉害了，或者是喧闹得太过了，或者说——先生是不喜欢小孩子的。用这个，或者用那个铁镞，那支箭总能够打伤了你。

我能够原谅他们的猜忌，情愿不去玩弄他们的小孩子，若使他们因此感到什么痛苦；但是我想那是很无理的，要我去"爱"他们的小孩子，当我看不出有什么可爱的地方，要我盲目地去爱全家的人，或者八个，或者九个，甚至于十个，——去爱所有顶乖的宝宝，因为小孩子是这么有趣的。

我知道有句俗谚说，"若使你爱我，请你也爱我的狗。"这不是老是那么容易实行的，尤其是若使那狗受了唆使来跟你捣乱，或者咬你来开玩笑。但是一只狗，或者一件更细微的东西，——随便什么无生命的东西，象一件纪念物，一架表或者一个指环，一口树，或者当我朋友将出外要好久才能回来，我们最后握别的地方，我能够因为我爱他，而设法去爱这些东西，以及凡是会使我记起他的东西；不过这些东西本身要没有什么意义的，容易接收想象所给它的色彩才行。可是小孩子们有一个实实在在的性格，他们自己有个不可磨灭的本性：他们是可爱的，还是不可爱的，全靠他们自己的价值；我爱他们或者嫌他们，一定要照着我看他们的性质内有什么可爱或者可嫌的理由。一个小孩子的性格是太重要的一件东西，绝不能够把它只看做别人的一个附属品，跟着来受我的爱憎：据我看来，小孩子却有他们自己的价值，像大人们一样。呵！你又要说，但是他们的确是正在可爱的时期——小孩子在稚年时候真有种迷住我们的魔力。不错，所以我对于他们格外苛求得厉害。我知道一个甜蜜可爱的小孩子是自然界里最甜蜜可爱的东西，甚至于比他们的幽娴纤弱的母亲还要可爱；但是一类的东西越是悦意，我们越想得到那类中间最悦意的分子。一朵雏菊在艳丽方面跟别一朵没有什么多大的分别；可是紫罗兰却该找那色香都是最精美的。——我对于所认得的女人同小孩子也总是喜欢这样子加以挑剔。

但是这还不是顶坏的：最少她们先要让你同她们很亲密，她们才能说你对于小孩子的冷淡。她们总还让你去拜望她们同相当的来往。可是若使那丈夫没有结婚以前一向同你是很有交情的——若使你不是从他的妻子而认得他——若使你不是偷偷地跟着她的裙裾到那家里，却是那家里的一个老朋友，素来是过从非常亲密的，那时他们的婚事简直还没有想到——可是你要当心——那个屋子的享有权你是随时有被夺的危险的——还不到一年，你就看出你的老朋友对于你渐渐冷淡了，态度也变更了，最后他就去找个机会来同你破裂。在所认识的结过婚了的朋友里，我能够信得过他们的恳挚的，几乎没有一个不是在他"结婚时期以后"我才和他生出交情的。在相当程度之下，她们能够忍受这类交情：但是若使丈夫居然敢同人结下了严重的友谊关系，而未曾向她们商量过，虽然那时她还没有认识他——他们现在是夫妇了，那时却还没有见过面——她们觉得这是不可忍耐的。每个有很久历史的友谊，每个靠得住的老交情都得拿到她们的公事房里，按着她们的制度重新盖印过，好像一个皇帝下令将前朝（那时他还没有出世，或者谁也没有想到将来会有他这个人）铸的良好的老钱要重新印过铸过，加上他的朝号，然后才让它通行世界。你们可以猜出在那些"新铸的人物"里面像我这样一个锈色斑斓的古板家伙常常会碰到什么运气。

她们有数不尽的法子，来欺侮你同瞒骗她们的丈夫，使他对于你失丢了信任。无论你说什么，她总是装做很惊愕的样子大笑。仿佛你是个会说俏皮话的怪物，但是的确是"一个奇人"——这是一个法子；——她们有一种特别的睨视专做这个用；——她们的丈夫本来是很顺从你的主张，愿意忽视你的意见同态度上有些古怪的地方，因为他看出你通常的想头（也不十分粗熟）倒还不错，现在却开始怀疑你到底是不是一个完完全全的滑稽家——那种人是他当单身汉时候的好伴侣，但是若使介绍给姑娘们，却有点不大好。这个可以叫做"睨视"的法子；是最常用来抵抗我的。

此处还有个"形容过实"的法子，或者可以叫做"反语"的法子；那是当她们看出你是她们丈夫所特别看重的人；知道他那种坚固的交情不是这样容易地可以动摇的，因为那是建设于他对于你的尊敬上面；于是你每回讲一句话或者做一件事，她们就拼命地言过于实地赞美，她们的丈夫也很明白这全是为着要悦他的意，心里自然很感激她这么慷慨的举动，等到后来他对于自己不断的感激生了厌倦，就将他的友谊放松一些，把他对于你的热情降下几度，一直堕落到对你只存一种普通的好感，只具有个适度的尊重，——一种"相当的感情同皮面的厚意"；这种态度她才能够跟他同情，不至于损害到她的至诚。

还有一个法子（她们达到这么可爱的目的的法子是无穷的）是假装天真无知的神气，老是故意看错她们丈夫起先所以会爱你是为了什么。若使他是为钦重你的道德，才来同你结缔她现在所要打断的关系，她会随意发现出你的说话是太不俏皮了，高声地叫道："我记得，我亲爱的，你说你的朋友——先生是一个大滑稽家。"反过来说，若使他是因为你的谈吐好像很有些妙处，才开始来喜欢你，因此愿意宽恕你在道德方面细微的不轨，她却一看出你这些毛病，就立刻喊道，"我亲爱的，这是你所谓道德完好的——先生。"我曾经大胆地对一位太太理论，说她待我的礼貌有差，没有把我当作她丈夫的老朋友看待，她倒是很老实地向我自认，她在没有结婚以前常听到——先生说我，她就很想同我认识，但是一见到我，却大使她失望；因为从她丈夫所说的关于我的话，她造成一个观念，以.为她要看到一个漂亮的长得很高的，有军官的仪态的男子（我用她自己的话）；而事实却刚刚是相反的。这可说是很坦白的谈话；我却有点客气，没有去报复她，问她怎么会忽然间对于她丈夫的朋友的外貌有一个同她丈夫自己的外貌这样不同的标准；因为我朋友的身材同我是再相近也没有了；他穿着鞋子时候有五尺五寸高，我却占了便宜，比他差不多高了半寸；他在态度同脸孔上是同我一样地没有现出什么英武性格的表征。

这些不过是我傻瓜地跑去拜访他们时候所挨的侮辱的几种。要想把那许多的侮辱一个一个说出，那是办不到的事：所以我现在只将结了婚的姑娘们最常患的一种失礼稍为提一下，——那是待我们仿佛是她们的丈夫，待她们的丈夫又仿佛是她们的客人。我是说她们对我们很随便，对她们的丈夫却很客气。比如忒斯他西亚有一天晚上使我等到比我通常晚餐时间迟两三个钟头，她在那里所焦急的，却是——先生还没有还家，弄得那晚上所吃的蚝因为放了太久，全变味了，可是她总不肯对她的丈夫失礼，在他还未回家以前开宴。这是把礼貌的意义弄颠倒了，因为礼貌的产生是为着要免去一种不安的感觉，那是当我们知道自己在别一个人的眼里不如另外一个人那样可爱可敬时候所感到的。他在细微事情方面对你加倍殷勤，想用此来补偿在重要地方他那种可妒忌的偏爱却是不能给你。若使忒斯他西亚将蚝留着给我吃，拒绝了她丈夫的先行开宴的要求，那么她的举动是非常合理的。我不知道在贞娴态度同端庄举止之外，做妻子的对于她们的丈夫还要拘什么别的礼貌：所以我一定要反对塞拉西亚的为虎作伥的饕餮，她在自己家里的餐桌上，将我吃得正津津有味的一碟摩勒拉斯地方的樱桃拿去，送到坐在桌子那端的她的丈夫面前，却换一盘没有那么神妙的洋莓给我的没有尝过结婚乐趣的味觉。我也不能原谅那种轻佻的无礼，那是一位——

可是我已厌倦于这样用罗马的古名来将我所认得的结了婚的朋友——揭示出来。让他们自己去悔过，改换他们的态度，否则我是要把他们真名字的英文字母全写出来，使这类横行无忌的罪人将来有所忌惮。

吉诃德先生

雷利（Walter Raleigh）

一个西班牙的武士，大约五十岁年纪，在拉曼差村中度着非常穷苦的生活，拼命地念那谈游侠的浪漫小说，这种书他收集了好多，最后竟把他头脑弄糊涂了，没有事情能满足他，一心想要骑了他那老马到外面去，提着长矛，戴起甲胄，当一个游侠，去冒一切的危险，来伸雪世界上数不尽的不平事件。他引诱了一个邻居，一个又穷又傻的农夫，名字叫做山差·邦札，骑一匹很好的驴子，跟他当从卒去。这武士只有从他所爱的浪漫小说这面镜子里看到世界；他把小旅馆错当做魔堡，风车错当做巨人，又把乡村姑娘错当做浪落在外面的公主。他的豪气同勇敢始终不衰，但是他的幻觉却给了无穷的麻烦给他。用保障公道同游侠精神的名义，他把自己插入在他所碰到的人们里面，凡是他以为是拿权力来做压迫或者横暴用的人们，他都要殴打他们。他同那可怜的从卒到处挨打，受鞭挞，被骗，受人们的嘲笑，等到最后靠着他村里老朋友的好意，同那些被他幻觉所含有的可爱而慷慨的性质所感动了的几个新朋友的帮助，这武士才医好了他的瞎想，给人带回到他故乡家里，以后就死在那里。

　　这是《吉诃德先生》这本书的本事；这好像是一个琐屑的骨子，在可以叫做世界上最聪明，最伟大的书面上讲起来，没有什么虚说。这是一本老年人做的书，里面包含着已经懂得忍耐的热烈心的一切智慧。莎士比亚同塞文狄斯是同日死的，但是若使塞文狄斯的命也只有莎士比亚那么长，我们就不会有《吉诃德先生》这本书。莎士比亚自己没有写过什么东西，有这样充满了经验的各色材料，这样恬静稳健地照出温和的智慧，对于世界的力量有这么明亮地看到；就是替雄豪心肠人辩护说话时候，莎士比亚也不能比他勇敢。设使请把拉替力亚的地方官来裁判这两位大作家的案件。他的判决词常是简单明白得出奇。或者他要规定，因为莎士比亚是五十二岁死的，塞文狄斯比他多活十七年，一个人所以要整天整夜念莎士比亚，等他活到比莎士比亚死的时候年岁还大，以后，做他暮年的安慰，他可以到塞文狄斯所开的更严肃的学校去。然而不是每个人都能够比莎士比亚命长，而且有那么长寿命的人里，不是每个人都学到随着年岁长进的法术，所以照这个规定，这位西班牙先生的熟朋友一定比不上那斯徒拉福高等典吏儿子的范围那么广。他确是没有那么多好朋友；但是他那得天下人的欢迎的力还是一样地不会失丢。他老是，将来还是一样地摄引一大群读者，当这班读者看到这位糊涂的武士先生所受的可笑苦难，人家同他捣乱的诡计，他那种多愁多难的古怪外表，他所听见的情史恋歌，他所碰到的各样各色人物，他每到一个地方立刻生出来的许多灾祸事故（一大堆有趣的事情），他们得到一种简单纯粹的快乐，或者他们同样高兴地读到他的挨打，受捶，脸孔给人家抓破，同在泥洼里打转，这些他天天尝着的事情。这就是说，不大注意或者毫不留心吉诃德先生本身的人们也可以由那书里的活泼热闹情境得到趣味；他的书却是充满了这活泼热闹的情境。

我们对塞文狄斯自己一生的经验没有什么充分的记载，他的经验是结晶在这本书里，他最伟大的著作。我们知道他是个军人，在拉朋吐地方同土耳人打仗，他的左手受伤变成了残疾；过几年他又给摩尔人监禁起来，在亚鲁格尔斯受了五年的囚奴生活；他同旁人合伙想法逃走，被人发觉；当受审问时候，他将全部责任推到自己身上；最后借他家族同朋友的力量赎回来，回到西班牙去，在那里勉强地过一个穷文人的生活，有时干些政府给他的差事，就这么样子再活了三十六年。他做过十四行诗同戏剧，把他家里东西拿去上当铺过，还很知道监狱的内容。在一六○五——就是说，在他五十六岁时候——他出版第一部的《吉诃德先生》，从此以后享了盛名，虽然他的穷困还是继续着。在一六一五，第二部的《吉诃德先生》出版，在这部书里作者很有趣味地将他那第一部书拿来开玩笑，把他当作是这故事里面的人物全都知道的一本书。第二年他死了，穿个佛兰西斯教徒的衣服，埋在马德力的一个"三位一体派跣足尼姑庵"里。没有碑石指出他的墓，但他的精神已化做了一个现实同理想两境界里最温文秀雅的君子，在世界上逍遥着，碰着人谈论时，他还是主张世界上最需要的东西是游侠，去尊敬妇女，替被压迫的人们争斗，代天下人打不平。"先生们"，我们还可以听到他说这，"这就是当游侠，我所谈的就是武士派，我已经告诉你们过，我虽然不是完人，我却拿这个做我的专业，干这班有名侠士所干的事情；所以我要旅行这些荒野同寂寞地方，去冒各种危险，我曾考虑过，下个决心，为着要扶弱济贫，我愿将我这手臂同身体贡献给命运呈现在我面前的最大危险。"世界是仍然多惑而且杂乱。"由他们所说的几句话看来，"作者对前面那篇话加个按语说，"旅客们完全相信吉诃德先生有神经病了。"

有句常说的话，好多研究塞文狄斯的人有时也提到，就是说他写《吉诃德先生》的大目的是要消灭武士浪漫小说的影响。真的，他那时候时髦的读品是这些浪漫小说，里面好多是没有价值，有许多是有害的没有价值的东西，这也是真的，就是《吉诃德先生》这部书的布局也把这类小说的弱点痛快淋漓地暴露出来，他这本书的真意可以在检查书籍那件事情里看出，那回牧师，理发匠，管家人，同甥女把他所藏的浪漫小说大部分用火烧去。但塞文狄斯怎样会这么清楚地知道这些浪漫小说，说到它们里面的事情时又是津津有味，详详细细呢？而且，好几本没有受这次普通火葬的，他特别提出名字来，这也是值得注意的事。《高鲁的亚马的斯》留着，"因为这在那类书里算是最好的。"《英吉利的帕鲁买林》也得同样地赞美；牧师自己都说《白贮能提》是快乐的宝库消遣的富源。

> 真的，我要告诉你，教母，论这本书的文体，这是世界上最好的书，在本书里武士们也有吃东西，睡觉，死在床上，死以前也做好他的遗嘱，还有旁的事情，都是这类书别本所没有的。

但是塞文狄斯对最好的浪漫小说的敬重，我们可以由他常将它们的书名同荷马和维即鲁的诗连在一起提起这点上更显明地看出。所以当他们住在石于拉穆冷拉旷野，吉诃德先生教导山差·邦札时候，他提出优尼谢斯做谨慎同耐心的模范，意尼斯算做最大的孝子能将，亚马的斯却真做"被一位贵女迷住了的勇敢武士们的北极星，启明星同太阳，这班武士在爱情同游侠的旗帜下打仗，都是我们的好榜样。"若使一部这么大胆，想像崭新的著作，大部分目的却在破坏方面，那真是一件奇事，而这本书也只像个清道夫，不能得我们什么大敬礼。实在因为这本书的方面极多，一切趣味信仰都能由里面抓到一个根据。这书的真髓是一种讥讽，但是太深了，只有几个读者能够看透。好像一个矿，深处下面还有深处；许多好宝贝在容易走到的那层也可以得到。一切讥讽来批评人类不对的意思同理论时，不是用一种另外更不对的意思同理论来代替，只是将事实放在那理论旁边，做个没有说出，看者自知的评语。"宇宙之王"是个讥讽大家；人类也可以分得些他这种用事实洗净理论的快乐。比较孱弱好争的人们常常要事实来帮他那无聊的理论的忙。像塞文狄斯这样一个严肃精深的人知道事实是不能忍受这种奴使。它们不肯由那要它们下个判断的人那里得到命令，它们也不愿只在人家要它们说话时节说话。它们常常非常惊人，毫不相干地忽然冲进那人们细心料理得很好的计划里。它们不是解释得丢的，好多人自己以为很有把握不会受惊，却给爱情同死亡吓住了。

《吉诃德先生》书里最浅的那层讥讽，谁也看得到，谁对这容易了解的讥讽，也感到趣味。这位糊涂老先生想把他那老旧的思想在这忙碌自私平庸粗俗的世界上应用，就是由知识能力最下等人看来，也觉得是一个可笑的人物。但是再想一下，我们的轻浮乱笑就会有一个制止了。天下所有的道德好心是不是都同吉诃德先生在同样的情形中呢？作者到底是不是要说，世界已经很好了，所以这班想去把它再变好的人们是错的？若使这是他的意思，为什么在我们念这书时节，我们一步一步地觉得这位武士先生更可爱，等到最后我们

255

对他的爱敬简直是无限量的？书中所含的批评会不会像个两边都是
锋利的刀，而我们看着很高兴地狂笑的事情会不会就是世界上的缺
陷呢？

塞文狄斯写这部小说时的一件奇事是他那绝对忠实同坦白的态
度。他并没有什么事情说得半吞半吐。他书里的世界的一切动作是
像一个日常事情给个疯子捣乱得乱七八糟的世界。失败接连着失败
跟在这可怜的吉诃德先生脚后，他当时又没有什么赫赫虚名可以补
偿他这物质上的灾祸。"凡是把我这个人拿来写成一本书的人，"这
位武士先生当他同单身汉森卜新谈论时候，他沉思地说，"只能使极
少数人高兴"；这位单身汉替他找出的惟一的安慰只有这点，就是天
下愚人的数目是无限的，他们却都喜欢他冒险故事的第一部。做一
个例来说明塞文狄斯写小说的方法，让我把一个这武士最初的冒险
故事拿来述一遍，就是那回将小孩安特烈斯由压迫者手里救出的事
情。当吉诃德先生成了武士的第一天，那时他还没有一个从卒，他
骑马离开了小旅馆时，吉诃德先生听到邻近丛林里有悲诉的呼声。
他谢谢上天这么早就给他一个履行他职务的机会，把马转到那里去，
在那里他看到一个农夫打着一个小孩。吉诃德先生用了武士那一套
礼节，将那农夫叫做懦夫，挑战他来两个对打。农夫看到出现了这
样一个罕见的怪物，心里害怕，就解释说这小孩是他的仆人，粗心
得很，每天总要丢了一只羊。这事最后解决的法子是农夫恢复小孩
的自由，答应还给小孩他所欠的工钱；这位武士心里很高兴地骑马
走了。农夫就将小孩重新捆起，比平常更厉害地打他一顿，最后才
松开绳子，叫他去找他的保护者再来伸雪。"因此这小孩哭着走开，
他的主人站在后面大笑；勇敢的吉诃德先生是这样子替人抱不平
的。"后来当这武士同从卒在旷野时候，刚好那里偶然有一群人，那

个小孩也在内，吉诃德先生就述他关于救人的故事，做游侠给世界以利益的一个例子。

　　"您老爷所说的，全是真的，"那小孩子答应，"但是事情的结局同您老爷所想的大大相反。""怎么相反？"吉诃德先生说。"以后他没有还你的钱吗？""他不但没有还我钱，"那小孩说，"而且您老爷一走出森林，只剩我同他两个人的时候，他重新把我缚在起先那个树上，鞭打我那么厉害，使我简直变做同圣巴所落苗一样地剥去一层皮；每打一下，他就说几句滑稽或者轻蔑的话，来朝笑您老爷；若使我不是受那么多苦痛，我对他所说的话简直会笑起来。……这么多事情全是您老爷弄出来的，因为若使您走您的路，不管旁人的事，我主人打我一二十下，也就会打够，以后他会把我解下，还我他所欠的钱。但是因为您老爷侮辱了他，骂了他好多话，把他的怒气激起来了，他因为不能在您身上报仇，就把他全部的雷霆发在我身上了。"吉诃德先生悲哀地认了错，自己说他应当记着"没有坏人会践言的，若使他觉得不大方便照他所答应的话干。"但是他允许安特烈斯，说要替他报仇；听这话，小孩又害怕起来了。"为上帝的爱起见，游侠老爷，"他说，"若使您再碰着我，看我给人砍做碎块，请您也不要救我，也不要帮助我，还是让我挨苦痛好；因为无论多大苦痛，总不及由您老爷帮助我以后，我所受苦痛那么大——我愿上帝使您同一切生在世上的游侠都倒了霉！"说着他就跑开了，吉诃德先生听这故事自己觉得很惭愧，所以其余人要很小心没有笑出来，免得使他难堪。

　　书里没有一处地方，塞文狄斯使读者忘记了这样的事，就是说，替人打不平的人在这世界上绝不要希望得到什么成功同赞美。真像查理斯·兰姆所说，这个文雅英武的好汉所受的一大堆侮辱差不多使读者看得都不高兴。他挨打，被踢，牙齿也遭打落，只好自己安慰，心里想这些苦痛都是干这种事业的人所常受的；他脸上被人满满地涂上泥，他很严肃地答应那愚弄他的人们的嘲笑。当他在旅馆里骑在马背上做哨兵来保护那些睡眠者的时候，管马厩的一个女仆马力多尼斯，把他的手伸到上层窗口，或者也可以说是草棚的围墙上一个圆洞，在那里她将一个活结滑到他的手腕节，那绳子就坚固地结在草架里面的一个杠子上。若使他的马走开，他就有一个手吊着的危险，在这样情形中，他一直站到天亮，有时有四个旅客在客栈门口打门。他立刻向他们挑战，因为他们这样打扰他所保护的睡觉者实在是个无礼行为。就是和他很有感情，照顾他的公爵同公爵夫人也很愿意同他开些粗野的玩笑。这是当他做他们的客人时候，他脸孔给故意赶到他房里的一群惊慌的猫全抓破了。村里的朋友对待他还好些，但是他们带他回家时，用杠子抬个有格子的笼，将他像个野兽放在里面，给群众观赏；他自己想，"因为我是世界上一个新武士，是头一个将这已经忘了的游侠举动恢复起来，这或者是一种新发明的用魔力囚闭人的法子。"他的精神总是超在一切患难之上，他的心始终是像云净天空一样地晴明安静。

　　但是人们可以反对说吉诃德先生是疯了。这里塞文狄斯的讥讽是更深了一层。吉诃德先生是个心境高超的理想主义者，他用他自己的先见来照看一切东西。由他看起来，每个女人都是美丽可钦的；无论对他说的什么话都值得很注意很尊重听着；每群人就是随便在客店聚集的客人们，都是根据了互相关心同看重的严格原则而成立的社会。他的行为是由这些意思脱胎出来的，所以人们笑他挨了许多苦，但是他有一个从卒山差·邦札，这从卒却是个实现主义者，爱吃贪睡，用常识来看世界的真状。我们或者会想山差·邦札是神经健全的，可以当个标准来量他主人神经错乱的程度。简直不是这么一回事，山差·邦札在他特别方面是同他主人一样地疯的。若使那个是给幻想弄糊涂了的，这个便可以说是被常识弄糊涂的了，那可笑的行为是同样的。这种情形可以在那海岛的问题上很清楚地看出，那海岛是当吉诃德先生得到王国时候，要托山差去管理的。虽然任何胡闹的生意人的大话山差都可以看穿，他却立刻承认他主人是没有私心，诚实不欺，对他所说关于海岛的事情完全相信。他对于这海岛计划用了好多的心思，发表了许多的批评。有时他宣布总督的地位同他很不合式，说他的老婆一定做不出一个很大方的总督太太。有时他却热烈地说好多才干不如他的人都做了总督，天天用银盘吃饭。后来他听说若使得不到海岛，会赏他大陆上一块地，他立刻先行说好他的领土要在海边，为的他可以在他的人民身上发财，把他们卖了当奴隶去。说山差是疯了，并不是替塞文狄斯辩护；这种含蓄的意思在那本书里也可以看出，而且有意地重复说着。"真真的，"理发匠对从卒说，"我开始想你应当跟他同在笼里；你同他是一样地给什么东西迷住了。在一个不幸的日子，你心中得到他那给你做海岛总督的允许，当你所心想的海岛这个观念跑到你头里，这是个可以悲哀的时间。"

所以这两个人由他们邻居看来都是疯的，但是这书里大部分的聪明思想都是他们的，当他们都不说话的时候，那书就降到仅仅平常的作品了。这意思在书的本身里面也常常承认过，点了出来。有的是武士，有的是从卒说的话使听的人觉得奇怪，说话说得这么聪明公平，透彻的人，做事竟会傻到那样子。真的，那本书是有趣谈话的天堂，书里什么题目都是用一种新眼光来谈论，用新外表呈现在我们面前。戏剧式的背景，就是说这本书的真意是永远不会忘记的；但是所说的话是那么好，就是由那背景里拿了出来，那话也是很夺目的，虽然没有放在书里时候那么灿烂。什么当他自己想着将来同一位基督教或者异教的公主求婚的名义，什么话能够比吉诃德先生谈到门第问题时所说的更妙呢？"世上有两种门第，"他说，"那不同的地方是——有种人现在虽然不阔，而从前却是阔过的，还有是从前虽然不阔，现在却阔起来了的；所以当考究这件事情的时候，我也可以成为一个由高贵著名的门第出身的人，使那国王，我将来的丈人，一定会满意。"什么话能比山差辞总督之职的报告更聪明呢？"昨天早上我离开那海岛，岛的情形同我到的时候是一样的，街道房屋盖瓦还是那个样子。我没有向谁借过钱，自己也没有跑去混钱，虽然我想定几条可以挣钱的法律，但是我怕这些法律不能实行，那就同没有定一样，所以我一条也没有定。"这对英雄在漫游中所碰的人们里好多给他们的谈话迷住了。不止这样，而且这两个漫游人所住的想象世界现出来这么可爱，他们思想的传导是这么强烈，所以还没有到末卷时候，一大堆不同的人们，由公爵、公爵夫人一直到村里人，早已把自己的事情搁在一边，来弄这以假为真的把戏，变做吉诃德先生迷梦里面的人物。世上找不出一个像把拉替力亚的国，但是知道山差的人们非常想知道他当总督时候的行动，所以公爵为这个目的，借个乡村给他，把这村布置得很好，也设有国家官员预备弄这个把戏。这样子，这两位说空话者的幻想差不多能够实现一些出来，找不到的幸福，就由吉诃德先生的梦来制造。

书里面没有一件事比武士同从卒渐渐的互相亲爱，互相赞美这回事更为动人。每个人深深地尊敬对方的智慧，虽然吉诃德先生因为在说话上爱那温文有致的官话，好几次不满意山差那种一大堆的俗语。每个人都受对方的影响；骑士坚持着用平等的礼遇对待他的从卒，使那可怜的山差最后声明就是把世界上所有的国家都拿给他管理，也不能引诱他使他离开，不再伺候这可爱的主人。那么对这嘴里随便说聪明话的两个傻子，我们要作何感想，创造这两个人物的作者又要作何感想？"你要注意，山差"，吉诃德先生说，"天下有两种美——灵魂的美同肉体的美。知识，谦恭，良好的行为，慷慨，以及好教养，这些好处都是属于灵魂的美的；一个外貌很丑的人可以有这么多美德。……我很明白，山差，我长得不漂亮，但是我也知道我没有残疾，一个有体面的人只要不像个妖怪也就行了；若使他有我上面所说那灵魂的好处，他便会得人家的敬爱了。"有时，当他的疯狂到了极点，这位武士差不多像个得了灵感的人。所以当牧羊人招待他以后，他为着要谢他们，献身来坚决地主张牧羊女郎的令名和美丽，去反抗一切有旁的意思的来人，他还说出他那关于感谢的奇怪的短篇演说：

> "大概，赠与的人是比接收的人高一等；因为上帝是个超乎一切人之上的大赠与者，所以上帝比一切人都要高一等；人们的礼物不能够同上帝的礼物相比，因为中间有无限长的距离；接收的人的感谢可以补偿人们礼物的有限同不及的地方。

这种疯癫，我们只怕其不多。当单身汉森卜新穿上"银月武士"的

衣服，在争斗中打倒吉诃德先生的时候，亚东尼乌先生骂他的话一
些也不错：

> "啊，先生，你想把世界上最可爱的疯子变成个明白
> 人，你这种损害全世界人类的罪过，希望上帝能够赦你！
> 你看见没有，把吉诃德先生医好后所得的利益绝对赶不上
> 他疯狂所给我们的快乐？"

若使全世界不像吉诃德先生那样疯起来，也不像山差那样发财
疯，却是有一种平凡乏味的疯狂，一个在信仰同怀疑中间将就的折
中妥协办法，那岂不是更糟吗？一切人性质里都带点吉诃德的气派。
在好多事情里，我们可以算出他们是计较利害，按照习惯，跟着老
路走；等到忽然间来了问题，那时他们不肯再去计较利益；他们采
取一种主义，坚持到底同金刚石一样地硬。一切人都知道自己有山
差这种心情，当山差说：

> "我曾经听到说教师说我们应当爱上帝本身，不要给光荣的
> 希望或者苦痛的恐惧所动而去爱上帝；但是，就我个人而言，
> 我是因为上帝能够替我干什么事情，才去爱上帝的。"

这两种心情，吉诃德的心情同山差的心情，好像将人生大部分的光
荣同大部分的安逸，一边分一半去。给一种心情完全占住了的人是
很不容易找出来的。一个从头到底总是怀着这老不长进的山差的心
情的人会成个无赖汉，虽然若使在一切动作中他还保持一种好脾气，
他倒是一个有趣味的无赖汉。一个存吉诃德心情的人会变做很像一
个圣人。世上基督教会的圣人们对这位拉曼差的武士的性格不会觉
得有什么莫名其妙看不清楚的地方。有些圣人或者会比吉诃德先生
知道得更明白，相信塞文狄斯所编的吉诃德先生动作的全部记录是
对圣人性格的一个贡献，同一个批评。他们一定会看出这部书里宗

教的真髓，好像世俗人当很容易地相信自己的高明时候，忽略过看不出一样。他们懂得谁失丢了生命就会救这生命；他们一定不觉得困难去了解为什么吉诃德先生同在他相当程度的山差自己愿意当傻子，为的是这样子，他自己同世界能够变成聪明些。最重要的是他们会鉴赏吉诃德先生那更龌龊的灾祸，因为不像那班根据光轮来认识圣人的群众，他们这些圣人只知道他们所拣的路是受人侮辱的路，基督教是在马槽里养育起来的。

伉俪幸福

斯梯尔 （Richard Steele）

　　我的妹夫脱兰启拉斯离开了伦敦，要好几天才能回来，我的妹妹真妮遣人传话，说她想来望我，和我同餐，所以最好是没有别人在座。我就照着她的话办去，看她端庄地，俨然一家的主妇样子走进房来，我心里的确非常喜欢，我想这种态度于她是很合宜的。我一看就晓得她有好多话要对我说，从她的眼睛同脸上的神情，我很容易猜出她心中是十分满意，正欲说给我听。但是，我已经下了决心，要让她自己讲出那一套话，因此她不得不用千般小计同暗示，希冀我会向她提起她的丈夫。一看到我是决意不说到他的名字，她只好自己先说出来。"我丈夫，"她说，"问您的好。"我仅淡淡地答道，"我希望他也很好。"不等她的回话，立刻又谈到别的题目上去了。最后她真生气了，微笑着，含嗔带恼样子，我从来没有看见她有这样可喜的风姿同豪爽的气概，她对我说："我真没有想到，哥哥，你的性情是这么乖僻。我一进了门，你就知道我是一心一意打算来同你谈论我的丈夫，你却偏不肯给我一个机会，这也未免太狠心了。"我不知道，"我说，"也许你讨厌这个题目。你总不至于以为我是一个陈腐古板的老头子，款待一位年轻姑娘时候，会用她的丈夫来做谈话题目。我晓得她所最喜欢听的是谈论她的未婚夫，但他变成了她的丈夫，我们去谈论呵，（就要讨没趣了！）真的！真妮，我并不像你所想的那样子不懂礼节。"听着我这几句调侃，她稍稍有些不悦神气；从她这种昂头自许；愤愤不平里，我看出她期望人们此后不再看她是真妮·的斯塔夫姑娘，却是以脱兰启拉斯太太之礼待她。她这种新心境我也很喜欢，跟她闲谈几件事情，我免不了觉得她丈夫的癖性同态度很显明地现在她的论断里，她的辞句里，她的声调里，甚至于她脸上的表情里。这使我感到不可言喻的快乐，不单是因为我替她所找的丈夫能够教她这许多值得赞美的举动，并且因为她这样模仿他我认为是她整个心儿爱他的最好表征。这种推测我未曾看见有不应验过，虽然我记不起有谁说过这个意思。女性天生的害羞使她不便向我明说她自己的爱情是多么热烈。但是当她描摹他的性格给我听时候，我很容易窥出她的真情。"我所能希望的好处，"她说，"脱兰启拉斯真是完全具有；你先前告诉我一个良好的丈夫会给他的妻子以爱人的眷恋，父母的慈爱同朋友的亲密，这些快乐我全能够由他那里得到。"我不禁狂欢，看她说时候双眼满溢着挚爱的泪。"好妹妹，"我说，"得到这样一个人是不是比在跳舞会里，集会里，穿着娇娆的衣服做出小小的胡闹快乐得多，我从前却费了天大的劲才劝服你看轻那些东西。"她微笑地答道，"脱兰启拉斯在几个星期里说得我痛悔前非，变成另外一个人，虽然我恐怕你就是劝了一生也做不到这样地步。老实地告诉你，我现在只有一个恐惧徘徊在我心里，常常当我在万分满意之中，使我顿然感到烦恼：你一定知道，我怕的是在他眼里我不能够永久保存像目前这么可喜的模样。你知道，毕克司达夫哥哥，你有魔术家之名，若使你能够传给你妹妹一种驻颜的秘术，我的快乐真是胜过于我做了大千世界的主人，就是你在星夜里指给我看的，——""真妮，"我说，"用不着向魔术求助，我要教你一个简单的法则，绝对能够担保你在像脱兰启拉斯那样钟爱你的性情又温和又合理的男人眼里始终是一个可喜的人儿。努力于取得他的欢心，你就一定会得到他的欢心；永久保存着你现在求这种秘术时候的心情，我敢包你绝对不会有需要这种秘术的机会。一种不可侵犯的贞节，欣欢的心境同温和的性情在标致庞儿的各种娇媚引力失丢之后，仍然能够继续存在，并且会使她的爱人看不出她容颜的渐渐衰老。"

关于这点我们谈了好久，我俩同样地喜欢讨论这个问题；我要承认，因为我很深切地爱她，所以当我为着她的好，去教导她时候，我觉得非常快乐，她自己接受这些教训时也是同样地快乐。因此我就将这类意思恳切地开导给她听，告诉她我自己偶然晓得的一段奇怪事情的经过。

有一回，我们几个人正在乡村的一位朋友家里宴饮，教区里礼拜堂的下级职员稍有些惊愕神气走进房来，告诉我们，当他在圣坛旁边掘墓时候，他的鹤嘴锄轻轻一击，却打开了一口朽烂的棺材，里面有几张写着字的旧纸。我们的好奇心立刻动起来，就走到这位下级职员刚才工作的地方，看见一大群人围着墓旁。内中有一位老妇人告诉我们埋在里面的是一位贵妇，至于她的名字，我觉得不便提起，虽然这段故事没有一点不是增加她的荣耀的。这位贵妇过了几年伉俪之爱的模范生活，她丈夫去世后没有多久她也跟着死去，她的丈夫在道德同感情两方面可以说都配得上她的性格，她弥留时要求他所写给她的信，结婚以前同以后，全要埋在棺材里，同她在一块儿。我检查后，知道所说的信就是我们面前这些旧纸。有几封因为过了这么久的时间，变成破碎不堪，我只能东鳞西爪地瞧出几个字，像"我的灵魂！白百合！红蔷薇！最亲爱的天使！"这类的话。有一封是全篇都可以看得清楚的，内容是如下：

小姐：

若使你想知道我的爱情是多么热烈，请你想一想你自己是多么美丽。你那如花的庞儿，雪般的酥胸同婷婷的身材，无时无刻不是回绕在我的想象里；你那双眸的光明阻碍我不能关闭我的眼睛，自从前次同你会面时起。你还能够用嫣然一笑来增加你的美丽。你一皱眉就会使我变成世界里最可怜的人，因为我是世上最热烈的情人。

拿信里所描状的话同本人现在的情形一比较，大学都觉得悲来填胸，因为现在只剩得几块将变成齑粉的残骨同一小堆快要崩解的尘土了。费了很大的劲，我又读出另一封信，开头是："我亲爱的，亲爱的妻子。"这触起我的好奇心，想去看一看结婚后所写的同求婚时写的文字有什么不同。我真是非常惊愕，看到眷恋之意却倒增加好多，并没有减少，虽然所赞美的是另一种的好处。信里的话是如下：

"在我们这次小别之前，我真不知道我实在是这么爱你；虽然那时我也以为我是尽了爱的力量爱你。我现在非常恐惧，只怕你会有什么麻烦，我却失丢了分忧的机会，我自己也不想有什么赏心乐事，当你不能和我共享的时候，我求你，我亲爱的，好好保养自己的身体，若使不为别的，那么就为着你知道倘然你有什么不测，我是不能独生的。人们当离居时候，常常会说我心匪石，梦寐不忘这类的话，但是对于象你这样值得怀念的人，我的忠实几乎不能算是一个难能可贵的美德，尤其是这不过报答你待我的种种诚恳，自从我们初次认识以来，你是不断地常常给我你挚爱我的证据。——你的……"

当我念这封信时候，刚好这对贤良夫妇的女儿站在旁边。一看到这口棺材，里面躺着她的母亲，放在她父亲的遗体邻近，她简直化做一个泪人儿。我曾经听过人们说她的德性非常好，现在又看到她是这么纯孝，我摆不脱我的老癖性，总爱教导年轻人们，所以我就对她说出一番话。"年轻的小姐，"我说，"你看'自然'很慷慨地给你的那类美姿容的据有期间是多么短促的。你晓得你眼前这个悲伤的景象同你刚才所听的关于这件事的第一封信的话是完全冲突的；但是你可以说赞美你母亲的节操的第二封信居然能在这里发现，到可以证明你母亲的贞洁诚挚。不过，小姐，我应当告诉你，不要想躺在你面前的死体是你的双亲。你要知道，他们真挚的爱情得到了酬报，他们实现有比这种同穴更尊贵的结合，他们处在极乐的世界里，不会有第二次离别的危险同可能的。"

生活百趣

秋

罗杰（RogerWray）

春是良夜里在恋人窗下所奏的情歌，秋却是残夜里凄迷如梦的哀调。在一年里销沉的时候，世界是充满了惨淡的严肃景象同老年的一种悲哀情调。这个智识我是从念关于这个题目的诗歌得到的。

愁闷的日子来了，一年里最黯淡愁人的日子，

狂号的风，赤身的树同干枯的棕色草地的日子。

威廉·卡楞·布赖安特的哀歌就这样子开头。

是的，年头已经变老了，

他的眼睛无光而且败烂。

这段是在郎匪罗的诗集里，这位诗人接着把秋同疯狂的老利亚王相比。威至威士说着秋的"萧条"的美，但是由雪莱看来——

年头躺在大地上，她的死床，穿着枯死的叶子织成的一套

寿衣。

呼得的值得赞美的小诗结句是：

愁闷的秋住在这儿，

嘘出她满着清泪的蛊惑，

在平原里无日光的阴影之中。

这许多都是再动人不过的；一面读着，一面配上了凄凉的调子，那是风魔在钥匙眼里奏出来的，使我极端地相信这许多话。所以，今天早上当我到乡下去做个长时间的漫步时候，我心里完全以为会看到秋的衰老的悲哀表象。

但是一开头我就碰到一个光荣赫赫的惊愕，我的心境由哀伤而变为狂喜。我从阴郁的诗的幻境走到生气充溢的现实；从惆怅的幻想走到有力的畅饮高歌忧郁的诗人们的一切预言像秋叶一样地四散凋零了。谁能够看着秋色的照耀，而说它们是严肃呢？谁能深深地吸进一口秋风，而说他是老迈呢？

秋是年轻，快乐，顽皮——夏的欣欢的儿子——到处都呈出青春同恶作剧的现象。春是个小心翼翼的艺术家，他微妙技巧地画出一朵朵的花，秋却是绝不经心地将许多整罐的颜料拿来飞涂乱抹。本来是留着给蔷薇同郁金香的深红同朱红颜色却泼在莓类上面，弄得每丛灌木都像着了火一样，爬藤所盖住的老屋红得似夕阳。

紫罗兰的颜色是奇异地涂在放荡的簇叶之上；水仙同番红花的色料全倾倒在白柠檬同栗木。我们的眼睛看饱了颜色的盛宴——青莲色，红紫色，朱砂色，深黄色，赤褐色，银色，紫铜色，古铜色同暗滞的黄铜色。叶子是蘸上了，浸透了如火的颜色，这位爱捣乱的"艺术家"非等到把每滴的颜料全用完时，是不肯住手的，然而雪莱瞧着这群扮哑剧的森林，却说道，在这么多华丽同辉煌陈列之中，年头躺在她的死床上，这些是她的寿衣！

为什么诗人们会觉得秋是带着老气呢？他在大地上喧跳着，追赶那班同小猫一样轻捷的狂风，使他奔窜过波平如镜的小池，将水面吹皱，一直等到水草发出咝声，将他逐去。他沉溺在嘈杂的乐事里面，捣乱得像个放假第一天的学童。他发下滴滴打打的一阵雨，看有什么结果没有；他就把一些菌染得血红了；他又放出整个钟头的夏天太阳来，跟着有一场的狂风暴雨。他磨折庄严的大树，一把一把地扯下它们的枝叶，把它们拿来向前向后摇动，一直等到它们呻吟出声，然后他才暂时跑去，剩下天堂也似的安静。落叶被赶得沿着小路飞奔。带着狂暴汉的破坏性，他弄坏他自己的作品，树林的华饰全行剥落。赤条条的树林嗟叹，又寒战，但是他却用怒号同猫儿叫春的声音来嘲笑它们。然后，他使羊齿红得像着火，停步来赏玩十月里的彩色。最后，假假地捧出黄金的太阳光，他引诱聪明人走出门外，忽然间把他淋住，将他赶回家里，已经是湿透到皮了。聪明人于是换了衣服，喃喃地说着将尽的年头的严肃同秋的萧条的美！

秋的整个精神是顽皮，喜动，像个热心的小孩。所谓"严肃的颜色"是小丑的古怪彩衣，所谓"如怨如诉的悲风"却暗指着年轻巨人在树顶上玩着跳背戏。黑夜的渐见悠长使人想到一个强壮的幼童的长久睡眠，每个秋天早上，当太阳醒来时候，他搓着他的朦胧睡眼，心里纳罕在睡觉以前他会碰到什么把戏。

春是一位可爱的少女；夏是一位艳丽的新娘；但是秋却是一个顽皮的女孩，她那种偶然的安静是比她最吵闹的恶作剧还要更可怕些。

火　车

林德（Robert Lynd）

　　斯拖克敦达林敦铁路的开幕到今年的确是刚好一百年。这是我们现在的火车的开始。我敢说，当我们回顾时候，有许多人心里会怀疑，我们是值得庆贺，还是值得矜怜。从开头起，预言家对于这事的意见就不一致。有几位说铁路最终是一种幸福，有几位说铁路最终是一种灾祸。我们今天所知道的只是我们采用了铁路，同当火车穿过森林时候，它的烟现在差不多变成自然的一部分，可以供诗人和画家的欣赏。真的，若使我们要说火车的坏话，也不能拿它破坏了世界的美观来做理由。小孩子一能够走路，就要人家带他们到看得见火车经过的地方。好像机关车也是有生命的东西，同一匹马或者一只鸡一样。在我自己的稚年时期，我晓得利斯本地方的华勒斯猎苑底下轰轰地走过去的一切机关车的名字。并不是我现在还能分析我对于火车的爱好。但是那时一听到火车走近的声音，我觉得有快乐的波浪涌上心来，暂时淹没了我全部的生活，当这个庞大，油着绿色的机关车缘着发亮的栏杆，向我前进，同雷一样响地经过，带着最后车辆的刮辣声音在远处消灭了。或者小孩子在一个动着的火车头面前，感到些勃来克在《老虎，老虎》那首诗里所表现的敬畏。由他们看来，一个火车头是一个具有可怕的对称，美丽有力的动物——一个疾驰得出奇的危险动物。他们的世界并没有被这群奇怪的东西所破坏，却反增富了许多。小孩子真像猫儿：对于一切走动着的东西都感到兴味。世界上文明的地方很少东西具有火车这样伟大的速度。在小孩子的想象里，汽车几乎不能代替它的位置。汽车没有相类的音乐，白天没有云般的羽冠，晚上没有火，可以表示内中的活力。若使纳斯钦早看出小孩子从火车的形状，声音，甚至于气味，会得到多大的快乐。他的怒气也会减轻，不至于那样子把它们当做田舍风光的玷污者。小孩子欣赏一列特别快车的经过，他的精神很可以和纳斯钦欣赏回响的瀑布时一样。看到一家小孩子赶紧跑到一架铁路桥下，刚好让火车轰轰地从他们头上走过，你是逼得不能不承认他们是稚年的诗人，不好说只是爱听假危险的嘈响的唯觉主义者，象那班到卫卜来的游艺场的人们。所以我想，无论我们对于铁路有什么责难，总不能够说他们破坏了风景。一个风景会给铁路所破坏，本来也一定是个很可怜的风景了。房屋糟蹋田舍美景的地方是多过铁路万万倍；但是没有易感的人们曾经用这个做理由，来反对房屋的存在。

然而当我们讲到大家所认为铁路的好处，我们却反更难于说出不加贬词的赞美话。虽然由美术方面观察，火车是很值得颂扬的，它们的功用却没有这么明显。在十九世纪里，大家常常以为迅速的运输机器会大有裨于人类，因为可以使各国的人民彼此更容易接近。照理论来说，结果是应当有这类的利益才是。但是，实际上有没有呢？法国人有没有更爱了德国人，因为德国人到他们那里比从前会这样子更快了几个钟头？波兰人有没有更热烈地爱了俄国人，因为俄国人能够靠着迅速的火车头的帮助赶到他那里去，用不着靠那迟慢的马儿？这次"大战"并没有鼓励我们去这样子相信。真的，稍懂得人性的人们应当先就晓得人们并不会因为做了邻居，而彼此更见和爱。真的，正因为德国住在邻近，所以法国人才那样恨他们，他们两国现在实际上是比斯拖克敦达林敦铁路开幕以前更近一倍。使法德两国人民互相亲爱，我敢说，象他们所值得的那样互相亲爱的，惟一法子是发明一种和火车完全相反的机器———一种机器使运输非常迟慢，使巴黎柏林相距得好象是各在地球的一面。设使一切运输的机器能够慢到像电影中用慢镜拍照的片子，那么再也不会有世界战争了。人们会去找更近的邻人来交战，哲斯脱敦先生各市镇互斗的梦想也会实现，诺定山的住民会整队走下斜陂，来同垦星吞镇上的人们打仗。

实在说起来，我们愈容易到外国去，我们好象同他们愈不亲密。在帆船同骑马的时代，出外的英国人旅行起来，他们真可说是在外国，那里的文字同习俗，他们都是非懂不可。今日出外的英国人却照例带着英国同他一起走；若使他有对谁说话，十回有九回不是同外国人，却是同本国人谈天。汽船同火车简直是在法国，瑞士！意大利各地方上遍地建起小块的英国同美国。这么一来，他们同法国人，瑞士人，意大利人，在任一方面都是更疏远了，除开时空这两点。它们使人们由真正的旅行者变做远足旅行者了。

虽然是这样，我还是免不了相信，火车，汽车同飞机的最后用处是使各国在互相了解上更见接近。不管别方面有什么明显的事实，对于将来，我是和最初热烈地颂扬火车的人们抱有同样的意见。究竟火车还是在幼稚时期；它们才有一百多年的过去。当人们以后厌倦于过去，现在和将来的战争的损失时候，良好的交通最少能够使"世界国会"变做可能的事情——不是个做诗料用的"世界国会"，却是个对于解决关于五大洲的许多事情有些用处的"世界国会"。这是个不妙的前途，但是也没有不断的采用毒气的战争那么不妙。斯拖克敦达林敦铁路是一种发明，最后可以帮助我们对于一个棘手的事情，找出个最佳的补救方法。

可是斯拖克敦达林敦铁路虽然最后可以变成有用于世界的东西，对于英国却几乎还没有证明出它是一个有用的东西。火车，无疑地，使英国住民能够更快地旅行到乡下去，但是同时也将城市扩大得许多，因此要想到乡下去，我们得比从前多走了许多路，结果是我们走到乡下去所花的时间还是和从前一样。在马车时代，一个寻求乡下的伦敦住民只要走到罕普斯忒就成了。火车现在却将周围二十哩的乡下化做只是伦敦的一个近郊，痕麦，痕普斯忒同多轻在今日还没有一百年前的罕普斯忒那样有乡下风味。一切这类迅速的交通工具很快地就能够送人们到孤寂的地方去，可是孤寂的地方不久也就不孤寂了。八月中的圣·壹夫斯已经不是渔村了，却是个拥挤的地方。嘿·托也不是静默的旷野里的孤峰了，却是停顿长形马车的好所在。然而，火车同长形马车的毁坏幽处也很容易言之过甚。火车同长形马车的确结果了不少古代静默的巢窟，但是它们有这个好处：它们把群众集中在几个名胜所在，让其余的乡下差不多和从前一样地沉酣在静默里面。爱幽居的人们真是有幸，因为其他的人们多半是去人人所去的地方，在群众里最感到快乐。火车帮助我们满足这种爱群的热情，集合有成千成万的我们在布来屯同卫定，让内地的高原给羊群，牧羊人同极小数孤僻的人们去享受。真像前面所说的，房屋的损害英国外观比火车是更有力得多，但是虽然多半房屋是毫无美观的，它们大多数是隐没在田野的青绿丛中。悲观主义者以为塞立遍地盖了房子，现在已经不是塞立了，只可说是个近郊；但是你还能够站在塞立高原的顶上，看出去周围好几哩内只是田树，没有什么别的东西。将来，我敢说，人们会渐渐学会隐存他们的房屋的秘诀，所以他们的房屋将同鸟巢一样，无损于天然的风景。没有一个东西能够将乡下毁灭得干干净净，只要人们心中还是恋着乡下——火车不会，房屋同太稠密的人口也不会。我想一百年后的英国比此刻的英国不至于减少，却是添加了田园的风味。

若使一定要讲铁路的坏话，真的，我们不能说它们毁坏了乡下，却只好指它们损害了村落的生活。村店，我想，是衰落下去，大非昔比了，因为现在火车弄得它要同城里的大公司竞争。村里有许多住民从他们门口的小店仅仅买一点儿东西，或者什么也不买，他们的购买几乎全是到城里去干的。这不是从前那种爱乡的情绪。可是，就是这点也容易说得太过。有整千整万的女人倒喜欢她们门前的小店，胜过于三十哩外的大铺子。它们对于它们邻居的关切使她们的店里比在异城的无灵魂的公司里快乐得多，并且她们只须走几分钟的路，就能从本地的店铺得到她们的主要快乐的一种（指闲谈）。所以也许铁路毕竟是没有这么多的害处。我们还没有什么原因，要替乔治·斯蒂芬孙建个雕像，但是我们也没有什么理由，去咒骂他的遗名。若使请小孩子来投票，他或者居然可以得到他的雕像。我们能够更容易地赦宥了他，当我们记起，他所发明的不单是一种机器，却是许多保姆要宽松自己时，拿来哄她们所照顾的刁蛮小孩子的一件大玩具。

船　木

瑟斯顿（E·Temple Thurston）

伦敦城里的河旁有一所围场——我想总是在兰伯斯的对面或者那里附近——在那地方你同"浪漫史"可以有很亲切的接触，使你的幻想燃着起来，神游到几千里外"东方"的远海里去。

你尽可以用不相信的口吻谈着如愿环，一步七十余里的长靴同有魔力的地毡，以为它们全是属于神话的，只有小孩子的心才能吸收的；然而究竟说起来，它们不过是用诗情将人生里微妙的东西拿来具体化，这此东西本来会加我们的想象以双翼，或者替那倦于现实的眼睛带来白日梦的温柔好睡。

差不多个个人一定都知道我所说的这个地方。他们在那里将有了日子的海船的船骨打成碎木头——这些船曾经无畏地安全地走过成千的大风浪，曾经那么有希望地望着渺茫的模糊的地平线驶去，而始终能够逃避着饥饿的海的狞恶的，紧抓着的手指。

在那里，你会看到他们死时的脸孔，那班默默不言的船头像，它们在这么多深夜，这么多白日里，现着不倦的，老是注意的眼睛，毫不恐怕地同深海的神秘相抗。这些无表情的脸孔使人们觉到悲哀——又使人们感到凛然。它们好象是这么木然的，这么愚蠢的，当你起先看它们时候；但是你的幻想一鼓起翼来，你的耳朵一同东西内在的音乐调和好，那种音乐在一切东西里都可以找出，不管是多么物质的东西，你会听到模糊微弱的声音，里头说出成千个的海的故事，讲出成千句的大话，述出成千桩的冒险事情。

在这个世界里没有一件东西是缄默的。只是我们耳聋听不出。

我老觉得八九及十世纪时横行欧洲北海岸的海贼大王的葬仪是人类最高贵的想头。庄严的地方是在于它的简朴。里面也带有壮观盛举的成分，但是绝没有夸张扬厉的痕迹。近代磨光的橡棺，同它华美的铜装饰，粉饰得再精美不过的枢车，腾跃的黑色雄马，糟蹋了成千娇艳的好花——这许多全是夸张扬厉，你很可以这样子说。它并不比英国最高的马戏车子顶上那个不列颠里亚大神的胖像更能说出死的意义。今日的葬礼全失丢了简朴的一切庄严地方。但是乘着一艘火烧着了的大船出去，双手叉着，躺在他的脚那么常走来走去的舱面；出去向着他的眼睛老是注意的远处水平线，这种葬仪有种慷慨的清高。关于这种葬仪，你想像不出同司葬仪人的论价。这里不能有什么省钱，比如棺材的价钱省一点，枢车的租费又省一些。

不——这是海贼大王自己的船——他所有的最值钱的东西。你难道不能分明地看出这只大船，挂了帆，飞奔往前，做她最后的航行——大王同船本身的最后航行？然后，当舐食同跳跃的火焰抓着膨胀的布帆，我能够看她沉到波浪的摆动的摇篮里去。我能够看一阵阵的浓烟混着同遮住橘色的火舌，等到最后她变成放在大海中一座小"祭坛"，献出她的牺牲，一个人的灵魂，给那永不息怒的神们。

现在每回你烧一块船木，是你参加一次海贼大王的葬礼。在那绿色，黄金色，橘色，紫色同蓝色的火焰里，你可以找出，只要你肯用你的眼睛去好好留神，一切浪漫史以及这种庄严的人的牺牲——一个海贼大王的安葬——的一切精神同色调。长夜里当你坐着，雨是乘着忽然的，鞭挞似的疾风，打到倾泻着水的玻璃窗上，还有雨滴从烟囱里像唾吐一样，发出哗声降到下面的火里，那时的烧着一块船木由任何人看来都该说是个好伴侣。每个火舌的迸出时，柏油从煮熟的木头里渗漏出，还依着粘韧的船骨的海水起泡沸腾着，你能够听出，确然只是微微地，"浪漫史"的颤动声音，说出惊人的壮举同伟大的冒险。没有几个水手能够说故事说得这么中你的意思。从来没有这么迅速或者勇敢的一艘盗船；从来没有这么神奇的出险或者这么持久的战斗，象你在这长夜里所能看见的，当你独自坐在没有点灯的客厅里，注视一块船木在炉里燃烧。

别去理他们，当他们告诉你绿焰是从铜来的；蓝焰是从铅来的——浅灰色的焰是从钾来的。——化学家的试验室里有它自己的浪漫事，但是它同你现在所遨游的想象这个大海却满不相干。就说绿焰是从铜来吧！对于你，它们却是翡翠，"东方"的宝物。就说蓝焰是从铅来，浅紫焰是从钾来吧！当你坐在那黑暗的房里，火焰的光闪烁着照到天花板上，影子都爬到近旁去听它的声音时候，在你眼里，它们是来过世上最勇敢，最嗜杀的海贼的围腰蓝带同缚在头上的紫色头巾。

无论什么时候，一炉火总是一个伴侣。把一块船木放在火焰里，我敢包你会出神，忘记了自己同四围的一切；忘记了自己，一直等到最后的火焰摇动了，最后的红烬灭了，而这个曾经这么安稳地带你渡过成千个大海的好船最后陷下去，埋在庄严的安葬的残灰里去了。

追 蝴 蝶

米尔恩（A·A·Milne）

最近一场官司泄露出一事实：我们国里有一位绅士，一年花一万金镑来收集蝴蝶，这件事在一八九二、三年时会比今日更使我烦闷。我现在能够冷静地忍受着，但是二十五年以前这消息一定会伤害及我对于自己的收集的自负，为了那个收集我已经花去我一星期三便士的零用钱的大部分了。然而，或者我会安慰自己，以为两人里我是更真实的热心人；因为当我这位仇敌听到巴西有一种罕见的蝴蝶，他就派一个人到巴西去捕拿，可是当我听到园里有一个"暗淡黄"种的蝴蝶，我就留心除开自己外不让谁去图谋杀死它。并且我可说我们的目的是不同的。我本来存心把巴西放在我的收集范围之外。

到底追蝴蝶是有益或者有害于个人的性格，我不能去下个断言。无疑地，追蝴蝶也能够有很充分的理由同猎狐一样。若使狐吃有小鸡，蝴蝶蛹却吃有生菜；若使猎狐能够使马种进步，猎蝴蝶能够使小孩的身体强壮。但是最少，我们总未曾对自己说过蝴蝶喜欢被人们追捕，像（我听说）狐那样爱被人打猎。我们关于这点都还老实。最后我们安慰自己，相信许多有名的自然科学家所说的话："昆虫不会感觉到苦痛。"

我常常纳罕自然科学家怎么敢这样断然地说着。难道他们晚上绝没有梦着在别个世界里的一种来生，在那里他们被巨大的昆虫追赶着，它们也是热心想增加它们的"自然科学家的收集"——这班昆虫随随便便地互相安慰道"自然科学家不会感觉到苦痛"？也许他们有这样梦过。可是我们，无论如何，是睡得很好的，因为我们从来没有武断过一个蝴蝶的感觉。我们不过是引用聪明人的话。

但是若使对于一个蝴蝶的感觉性有怀疑的余地，对于它的特征却是绝无可疑的。由我们看来，这真是奇怪，有这么多成人的同（仿佛是）受过教育的男女不懂得一个蝴蝶的触角尖端有许多圆球，而蛾却没有。这许多年来他们到底是到哪里去会弄得这么无知？好心肠但是走到错路了的姨娘们神秘地答应带一个新种的蝴蝶来增加我们的收集，却从一个信封里取出个普通的"黄翼里"，不懂得（这点还是可恕的）只有亲手的捕获对于我们才是有价值的，但是不可恕地不晓得一个"黄翼里"是一个蛾。我们并不收集蛾；它们的种类太多了。蛾又是晚上出现的动物。一个猎人，他睡觉的时间是随着别人的高兴，是不宜于夜间的狩猎的。

但是蝴蝶是当太阳出来的时候出现，那刚是小孩子该出来的时候；在英国蝴蝶的种类也没有太多。我曾经全能够说出它们的名字，随便碰到一个都能认清是属于哪一种的——真的，甚至于晓得"罕普斯忒的阿尔比温眼睛"（或者是叫做阿尔比温的罕普斯忒眼睛吗？），关于这类蝴蝶在英国只采集有一个标本；当然是罕普斯忒所采集的——也许是阿尔比温采集的。在我们想里，那第二个标本是我所捕获的。但是他是无貌的家伙，也许若使我得到一个"坎柏卫尔的美人"，一个"紫皇帝"，或者一个"燕尾"，我会更喜欢些。不幸得很"紫皇帝"（书里这样告诉我们）只常在树顶上飞着，这真是太欺侮一个长得不烈他的年纪所应有的高度的小孩了，"燕尾"常在诺福克那里出现，这也是同样地不顾到在南方度放假日子的家庭了。"坎柏卫尔的美人"听起来是更有希望的，但是我想煤车使他们灰心，不肯来临了。我怀疑当我在那里时候，他曾经飞到坎柏卫尔过。

每星期只有三便士，自然是要小心点才行。杀蝶箱同保蝶板是非买不可的，但是扑蝶网可以用家制的。一条竿子，一串铜丝同一块洋纱，所需要就是这么多了，我们喜欢用绿色洋纱，因为我们觉得这大约总可以瞒得过蝴蝶；当他看网子走近时候，他会想这不过是柏喃森林自己走到丹息能来了，后面这个怪样子的东西不过是那地的一种花丛。因此他还在那里拈花惹草，他一生中最惊愕的时候是当这东西一变变做一个小孩同一个蝴蝶网的时候。那么，洋纱是要用绿色的，可是竿子只须一个通常的藤杖。绝不用你们那种可收缩的鱼竿——"宜于捕'紫皇帝'用的"。这些东西让大富豪的儿子去买吧。

我现在忽然记起，我今天下午是做二十五年前我所做的事情；我是写一篇文章说怎样去做一个蝴蝶网。因为我生平的第一次投稿是关于这个题目。我把稿送到一种小孩子看的刊物的编辑去，他没有把我登出来，使我很莫名其妙，因为里面每字（那时我很有把握）都是正确地拼着。自然，我现在看出你们对于一篇文章还要求其他的好处。但是在莫名其妙之外，我又是极端地失望，因为我非常需要这稿所应当有的代价。我要用那钱来买一个做好了的蝴蝶网；所谓竿子，铜丝同绿洋纱是（在我手里，无论如何）更宜于做一篇文章的材料。

跳舞的精神

杰克逊（Holbrook Jackson）

　　一位伟大的跳舞家或者一种伟大的跳舞不是能够形容出来的——我是指借着文字的能力。用音乐却能够做到，台加同一两位其他画家曾经用图画来描状过。帕甫罗发的舞态尤其是超乎文学的描写能力之上。没有一处是呆的，可以让文字来抓住；她是同空气一样地不可捉摸的，轻飘的同奇妙的。真涅以，波勒尔同以锡多拉·当坎也都是大跳舞家，但是这还是比较容易些，用文字的活结去捉到些他们的特性，因为他们具有我们所谓个性。他们是不完全的跳舞家，跳舞中的个性主义者；个性支配着他们的艺术。

　　帕甫罗发是跳舞的化身；她是混众人而为一的；她是跳舞的真正精神，既不是有古代风的，也不是传统的，也不是近代的，却是把三者全蕴在一身——令人狂喜的运动的一种常变不停的三位一体。她不使你想到她自己；她却叫你梦想到一切古往今来的跳舞。当看她跳舞时候，我免不了想起她不单是遵循一门艺术的定则，却是遵循着生命的定则。树叶在和风里跳舞着，花朵在太阳光里跳舞着，大千世界在空间跳舞着，帕甫罗发的跳舞是这个宇宙的节奏中的一部分。

剧院里的每位观客一定都有同这个相类的感觉——特别是当她和迈克尔·摩得金，她在艺术上的绝妙配偶，一起跳格拉尊洛夫的酒神舞。我又想在那黑暗的大厅里的脸孔——里面有许多脸孔反射出英国的尊严的，冷酷的道德——的微光部分一定染着奇怪的情感。这些脸孔的古板主人一定觉得一种新觉醒，好像在梦里一样回忆起他们所曾尝过的一切热情同美感，以及一切他曾尝过的，若使他们一向是随着他们真实的情感，他们神圣的怪想做去。你当真能够觉得观众的心在这非常快乐时候钩连上了回忆同悔恨，因为在欣欢的神庙里面，像开茨所知道的，面蒙黑纱的"愁闷之神"有她的独立的神龛。

但是，关于我自己，悔恨老是染上了一种更圆满的快乐。我觉得世上一切的狂笑在我热血里奔驰；我被带到一个更幼稚的时期，当人们同神们是有交使的情谊时候：

> 当我坐着的时候，从浅蓝的小山里
> 来了一阵闹酒的人们的声音：小河
> 也流到紫色的大江里去——
> 　　这是酒神同他的全队同伴！
> 最近的喇叭响了，刺耳的银声
> 从两唇相触的饶钹做出一种欣欢的嘈声——
> 　　这是酒神同他的亲戚！
> 像会动的葡萄一样他们来到下面，

顶上戴着绿叶，个个红得好似火烧；

大家癫狂地跳舞着经过这可爱的山谷，

为着要把你赶去，"愁闷之神"！

帕甫罗发摇动的身体同生命和快乐，同爱和美协调而乱跳。呵，那种横过戏台的放恣的飞奔，那种热烈的追赶，那种甜蜜的调戏，然后那种擒获同极美的降服的深妙意味！生命的精髓就在这里；生命是这样充满了欣欢，简直是泛滥着极乐的放纵，一直等到它消沉下去，由于惟一可恕的过度——幸福的过度。

她不单是身体跳舞，她的灵魂同时也在跳舞；她美丽苗条的身体只是个工具，在上面她奏出生命的赞美歌。她的脸孔也在跳舞，为着欣欢，为着害怕，为着降服，为着得到了满足的热情的狂欢而跳舞。她是我所看到的第一个脸上也能跳舞的舞女。我们很少看见一种这么活泼的绝对快乐的脸上表情，从来没有在一个跳舞者脸上看见。别个跳舞者的脸孔多半是太关心到他们的脚步。帕甫罗发却是满不在乎的样子，好像他是什么也不关心的——她只一股活气。对于她，可说将来同过去全化为乌有了，只有个疯狂的，有节奏的现在。

跳舞真正应该是这样子。跳舞是有节奏的生命。当生命是在最紧张的时候，当生命是它自己的命运的主人时候，它就摇动着，协调着，跳舞着，它变成可歌的了。跳舞是身体唱出的歌，是风姿的抒情诗。它同运动的关系是像花同树木的关系：它是开花的一相，成熟的表征。威廉·勃来克差不多达到这个神秘东西的内心，当他说，"充溢就是美。"

当人们感觉到生命的充溢在他们血管里奔流时候，他们才跳舞。

帕甫罗发同迈克尔·摩德金的酒神舞同小孩子在乡村草地上拉着手打着圈圈的疾跑是有一个很真实的关系的，那时小孩子一面唱着那美妙的，永久是无意思的调子：

> 我们在这儿跳舞——乐必乐！
> 我们是在这儿跳舞——乐必来！
> 我们在这儿跳舞——乐必蓝！
> 大家星期六晚上齐快乐！

但是近代跳舞场里的通常跳舞不能算是跳舞：它们是同跳舞的精神离得很远了，好像近代一个酒馆里的痛饮是同酒神节的意义离得很远了。跳舞场是一个时尚，同滑冰场一样，它的结果也是跟一切别的时尚相同。这是为那班太疲倦了不能去真正享受生活的人们的一种消磨岁月的办法，那班没有丰余的活力的人们同那班精力已经耗尽或者萎缩的人们的一种解闷的玩意儿。有时你在跳舞场里会看到一点儿真正的跳舞：两个爱人给普通二人旋转舞的调子里面的一些歌意神秘地感动着，他们真开始跳舞了。但是一种耳语立刻传遍全房，那是从富婆的椅子发起的，她们的老迈想践踏碎他人的幸福，就把充溢的发泄叫做不道德了。

但是那班没有体面来维持的人们的"六便士跳舞"却大不同了。在伊斯特·思得那里的跳舞场的烟雾腾腾的空气里，你会看到没有什么艺术，却有许多生气的跳舞。那是粗鄙无文的，但是它具有大跳舞场里所缺乏的东西——热着，欣欢。我常常想我们舒服的中等阶级的人民不应当去尝试跳舞。他们已经是行尸走肉了：他们的理想是钱，面子同威严，这些东西同生命是丝毫不相干的。只有那从来没有过或者已经弃丢了这类理想的人们才能跳舞：小孩子，脑筋简单的农人，伊斯特·思得那里的普通伦敦住民，同特别的人们——会创造的人们，具有充溢的生命同美的人们。但是其余的人们还是有幸福的，他们的生活既是别人替他们活着，所以别人也可以替他们跳舞。帕甫罗发同其他大跳舞家是很仁爱的——他们肯在他们面前跳舞，虽然不一定刚刚是为他们而跳舞。

"我只肯相信一个能够跳舞的神"，尼采说着；凡是感动到生命的真正究竟的人们都会和他抱着同一的主张。我们应当跳舞，因为我们的灵魂是跳舞着。真的，我们追想到底，除开跳舞外，世上还有什么实在的东西？我是惟一的实在——喜欢的时候，快乐的动作，仁爱的举动。就是那长久的静默，清澈的心灵的深深的恬静，也是跳舞；所以它们才好像是这么不动样子。当陀螺跳舞得最完全时候，它好像是最静止的；正好像分明是静止的地球却是自转，又绕着太阳转；正好像星空在夜里的跳舞一样。一切艺术都是种跳舞；画家不过是一位舞队的领袖，指挥光同色的跳舞；一首诗是字的跳舞；音乐是声调的跳舞。所以，为什么我们不能有个会跳舞的神们？或者，帕甫罗发同她在这门伟大的艺术上的姊妹们会教导他们。

但是也许神们已经跳舞着了，只是我们不能看见。谁知道呢？让我们别忘记了宗教同跳舞一向是常携手在一块儿的。对于人生的谜已经有许多的臆测了，将来还会有许多；因为神秘还是躺在我们的四旁——它躺在我们心里同我们上面，它把尘土眯着我们的眼睛，在我们的路上放了好像是无法征服的障碍。但是我们不会停着不去努力从这层尘障里看去，越过这许多障碍；按着我们自己的态度来默燃幻想之灯。我也要来猜一下。真的，我已经猜有成千回了，我们里面谁没有这样猜过？有时我想究竟说起来，生命并不是别的，只是一个光荣的跳舞，一种运动的狂欢节，开头是跳舞，继续下去也是跳舞；当结局到了时候，这不过是"舞队的领袖"的一个记号，叫我们把这跳舞重新再来开始。因为世上实在是没有结局的。不错，这真是不能够再怀疑了，神们老是在跳舞着，伟大的跳舞家也可说是真正的预言者。

幽　会

高尔斯华绥（JohnGalsworthy）

　　一天在垦星吞花园散步，我踱进喝茶的凉亭里去，坐在东面有遮阳的那一边，这是时髦人物绝不会走到的地方。

　　新生的树叶摇荡在和风里，那些风一阵阵从半裸的树枝偷偷喷上来；麻雀同鸽子在草地上觅食；一切饼干色的椅子同三脚圆面的小号大理石桌子，以及密密排着的底向上的茶杯同孤单单的糖杯，送出它们那凄寂的邀请。只有几张桌子被人们占着；在一张桌子旁边坐一个戴顶非常大的白帽的脸色苍白，身体瘦损的小孩，陪着他是一个笑着脸的红十字会小看护妇同一位穿灰色衣服的太太，她那双悲哀的，半含谢意的眼睛表现出正在挣扎中的渐就痊愈；在另一张桌子旁，两位太太——或者是美国人——她们的脸孔是高兴的，精明的，棕色的，正在吃面包卷；第三张桌旁，一位体格似正方形的老头子，秃顶的，有几根灰白色的头发，坐着抽烟。每隔一会儿，孔雀的尖声喊叫，像春天之心的狂号，从小河彼岸传来。

不久有一个年轻的人沿着铺石子的空地从左边向右边踱去，他穿一件时髦的下裾切去隅角的外衣，戴一顶光亮的高帽，脚上是黑色的漆皮鞋，挥舞着手仗。他的脸孔是新鲜的，颜色很浓的，有一些卷曲的黑色上唇须，眼睛勇敢而奕奕有神。他走路像一个腿同腰都因为筋力强壮而化硬了的体育家；他带一种过度的冷淡神情四望。但是在他高视阔步之下，我窥出期望，焦虑同轻蔑。他又走过去，明明是寻找某一个人，跟着我又看不见他了。

但是不久他回来，这一下他同"她"在一起。啊！她是个俊秀的人儿，戴上一层面纱，纱后面是她那如花的脸孔，她的眼睛灵活地向左右望着；此外还有她那一点儿装出的十分从容的态度，同十分——我们怎么说呢？——自认无罪的神情。然而，在这些后面也有各种情感的细微混合——难取悦地不满于她自己的地位，不净的称心适意，同不愿被熟人们看见。他呢？变化得太厉害了！他的眼睛不是勇敢同不安了，是充满了虔敬地崇拜时所具的谦恭的快乐；他那禽兽般的冷淡神情已经消失了。

拣了一张离我不远的桌子，那好像有战略上的价值，他替她把椅子往后排好，他们坐下了。我不能听见他们的谈话，但是我能够观察他们，真像他们亲口告诉我一样，知道这是他们第一次密会。第一次绝不可被人瞧见的相会，或者可以说第一次他俩觉得绝不可被人瞧见的相会——这是件大不相同的东西。他们在他们自己的心里踏过习俗的没有画出来的界限。这一刻光阴或者期待了好几个月，这是每件恋爱事情里只来一下的相会，此后一切的热情都因此而容易生出来了。

他们的眼睛说出全部的历史——她的是不停地注意四周的人们，同忽然间依附着他；他的是试为镇静同显明地对于她的虔敬。去观察男女心理的不同是有趣味的事。在这个偷欢里面，她的眼睛看着世人，本能地尊重他们的意见，可以说自认她错了；他却只是关怀怎样去努力使自己不显出可笑的神气，免得被自己看轻了。现在他望着她的眼睛，他对于世人意见的尊敬已经推翻了。

"让世人鬼混去吧！"他对自己说道；她却注视着世人，好像一只猫注视那暴躁凌弱的狗一样，知道她用不着怕显出可笑的神气——她绝不会现出那样子。当他们的眼睛相遇，一分钟也不能扯开，那使人心痛，正如孔雀的叫喊，或者早春枫树的香味那样叫人心疼。

我开始纳罕。他们现在正如盛开着花的树的爱情所免不了要经过的将来，那个免不了的将来连同它的发芽，开花同凋谢，顿然呈我眼前。他们真是那班例外的人们，打破了旁观者一切的预料，证明了那个公例吗？不，他们不是！他们刚是通常的一对爱人，干净，有精力，年轻，"春天"在他们的血里——从人海新到爱河里面的，像他们所说由海新入河川的鲑鱼；同样一定地，在规定了的时候，会漂流回到海里。然而，对于弯下头，凑在一起的一对爱人，道德观念同预言是不会有效力的，正如一阵霏霏的雨雪不能阻止春天的免不了的前进。

我想起他将来会尝到的——长时间的等候，不胜惶恐之至，心里难过，不知道她会不会来，同为什么她不来。她将来会尝到的——长时间的怀疑："他真爱我吗？他不能够真真爱我！"密会，她的欣欢几乎是一感到就消失了，因为想起别离；别离本身的苦痛——拼命一下地掉头不顾，同可怕的心里空虚，于是等候又开始了。然后在她那方面，偷偷的忧惧同欣欢，关于他的来信，那是约定好为着安全起见用某一种特别方法传递的；为着这些来信，她弄出许多托词，求得能够出去，能够找个秘密的所在，能够独自滞在一个地方。至于他那方面，夜里故意走过她的屋前，去望窗里的灯光，靠着它们来断定屋里的情形；妒忌和忧惧所生的冷汗同盛怒；一连用劲地步行好几个钟头，为着要赶去那突然来的热情；一连好几个钟头怀个睡不着的渴望。

然后，那个钟头，那个免不了的钟头，于某一个密约的日子，在河旁或者一丛森林的浓荫之下；她归程中脸上的神情，他跑去自杀的提议，为的是免得她见到他的面会心酸；同那不容易得到的再会一次的约言。下一次的会面，接着来的无数的幽会。剧烈的欣欢，极端的疲惫——以及对于别人的不断的托辞，那好像一曲合奏里的基本低音。然后——渐渐的，慢慢来的冷淡程序——辩解的开始，替自己剖白的话在心里永久织着；严肃的，合于逻辑的自辩之词；彼此的寻找缺陷，自卑的誓辞同声明款曲；最后有一天她没有来了，或者他没有来了。然后——质问的信；突然的和好如初；更突然的——终止。

这些全呈现于我心里，像一场电影的各幕；但是我看见他们的手偷在桌下握着，严肃的先见全消失了。智慧，知识，同其他，跟这个爱抚比较起来，算得什么！

于是，站起来，我离开他们了，从栗树底下走去，孔雀的叫喊声音跟在后面。

除 夕

兰姆（Charles Lamb）

每人都有两个诞辰：一年里最少有两天使他想到光阴的消失对于他在世的有限时光的影响。一个诞辰，他特别叫做"他的"。古昔的礼节渐见废弛，在我们独有的诞辰举行隆重典礼这种习惯差不多也成为过去了，或者只让小孩子们去干，他们对于这件事是毫无感想的，除开饼同橘子他们什么也不晓得。但是"新年"的诞生感动了一切人们，是不容皇帝或者补鞋匠的忽略。从来没有一个人把正月初一冷淡看过。大家都是以那天做根据来记他们的日期，算一算他们还剩有多少时光。那是我们公有的亚当的诞生日了。

一切钟的声音里——（钟是最近于天际的音乐）——最严肃的，最动人的是送旧岁时齐发的钟声。我每次听到总是聚精竭神把散在过去十二个月里的一切印像集到心头；一切我所曾做过的或者挨过的，履行的或者忽略的——在那深可惋惜的十二个月里。我才知道这些时光的价值，好像当一个人死去，我们才晓得他的好处。这些时光好像变成一个人了；这并不是当代一位作家做诗的胡想，当他说：

我看见将逝之年的裙边。

这仿佛是我们个个人在清愁里都感到的，当这可怕的告别时候。我敢说昨天晚上我感到这种情调，大家也同我一样的感到；虽然有几位朋友喜欢对于新年的诞生现出高兴，不愿意为着新年先辈的逝世现出什么非常深情的惋惜。但是我是不属于那一种人们，他们。

欢迎新来的，催促将去的客人赶快走开。

根本上，我生性对于新的东西总是害羞；新书，新脸孔，新年——我心里一些乖僻癖气使我不敢去眈着将来。我几乎是不再有什么希望了，只是当着回忆到过去的希望时候，我才现出热诚。我跳到已往的好梦同结局里去。我跟过去的失望混战做一团。我对着早已过去的失意可说穿有刀枪不能入的盔甲。我在幻想里赦宥了或者打倒了我的冤家。我现在赌趣地（像赌钱的人们所说的）把这些玩意儿玩过，我曾经为这些玩意儿费了那么大的代价。我一生里种种不幸的事故，几乎没有一件我现在会愿意去望从前不是那样。我不肯改换它们，正好像我不肯改换一本结构极好的小说里面的情节。我想还是我将我最可贵的七年时光憔悴地消磨去好些，当我被亚俪斯·温——的美发同更美的眼睛迷了的时候，比起这么热情的一段情史没有发生。还是我们家庭没有得到老多尼所骗去的那笔遗产好些，比起我此刻有二千金镑存在银行里，却没有貌似君子的老滑头的影子留在心中。

　　真是有不像男子汉的样子，我老爱回想我的早年，这是我的毛病。当我说一个人可以有自由去爱四十年前的"他的自己"而不至于挨到爱自己这个罪名，我是不是发一句似是而非的话呢？

　　若使我具有自知之明，我可说知道没有一个生性爱内省的人——我自己是爱内省得使我苦痛——对他现在的自己会有我对伊里亚这人那样瞧不起。我晓得他（指自己）是轻浮，爱自夸同没有恒心；一个恶名昭彰的……；又是嗜……；不喜欢忠言，既没有听别人的，也没有给别人；而且是……；又是一个结巴的小丑；你爱怎么说都可以；把一切罪状加到他身上吧，别饶恕他；我全可以承认，还有你所不愿加到他身上的许多罪状；我也肯承认——但是对于小孩时代的伊里亚——站在远景里的（那个我）——我必定要去爱抚对于那个小孩子的追念——这对于这个四十五岁的傻家伙是满不相干的，我声明，好像那是别家的一个小孩，不是我父母的儿子。我现在还能够为他五岁时耐心出痘同蛮野的治疗而流泪。我能把他那可怜的发烧的头安放在基督学校的病枕上，同他一起醒来，对着俯在他上面的慈爱的和蔼姿势纳罕，她是暗暗地看护他的睡眠。我晓得他对于一点点的欺骗都也退缩着不肯干。——愿上帝助你，伊里亚，你是变得多么厉害，你现在变坏了。——我晓得你从前是多么诚实，多么勇敢（就柔弱的小孩而论）——多么虔敬，想像力多么丰富，怀有多大的希望！我是从多么善良坠落下来，若使我所记忆的那个小孩真是我自己——不是什么守护神攫住我的心，现出一个假人格来，使我这世路未惯的脚步有法则可依，而规定了那时我的精神生活的情调。

　　我喜欢自纵于这样的回顾（那是不能希望得到人们的同情的），

这也许是什么病态的怪癖的征候吧。或者是出于别的缘故吗；只是因为无妻无家庭，没是学好把自己投射到自己身外；既没有我自己的后裔让我来玩弄，我回头来去找我的记忆，拿我自己早年的心境做我的嗣子，我所宠爱的人？若使这些空想在你眼里好像是荒诞的，读者——（或者是一位忙人）若使我走出你同情的范围之外，变成一个只是非常古怪的人，那么我退隐在伊里亚这个假名的迷雾之下，一切讥笑都无法侵入了。

那班前辈，我是在他们里面养大的，是不大肯让任何制度里的神圣风俗随便湮没的；鸣钟送旧岁这个古风他们保守着，还带有奇怪的仪式。——在那些日子里，这种午夜和鸣的钟声虽然对于我周围的人们都能引起欣欢，却总是带有一阵愁思到我心头。然而那时我几乎没有想到这含有什么意思同这是个同我有关系的纪数，不单稚年之时期，三十岁以前的青年实际上还是绝没有感到他是会死的。他真晓得这样事，若使有必要，还能演一篇劝世文，说生命的脆弱；但是他自己没有深切地感到，好似在炎热的六月里我们不能把十二月的冰冻日子放在我们的想像里。但是现在呢，我要说出真话吗？——我却是太强烈地感到这种年年的结算。我开始计算我大概还可以活多久，刻刻的光阴和最短的时间的消费我都是舍不得的，有如守财奴对着他的极小铜币。剩下的年数愈少了，过得愈快了，跟着我也愈看重一年一年的来去，真想把我这不会生效力的手指放在"时间大轮"的辐里，止住它的转动。我不甘心"像铁匠的梭子"那样一瞬即逝。那些比喻不能安慰我，我也没有把死亡这一口苦酒弄甜。我并不想任潮流去，平稳地从人生带到永生；我对于所谓运命里的必需过程是退缩不前。我爱上了这个青青的大地，城市乡下的境况；那说不出的田园幽寂同街道上可喜的安全。我愿意在这里永居下去。我愿意老站在我现在所走到的年时；我同我的朋友：也不要更年轻，更富，更漂亮。我不欲靠着老年的衰颓使我渐厌于生活；或者有如他们所说的，像熟果子落地那样掉到墓里去。——在我这大地上，任何的改变，饮食上或者居住上，都使我迷惑，使我不安。我的家神们的脚是生根地可怕地栽在地上，拔起来是会流血的。他们不愿到异地里去。一种新的方式使我站不稳双脚。

太阳，苍穹，和风，孤单的散步，暑假，田地的青青，鱼肉的美液，聚会，快乐的酒杯，烛光，炉边的闲话，无害的自夸，笑话，和冷讽（就它本身的美处而言）——这些东西是随着生命一同消失吗？

一个鬼能够大笑吗，或者捧他那瘦削的腹吗，当你对他说笑的时候？

还有你们，我午夜里的爱宠，我的书籍！我必定也要割舍把你拥在怀里（满抱的）这个无上的快乐吗？智识来到我心里，假使它还会来，一定要靠着直觉的钝拙尝试，而不再从阅读这条熟路来吗？

在那个国土里我也能享受友朋之乐吗，缺乏了笑脸的指示，在这里这些笑脸告诉我谁是我的朋友——缺乏了这可以认得的脸孔——缺乏了"脸上的表情所担保的他对于我的好意"——？

在冬天里这种难堪的对于死的嫌厌——按下一个最温和的名字吧——特别更厉害地缠绕困窘着我。在一个温暖的八月中午，在一个酷热的青天之下，死差不多是个可怀疑的东西，在那时候，像我这样喜欢阳光的可怜人们（同蛇一样）享受到永生之乐。那时，我们心旷心怡，开出花来。那时，我们比从前加一倍力气，加一倍勇敢，加一倍聪明，也高了好多。而这个刺我，令我退缩的刮风使我又想到死。一切不实在的东西都做死的跟班；寒冷，僵冻，梦儿，烦恼，甚至于月光本身，那阴森森的神气——太阳的冷魂，或者太阳神的有病妹妹，真像《雅歌》里所骂的那个虚弱的人儿——我不是佞媚月亮的人——我和拜火教的波斯人抱有同一的主张。

一切逆意的事情都把死这观念勾到我心上。一切零碎的毒恶，像身里的疮脓一样，都汇集到那个大患里去。——我曾听过人们自认淡于死生。这班人把他们生命的终止称做安身处：说坟墓是个温柔的手臂，他们可以在里面睡眠，有如躺在枕头的上面。有人去追求死——但是你（指死）是多么可羞，我说，你这丑恶的，愚蠢的小鬼！我憎你（指死）恨你，咒你，（像托钵僧约翰那样）把你投给十二万个魔鬼去，因为你是没有一点能够得到我们的原谅的，可以忍受的；却该像大毒蛇一样，受天下人的弃避；该受烙面的刑，该宣告为法律所不保护的人，该挨前人的臭骂！我无法能够容忍你，你这瘦削的，愁闷的"不实在"或者更可怕的，更使人惊谎的"实在"！

那些定下来反抗对于你的恐惧的解毒力全是冷冰冰的，欺侮人的，正同你一样。一个人会得到什么安慰，当你说他"死时会同帝王躺在一起"，他生时就从没有怎样地特别喜欢这种的同寝人？——或者当你说"最美的宠儿也是这么结局"？——怎么，为着要安慰我，亚俪斯·温——必定也变做恶鬼魔？我尤其讨厌你们通常墓石上面所刻的那些无礼的，不知本分的狎语。个个死人必得自居来教训我以他那可憎的真理吗，什么"他现在如是，我快也免不了那样。"或者并没有这么快哩，朋友，像你所想像的。在那时间未到之前，我却是活着。我到处行动。我值得二十个的你们。要懂得比你们高明的人！你的"新年元旦"是已过去了。我却还活在人间，做一八二一年里一个快乐分子。再来一杯酒——当这倒戈的钟，他现在正悲哀地唱已去的一八二〇的葬钟，换过调来，大声地迎来他的承继者，让我们和着他的调子以热诚欣欢的考通在同一时节所做的短歌吧。

新　年

听呀！鸡啼了，那边的明星
告诉我们白天已是快来了；
你看从黑夜里冲出，
他把西面小山照成金黄。
年老的"两面神"同他一起出现，
向着来年偷望。
现出这样的脸孔，好像说，
那边的前程不佳，
如是地我们起来就看到不祥的东西，
预言自己来年的否运，
当这对于自己的担心，
带来个更苦痛的烦恼，
更满了困恼灵魂的苦味，
比起当前的麻烦。
但是停口！停口！我想我的眼睛，
现在看得更清楚些，因为光线也明亮得许多，
在那眉梢上看出了恬静气概，
那里刚才好像满是皱纹。
他那个反面也许现出不欢，

对着已过的祸患而皱眉；

但向这边望的那个脸孔是蔼然的，

朝着"新生的年"微笑。

他又是从这么高的地方下望，

这年头分明地躺在他的眼前；

一年里的一切时刻

给那精密的探寻者全看见了。

他却更欣欢地笑着

对这快乐时日的来临。

我们还用怀疑还用怕

这个年头的命运吗？

它第一早就这么样向我们笑，

一生下地就说我们的好话。

该死的去年！去年是够坏了，

今年总是会好些：

或者就最坏的着想吧，我们既然挨过了

去年，今年怎会不能挨过呢；

那么照道理说明年

必是绝妙的年头：

因为极坏的厄运（我们天天都能看出）

也是不能长久下去的

正同那会变的极好幸运一样，

好运留下的影响

又是较长久的

比着厄运所留下的，

三年里有个好年的人

还去埋怨运命，

真可算是个忘恩的人，

不值得享受他所有的幸运。

那么让我们欢迎这新客，

用快乐的美酒盈杯；

我们该用欣欢去接"好运"

甚至能把灾患化做甜蜜：

虽然"好运娘娘"转过面去不睬我们，

让我们肚里排满葡萄酒吧，

我们能够更有力气地多支持下去，

等明年她回过脸来。

你怎么说，读者——这首小歌不是带点古英国人粗野的豪爽气味吗？那不是像兴奋剂保守着我们的勇气吗；涨大我们的胸怀，吟味起来会生出甜蜜的热血同慷慨的精神吗？那些小孩般对于死的恐惧，刚才所说的，所感到的，到哪里去了？——消灭得有如一朵乌云——溶在清澈的诗歌的净化万物的阳光里——被文艺之神所居的山岭的清泉所发的微波漂去得无影无踪了，那清泉是医这忧郁病的惟一补身剂。——现在再饮一杯这鼓舞精神的美酒吧！对诸君，我的先生们，敬祝一声"新年快乐"同将来还有许许多多的新年。

落　叶

米特福特（MaryRussellMitford）

　　十一月六日——今天天气是恬静温和跟四月初一样；也许，一个秋天的下午同一个春天的早晨在情调上，甚至于在外貌上，是比一年里任何雨季都更相似。在这两个时候里，地上的草是同样的新鲜同含着露珠；空中有同样的芬芳和蔼；同样的洁净可爱的蓝色苍穹，羊毛船的白云浮游过去。最大的不同是在于秋天没有花，有叶子。但是十一月的簇叶是这么丰盛，这么发红，这么杂色，那很可以代替春天里欣欢的繁花；而满地满园的花绝不能补偿叶的缺乏——那个美丽可爱的衣服，自然用它盖住树林多凹凸的躯体——那个青翠的披布，风景的可爱是靠着它，森林的光荣也是靠着它。

　　若使必定在这两季中间拣选一个，每个都是这么充满了美色，这最少不能算是不高明的哲理，宁其倾心于目前可以得到的好处，甚至于当我们感恩地回顾过去，有望地前瞻将来。的确，今天这样日子是十一月天气最好的榜样，我们不能找个更完美的了——这天这样日子是预备给我们游荡。

　　绿着黄色的公地同桦树成荫的凹地，

以及人迹罕到的小路两旁的篱笆。

　　我们也不能找出个更美丽的田野给我们散步，比起这个有树荫，但是也满是阳光的波克斯，那里的风景没有达到瑰奇伟丽，也没有变为荒芜蛮野，是这么平静的，这么欣欢的，这么各色纷呈的，这么彻底英国风味的。

　　我们得向着水滨走去，因为我有个口信要传到莱利农夫家里：说句真话，这个必要并不是个不愉快的事情；因为到那里去的路是干燥平坦的，幽静的，人们总喜欢乡下的路是这样的，但是不太荒凉，那是女人所绝不喜欢的；这条路经过罗敦湖畔——那个清朗的，满到边缘的，透明的罗敦湖——这个明朗的蓝色天空的一面合式的镜子，这条路的尽处是邻近里一间最美丽的，最舒适的田舍。

　　这条小路今天是多么艳丽，点缀有成千的彩色。棕色的路，路的两旁是鲜明的青翠，上面撒散有榆树淡黄色的叶子，那正开始落下；两旁篱树有各种紫红颜色的长圈的悬钩子照耀着；头上是枞树的长青簇叶，跟那有斑点的槭树，黄褐色的山毛榉，同微风过去，沙沙作响的橡树枯燥的叶子正相反；几朵耐苦的普通黄花（黄是花普通的颜色，野花也好，家花也好，好像蓝是花中罕见的颜色），各种的花，但是差不多是同一的色调，还在开花着，不怕这个季候，红色的浆果到处焕发着。这条小路真是多么美丽呀！

　　路渐变宽的这座小山是多么可喜，路旁有一群牛，乔治·赫因，小邮差，以极大的速度赶他的车子，他的工作进行得更快，因为他骗自己以为这是一种游戏！山顶这块公地，带一口澄明的小池，又是多么美丽呀，在那里马大·匹德的小孩子——三，四，五岁大的神仙——他们那太阳晒黑的脸孔同破碎的衣服绝分不出男性女性来，用他们洁净得发光的朴素小杯，同一只破口的棕色小水瓮淘水去盛那个大锅子，当它盛满时，他们合起来的力气也绝不能举起！他们这一群小孩子真是画家的好材料，他们那玫瑰色的双颊，短胖的小手，和快乐的圆脸孔，背后低矮的茅屋，从它四旁的葡萄叶子同佛桑花丛里露出，马大站在门口，洁净悦目，微笑着，正预备将放在锅里煮的马铃薯，一面监视他们淘水盛满那有用的器具，这些情境凑足了那幅绝妙画图。

但是我们必得往前走去。在这种短促的秋日，我们没有时间再多描写些风景了。而且渐渐冷起来了。我们必得继续前进。达士这条狗给我们引路，搜索缘着草场的双行繁茂的篱树，他的速度指示出有什么猎禽被他扰动了，使叶子飞得像重霜后的东风那么快。啊！一只雉鸡！一只华美的雄雉鸡！达士的探寻是比任何事情都更有把握的，无论是在一列篱树里，或者丛林之中，因为猎场里找不出一个再好的猎狗了；但是我起先以为是一只兔跑着，听到这对灿烂的羽翼的胡胡声，我的惊讶不下于这只王子般的飞鸟，若使它听到放枪的声音。真的，我相信一只雉鸡决然而起时的状态有时使年轻的游猎者有些心惊（他们不很愿意承认这事，但是这个观察是靠得住的），等到他们可说训练得不怕那声音了；然后，这伟大突然的翅膀声音对于他们会生出快感，正好像对于达士那样。他现在猛力地向篱树探索，更大声狂吠，把叶子踢飞得更远——觉得很骄傲会找到雉鸡，也许对于我有一点儿生气，因为没有向它射击；最少现出好像他会生气，若使我是一个人；因为达士是条非常聪明的狗，在游猎世界里住了四年绝不会没有发现这个事实，虽然先生们放枪，淑女们是不放枪的。

最后走到罗敦湖了！秀媚的罗敦湖！还有那条桥，每个人到那里都会留连一下，好像是出于本能的，去凭阑干，凝视一会儿一片佳丽无比的风景——大屋的绝好空地，以及地上菩提树的宏大丛林，枞树，比历来的白杨都更壮伟的白杨树；对面镶着橡树榆树的碧绿草地；清澈的屈曲自如的小河；风景的边际有个带了可以入画的老屋的磨坊；一切给秋天浓厚的彩色染得发光，又被澄蓝的天空同当时一种甜蜜的恬静弄成和谐一气。就是天天要走这条路的农夫也不能走过这座桥而不停一下子。

但是今天日子快完了，也渐渐更冷起来了。我真想将降下霜来了。实在说起来，春天是最快乐的时节，又是明媚得像这个风景。我们必得往前走去。走下那宽阔的，但是有阴影的僻路，那是在给常青树遮成阴森森，群鹿点缀着好似斑点的花园同牛羊马匹在宏壮的榆树底下吃草的草场之间；那条僻路，它的野堤有羊齿衣被着，金雀花丛生着，顶上是有浆果的鲜艳荆棘同夺目的密密的冬青，这一边野堤好像是同那一边可以入画的旧木栅，光明的桂树同多羽毛的柏香木赛美；走下这条多阴影的僻路，等到忽热一转变，到了一个空旷的地方，那里有四条路交叉着，那里一条壮伟的大路岔出直达到大屋；那里村里教堂在它尊严的紫杉中间举起它那不大高的尖塔；那里，投在果园花园的怀中，后面有仓廪，稻草堆，同农家庭园里一切的富裕，站着那个好农夫莱利的宽大舒适的屋子——我们路程的终点同目的。

在凑巧的时候里那句话传达了，答话也说了，因为这温暖的佳日渐陷入一个密雾的晚上了；古老的大路上的榆树同菩提树的叶子在空中颤动着，摇摆着，临风飘扬着，最后清脆一声落到地上，好像达士在树巅探寻雉鸡；太阳暗淡地从雾里发光，他所发的光热并不胜过他的漂亮姊妹月姑娘———我不知道有个比寒冷的太阳更使别人见着生愁的人；我正开始把我的大衣紧紧地围在身上，肚子里暗算还有多少路可以到我自己的炉旁，一路上勾消我对于十一月的赞美辞，期望着多雨多花的四月天，仿佛我是个半冻死的蝴蝶，或者一朵被霜压倒的天竺牡丹。

呀，天吓！这是什么天气，人们对它不能够接连半个钟头怀同一的心肠！可是，我又想，这个错是在于天气呢，达士对于天气好像是漠不关心的，还是在于我呢？若使明年春天我偶然给一阵暴雨淋透了，抓着我自己正在渴望秋天，那么这个问题就可以解决了。

恶作剧

艾迪生（Joseph Addison）

我要将下面这封信刊登出来，做读者今天的消遣材料。

先生：

你很知道我们是世界里最负盛名的产生所谓"怪人物"同"滑稽家"的国家；所以人们说英国喜剧里人物的新奇同复杂是无论哪一国的喜剧也赶不上的。

我们国家所产生的数不尽的种种怪人物里面，我看起来最觉得奇怪有趣的是那班异想天开，弄出很特别的把戏，替自己或他们的朋友们寻开心的人们。我的信要单述一种怪人物，他们最喜欢召集一班具有同样特点的客人，使人们看着会觉得滑稽可笑。我要用下面这个例子使大家来明了我的意思。前代有一位滑稽家拥有很厚的财产，他却以为开玩笑花的钱是用得最值得的。有一年他住在巴斯，看到那一大群的时髦人们里面有好几个是长下颏的，他自己脸上的这一部分也是很出色的，他就宴请十位这种出色的人物，他们的嘴都生在他们脸孔中间。他们一坐在桌旁，立刻开始彼此睇视，想不出他们怎么会聚在一堂。我们英国的俗谚说过：

> 满堂都是胡子
> 大家一定笑哈哈。

我现在所说的这群人也是一样的，他们看见当饮食谈话的时候有这么多脸孔的尖锐下颏老是摇动着，又看到在会这许多的下颏常常在桌的中央相碰，每人都了解了内中的滑稽意味，大家非常高兴，从那天起他们变成很好的朋友，有什么事彼此也帮忙得很周到。

这位先生后来他又聚集一班他所谓送秋波的人们，就是那班带有不幸的斜视眼的人们。他这次的开心是在观看这许多破碎曲折视线里的一切射眼箭，误会的表示同不经意的目许。

这位哈哈笑先生的第三次大宴会是请口吃的人们，他集有够坐满一桌的人们。他先叫他的一个仆人坐在布幕后面；将他们酒桌上的谈话记下，这是很容易可以办到的，用不着速记的帮助。由所记下来的看起，虽然他们的谈话没有停歇，食第一道菜时候他们还说不到二十字，等二道菜捧上时候，有一位在座的整整费了一刻钟工决，只说小鸭同龙须菜都很好；还有一位花了同样久的时间宣布他也是这样子想的。可是这次开玩笑的结果没有前回那么好；因为有一位客人是个勇士，一肚子的愤怒不知道怎地发泄好，走出房子，送来一张写的挑战书给这位诙谐主人，虽然经过朋友们的从中斡旋，这个决斗也就取消了，但是他也因此停止了这类好笑的宴会。

先生，我敢说你一定会赞成我的意思，以为这类开玩笑既然没有寓了什么深意，是应当阻止的，认做这全是不幸的举动，并不能算为诙谐。但是我们会自然而然地将别人所想出的东西渐渐地修改好，并且单单一个人，不管他有多大本领，总不能够既发明出一种艺术，又使它达到尽美尽善的地步——我现在要告诉你我所认识的一位忠厚绅士，他听到前面所说的那种滑稽，自己也来干一下，却努力于使它变做有益于人类的东西。有一天他宴请六七位朋友来，谁也知道他们个个都喜欢在讲话时用几句特别的赘语，像"你听到我的话没有""你知道吗""这就是说""所以，先生"。每个客人常常用他特有的这些雅句。坐在旁边的人看来自然觉得很可笑的，于是这位邻座人会想到自己，觉得自己在别人眼里一定也是同样的可笑：这么一来，他们没有坐多久，每个人都是万分谨慎地谈话，小心避免他们心爱的冗字，他们的谈话因此丢去了多余的词句，包含有更多的意思，虽然没有那么多的声音。

这位好心的绅士后来他得便又聚集另外一班朋友，他们是沉溺于咒诅这个坏习惯的。为的是要指出给他们看这种习惯的荒谬，他就使用前面所说那个妙法，在房子里看不见的地方安置一个书记生。喝完了两瓶酒，人们不拘地说出心里的话时候，我这位忠厚朋友看出他们坐下酒桌后在他家里说出好许多响亮震耳的废话，他们失丢了不少有意思的谈话，全因为他们要乱说这类用不着说的词句。"他们一定可以集了一大笔的款给穷人们"他说，"若使我们实行一种法律，彼此互相监督，说一句咒诅就要罚款。"他们都是没有生气地接受这句温和的谴责。他跟着就告诉他们，因为他知道他们的谈论不会有什么秘密，所以他叫人记下，为着好玩起见，要将写下的念出，若使他们愿意。一共有十张，折实起来只有两张，设使没有我前面所说的那种可恶的插话。冷静地念出来，那仿佛是魔鬼聚会的谈话，不像是出自人的口里。总而言之，每人恬静地听到他在谈话的兴高采烈，毫不留意时候所说的咒诅，个个都战栗起来。

我只要再说他的另一次宴会，他用同样的妙策去医好别一类的人们，他们是文雅谈话的烦累，他们的白费时间是不下于前面所说的两种人，虽然他们是比较天真些；我指那班爱说故事的无聊人们。我朋友找到六七个相识的人，他们全染有这个奇病。第一天，他们里面一位一坐下来就说到那慕尔的被围，一直讲到下午四点钟止，那是他们离别的时候。第二天，所有的谈论全给关于苏格兰人的故事所占有，简直没有法子使他停止，当他们还坐着谈天时候。第三天也是同样地费在一篇同样长的故事的叙述里。他们最后想到这种互相对待未免太野蛮了，因此他们从这类昏睡里醒来，他们患这个毛病已经有好几年了。

因为你在某一篇文章里曾经说过人们古怪奇特的性格是你所最喜欢的野味；我又觉得在这类观察人情的作家里你是最伟大的猎夫或者可说是一位宁禄，若使你肯让我这样称呼你，所以我想这封信里所说的新发见你一定是很愿意听的。

先生，我是你的……